醫統江山

第二輯

卷1 刺殺詭局

石章魚 著

冤家宜解不宜結的道理
說穿了就是要多結善緣
善有善報，惡有惡報
不是不報，時候未到

目錄

第一章

計畫不如變化

胡小天撓了撓頭，計畫不如變化，
看來天龍寺方面對裂雲谷內產生了懷疑，
不過這谷中發生的事情，想查也未必能夠查清楚。
既然通元方丈都已經發話，自己也沒必要去觸這個眉頭。

翌日清晨，胡小天一覺醒來，睜開雙眼一看，隔壁的明生已經不在，整個監房內只剩下他孤零零一個，他打了個哈欠，這一覺睡得也算安穩，想起昨晚的事情，卻不知今天這幫和尚要怎樣對待自己。

正在琢磨的時候，聽到外面響起腳步聲，卻是明證帶著兩名和尚走了進來，在外面打量了一下胡小天，擺了擺手道：「開門！」

其中一名和尚打開了房門。

胡小天道：「這是要放我走嗎？」

明證走入其中，冷冷盯住他的雙目道：「算你走運，長老讓你回去。」

胡小天道：「你們讓我走就走，讓我回去我就回去啊？」

明證低聲道：「你不怕我們將長生佛被毀的事情告訴皇上，到時候你只怕擔待不起吧？」

胡小天聽到明證居然出言威脅自己，不由得呵呵笑了起來，他向明證點了點頭道：「我的確擔待不起，你以為天龍寺就能夠擔待得起？皇上是相信我還是相信你們？如果皇上堅持讓你們交出毀掉佛像的罪魁禍首，只怕你們天龍寺上上下下全都有嫌疑。」

「你……」

「你什麼你啊？一個出家人，你不懂得慈悲為懷與人為善啊？整天板著一張面孔，跟死了老婆似的，天龍寺的形象全都被你給敗壞了。」

「你……」

胡小天歎了口氣道：「你看看你，同樣是修佛，明生師兄就比你強多了，我看你這輩子也就是在戒律院打打雜，別想修成正果。」

明證氣得額頭青筋暴出，若不是當著兩名師弟，若非不是師父早有交代，他一定和胡小天沒完。強忍心中怒氣道：「施主回去後，該怎麼說怎麼做自己掂量。」

胡小天道：「我對天龍寺來說只是一個過客，各位大師都是修佛之人，你們應該懂得冤家宜解不宜結的道理，說穿了就是要多結善緣，善有善報，惡有惡報，不是不報，時候未到。」

明證道：「領教了！」

胡小天道：「我跟你無怨無仇，雖然未必能夠做成朋友，可也不要做仇人，我這人的脾氣一向不好，凡事都想爭個對錯，昨晚你帶人將我押到這裡，關了一夜，現在你說沒事，又讓我走，你以為我是你手下的小和尚嗎？召之即來揮之即去？關了我一整夜，難道連一個說法都沒有？」

明證還是頭一次遇到這等難纏人物，可是師父給他的任務就是讓他將胡小天好生送回去，儘量不要將事情鬧大，想到這裡，明證壓制住內心的憤怒低聲道：「施主想怎樣？」

胡小天道：「三個條件，一，給我準備熱水，再準備一身新衣服，我要洗澡更衣。」

明證點了點頭，怎麼聽著像兩個條件呢？

「二，你得給我道歉！」

「什麼？」

胡小天道：「要不就讓我關你一夜，咱們扯平！」

明證頭皮一緊，心中暗歎怎麼招惹了這個魔星，卻不知師父為何要讓自己這樣做，想了想向胡小天唱了一諾道：「胡施主，昨晚貧僧未經查明就將施主帶到此地，讓施主受委屈了，施主原諒則個。」

胡小天點了點頭道：「雖然誠意欠缺，可也馬馬虎虎，這件事算了。第三個條件，把明生給放了，他是因為我受到的責罰，現在既然放了我，就證明發生的事情跟我沒關係，明生自然也無需受到責罰。」

「呃……這件事貧僧需請示師父之後才能做出回答。」

胡小天不耐煩地揮了揮手道：「趕緊去請示，我洗澡更衣，對了餓了，給弄點吃的。」

一幫和尚真是哭笑不得，這廝簡直是蹬鼻子上臉，可是長老既然答應放他，他們也不好說什麼，只能按照胡小天說出的條件去辦。

胡小天洗了個溫水澡，換了身新僧袍，正在吃清湯寡水的早餐時，看到明生和尚走了進來，原來明證請示之後果然將明生給放了。

胡小天的三個要求等於人家全答應了，這下胡小天也不好再說什麼，在明生陪同下離開戒律院。胡小天本想繼續前往裂雲谷，可是明生卻道：「施主去哪裡？」

胡小天笑道：「叫我師弟，怎麼十幾天不見，突然對我又生分了？」

明生不好意思地笑了，改口道：「師弟，你這是要去哪裡？」

胡小天指了指裂雲谷的方向：「皇上讓我在裂雲谷繼續焚香誦經七日，算起來還差兩日，我當然要完成皇上交給我的任務，否則就是欺君。」

明生道：「師弟，你可能不知道，方丈已經決定從今日開始封谷清查，任何人不得進入其中。」

胡小天撓了撓頭，計畫不如變化，看來天龍寺方面對裂雲谷內產生了懷疑，不過這谷中發生的事情，想查也未必能夠查清楚。既然通元方丈都已經發話，自己也沒必要去觸這個楣頭，只能先去普賢院跟老皇帝說一聲。

胡小天和明生在西院分道揚鑣，明生前往五觀堂，胡小天去了普賢院。

老皇帝聽說他回來，讓人將他傳了進去，胡小天進去之後就大聲道：「陛下，微臣未能完成陛下的囑託，還望陛下治罪。」雙膝跪了下去，心中暗罵，老東西，十有八九是個冒牌貨，居然害得老子三番兩次給你下跪，等我找出你的破綻，必然讓你連本帶利的一起還回來。

老皇帝道：「怎麼提前就回來了？」

胡小天道：「陛下，天龍寺對裂雲谷封谷清查，所以把臣提前清理出來了。」

老皇帝皺了皺眉頭道：「因何要清理你？」

胡小天沒急著回答，先揉了揉膝蓋。

老皇帝看懂了他的意思：「起來吧！」

胡小天趕緊站了起來，向他笑了笑道：「臣這十幾日，日日夜夜都在長生佛面前跪著誦經，這膝蓋都跪腫了。」這廝說得可憐，可壓根沒有在佛前跪過一次。

「朕問你話呢？」龍宣恩有些不耐煩地皺了皺眉頭。

胡小天湊了過去，低聲道：「陛下應當記得，臣跟您說過齊大內失蹤的事。」

「怎麼？」

胡小天道：「臣在裂雲谷的這幾日，每天都聽到鬼哭神嚎，估計天龍寺方面也聽到了，所以他們才要封谷，應該是想要查探清楚。」

龍宣恩點了點頭：「可他們沒必要將你趕回來。」

胡小天道：「我看他們可能是懷疑齊大內失蹤的事情跟臣有關，也可能是懷疑臣三番兩次進入裂雲谷懷有不可告人的目的。」他前往裂雲谷全都是老皇帝所派，這樣說等於間接說龍宣恩有不可告人的目的。

龍宣恩面露不悅之色：「你想多了吧。」

胡小天道：「非是臣想多了，而是天龍寺方面明顯在提防咱們，我能夠斷定五觀堂的那個明生和尚其實就是派來監督我的，還有，臣回來這一路上，遇到不少和尚，都對我充滿警惕，我看他們防的不僅僅是臣，還有皇上啊！」

龍宣恩怒道：「大膽！」

胡小天低下頭去：「臣處處為皇上著想，還望皇上三思。」

龍宣恩轉過身去，緩緩走了幾步，低聲道：「你在裂雲谷內還發生了什麼事情？是不是有些事沒有告訴朕？」

胡小天心中暗自冷笑，詐我？老東西跟我玩心理戰，只怕你還差了一些，他一副苦思冥想的樣子，過了一會兒道：「沒什麼事情啊！」

龍宣恩道：「你還敢騙朕，昨晚你被抓去了戒律院是不是？」

胡小天心中一驚，老皇上何以知道得如此清楚？莫非是他派人跟蹤自己？不對，以自己的感知力，一定能夠察覺到那幫侍衛的蹤跡，而且那些侍衛從西院潛入東院，未必能夠瞞得過天龍寺眾僧的眼睛，再說在裂雲谷內還有不悟，裂雲谷的任何變化也瞞不過他。可老皇帝既然這麼說，證明已經有了確然的把握，難道天龍寺的僧人之中也有他的親信？

胡小天道：「皇上聖明，果然什麼都瞞不住您。」此時已由不得他不承認了。

「你因何不說？」

胡小天道：「臣不想讓陛下擔心。」

龍宣恩怒道：「混帳！根本就意在欺君！」

胡小天道：「陛下，臣滿腔熱血一顆丹心，對皇上忠心耿耿，對大康精忠報國，天地可表，日月可鑒！」

龍宣恩雙目圓睜怒視胡小天，胡小天這次居然沒有下跪請罪，而是無畏地望著這位大康皇上。龍宣恩怒視了他許久，方才點了點頭道：「你有些膽子，難怪七七如此看重你。」

胡小天道：「陛下，還記得當初在靈霄宮對臣說過的話嗎？」

龍宣恩淡然道：「時間太久，朕已經不記得了。」

胡小天道：「陛下說過一國只有一個君主，讓臣為您盡忠一世。」

龍宣恩抿了抿嘴唇，歎了口氣道：「難得你還記得這句話。」

胡小天聽他這樣回答，心中越發認定眼前的老皇帝根本就是個冒牌貨，當初他根本就沒說過這樣的話，自己為了救龍曦月還將他推倒在地，龍宣恩在自己面前卻從未提及過。

胡小天道：「臣礙於形勢當時沒有回答陛下，陛下很生氣還賞了臣一個耳光，臣到現在還感覺到臉上火辣辣的呢。」

龍宣恩道：「你記得就好，若是膽敢欺瞞朕，回去朕一定要了你的腦袋。」

胡小天心中暗罵，本以為你是皇上，搞了半天是個替身演員，害得老子給你磕了多少頭？你給我等著，不管你是洪北漠還是黑北漠，老子都要讓你摸不著北！

胡小天從普賢院回到五觀堂，一幫侍衛全都湊了上來噓寒問暖，齊大內失蹤，這幫侍衛頓時沒有了主心骨，再加上胡小天顯露了他的實力之後，已經成功將這幫侍衛震懾。

左唐是改變風向最快的一個，看到胡小天眉開眼笑，搶在眾人之前湊了過去：「胡大人，您回來了，累不累，不如讓我幫您捶捶背捏捏腳？」

胡小天居然沒有拒絕，點了點頭，左唐馬上讓人去打熱水。

胡小天在一幫人的簇擁下回到自己的房間內，馬上有人端了盆熱水過來，胡小天用熱水泡了泡腳，左唐已經來到他身後開始捶背揉肩，極盡殷勤。

一名侍衛道：「大人，您在裂雲谷辛不辛苦？」

胡小天道：「那是相當辛苦，可皇上的命令，就算是再辛苦咱家也得去做！」一不小心把太監的台詞又給蹦出來了。

一幫侍衛想笑又不敢笑，憋得非常辛苦，胡小天自我解嘲道：「過去在宮裡奉旨臥底，時間太久就快忘了自己是個正常人了，天下間像我這樣先當太監再當和尚的只怕不多。」

左唐道：「大人赤膽忠心讓人佩服，我等以後必然以大人為楷模，向大人多多學習。」

「學習我什麼？和尚的生活咱們一起體驗的，如果你想當太監，我倒是可以跟權公公通融通融。」

左唐嚇得面無血色，慌忙道：「屬下不敢，屬下不敢，放眼天下也沒有幾個人能有大人的膽色。」這貨繞到前面蹲了下去，幫胡小天洗起腳來。胡小天望著這幫卑躬屈膝的侍衛，心中暗歎，變化還真是夠快的，如果老子失勢，恐怕一個個翻臉比翻書都還要快，這就是現實，世態炎涼，人情冷暖，想要人家始終都把你當爺供著，你就得有讓他們佩服的資本，就得有威懾他們的實力。

胡小天道：「皇上身邊的那八名侍衛你們都熟不熟悉？」

周圍侍衛同時搖頭：「統領大人，他們都是天機局洪先生的人，咱們可談不上熟悉。」

胡小天道：「貼身保護皇上本是咱們的責任，現在他們鳩占鵲巢，不知道的還以為咱們這些御前侍衛無能，皇上對咱們根本就不信任呢。」

左唐抬起頭來：「可不是嘛，前幾天還有個侍衛過來對我們百般盤問，態度囂張，好像他們天機局高我們一頭似的，真是讓人鬱悶。」

胡小天道：「兄弟們，這樣下去不是辦法，咱們之所以被稱為御前侍衛，是因為咱們的職責就是在皇上左右貼身保護，如今咱們的事情全都被他人代勞了，想必皇上心中認為，我們沒有能力保證他的安全，我看距離咱們被遣散出皇城已經不遠了。」

一幫侍衛聞言全都感到胡小天言之有理，有人道：「大人，我早就覺得這件事不對勁，天機局這是要撅了咱們的飯碗啊！」一句話頓時引起了這幫侍衛的同仇敵愾之心，雖然所有人都知道伴君如伴虎這個道理，可是每個人還是削減腦袋往皇上身邊鑽，風險越大，利益才能越大，其實在皇上身邊貼身保護也沒那麼大的風險，大康從開國以來又有哪個皇帝是死於刺殺？離皇上越近反倒越安全，就算有刺客，先死的也是週邊的羽林軍。

更何況跟在皇上身邊當個普通侍衛也讓外人高看不少，在皇上身邊他們是奴才，可是出了皇宮哪個不是趾高氣昂，如果他們的位置被天機局全部取代，那麼就意味著他們過去的諸般好處全都沒了，涉及到切身利益，這幫侍衛又怎能不心急。

一時間群情激奮，一個個憤憤不平，最終所有人都將目光望向胡小天：「統領大人，您說怎麼辦？我們都聽您的。」

胡小天道：「其實剛來天龍寺的時候，我對你們嚴格了一些，並不是我故意針對你們，而是我發現你們沒有任何的危機感，一個個還悠然自得，我是替你們著急啊，御前侍衛換成其他人，大不了我不幹這個副統領，可是你們呢？」

一幫侍衛紛紛低下頭去，心情都變得沉重起來。左唐一邊賣力地給胡小天按腳，一邊道：「大人，我等愚昧，現在才知道您的良苦用心，從今以後，我等誓死追隨大人，只要大人讓我們往東，我們絕不往西。」

「對！」一幫侍衛齊聲附和。

「大人，您說怎麼辦！我們都聽您的。」

胡小天要的就是這個效果，他微微一笑道：「能不能保住咱們的飯碗，關鍵還在皇上，若是能讓皇上重拾對咱們的信任，任何人都不可能取代咱們。」

「大人說得再詳細一些。」

胡小天道：「想要找回信任可能不容易，據我所知，有人在皇上面前詆毀咱們，說咱們全都是聾子的耳朵，擺設！」

「真是豈有此理。」一幫侍衛紛紛義憤填膺。

左唐道：「一定是天機局的在詆毀咱們，他們既然能做初一，咱們也能做十五，大不了咱們也去散佈對他們不利的謠言。」

胡小天鄙夷地看了這廝一眼：「你也就這點出息，他們在皇上身邊，說什麼皇上肯定相信，我們連皇上的面都不容易見到，你說出來的話皇上會相信嗎？」

左唐啞口無言，只能將勁道都用在胡小天的腳上。

還別說，這廝捏腳的手法倒是不錯，胡小天舒服地呲牙咧嘴，他低聲道：「我就不信他們沒有毛病，只要查出他們的疏漏和過失，到時候我在皇上面前狠狠參他們一本，讓他們吃不了兜著走。」

「可如何抓住他們的過失？」

胡小天道：「他們有八個，咱們卻有一百人，只要讓兄弟們把招子放亮了，盯住他們的一舉一動，我不信抓不住他們的毛病。」

眾人紛紛點頭。

胡小天道：「左唐，這事交給你去辦，務必要小心謹慎，千萬不要把咱們之間的談話洩露出去。」

眾人紛紛表白道：「大人放心，我們無論如何不會將這件事傳出去。」

胡小天道：「總之你們記得，大家有福同喜有難同當，只要你們安心跟著我做事，絕沒有你們的虧吃。」

一連三天都在平靜中度過，老皇帝沒有找胡小天的晦氣，天龍寺那邊也沒有因為裂雲谷方面的事情繼續追究，胡小天卻預感到在表面的平靜下實則暗潮湧動。

最近西院的和尚換了不少陌生面孔，人數雖然沒有增加，可是胡小天從他們的步幅和氣息已經察覺到，這些和尚全都非泛泛之輩。看來天龍寺已經對皇上此次前來的目的產生了懷疑，也在著手做出提防。

胡小天讓手下侍衛調查龍宣恩身邊護衛的值守時間，順便將西院的環境地圖給標記出來，其實這是為了兌現對不悟的承諾，人多力量大，胡小天過去需要花費很大功夫才能完成的事情，有了這幫侍衛的幫忙，進境神速，三天時間已經將地圖完善了不少，可是對藏經閣方面仍然是一片空白，雖然他們所在的地方距離藏經閣很近，但是那邊卻是防守嚴密，別說他們，就算是普通僧眾也禁止入內。

胡小天除了日常必要的活動，大多數時間都抓緊修煉，尤其是易筋錯骨和改頭換面，對他來說隱藏身分才是最為關鍵的。當晚夜雨瀟瀟，胡小天總算等到了一個合適的機會，凌晨悄然離開了房間。胡小天騰空躍上屋頂，舉目四望，他可以黑夜視物且目力極強，雨並不大，五觀堂周圍也沒有任何人駐守，胡小天凌空一躍，吸了口氣又向上竄出三丈有餘，然後從半空之中俯衝而下，宛如一隻大鳥一般滑行在雨夜之中，他的目標卻非藏經閣，而是普賢院。

滑行二十餘丈，足尖在樹枝梢頭輕輕一點，身軀再度飛起，胡小天已經掌控了馭翔術的訣竅，一呼一吸，在飛升滑翔之中還可修煉，身在半空之中，骨節發出劈啪脆響，胡小天連續十多個起落已經鑽入一棵巨大的香樟樹內，此時他的身軀已經比原來縮小了不少，後背前胸都有些隆起，看上去根本就是一個駝背，臉部的肌肉也塌陷下去，看起來皮包骨頭，形容極其猥瑣。在剛才滑行的過程中，胡小天已經完成了易筋錯骨和改頭換面。他今晚要夜探普賢院，看看這個老皇帝究竟有什麼秘密，到底是何人所扮？

遠處一對侍衛沿著普賢院外的小路走了過來，卻是負責夜巡的御前侍衛，三十名御前侍衛編成五組，每天六班輪換負責普賢院週邊的警戒。這些侍衛也是怨聲載道，這種吃苦遭罪的活兒過去都屬於羽林軍，他們本該在皇上身邊護衛，如今卻被天機局的高手取代。

胡小天等到那群侍衛經過之後，從樹冠之中飛掠而出悄聲無息地落在院牆之上，並未做太多停留，緊接著提縱身軀，掠過十多丈的距離宛如飄葉般輕輕落在皇上所住的禪房屋頂。

胡小天還是第一次將不悟教給他的本事實際使用，心中的那種成就感難以形容，不悟教給他的這些本事實在是太實用了，換成是他親爹見到他，也不敢認這個又駝背有雞胸的猥瑣和尚是他的親生兒子。

胡小天貼在屋頂瓦片之上傾聽裡面的動靜，房間傳來均勻的呼吸聲，看來假皇帝應該已經睡了。胡小天的身體貼著屋簷的斜頂宛如水銀般瀉落，在屋簷處以雙手抓住屋簷，身體懸掛在屋簷之上，這乃是用上了玄冥陰風爪，悄無聲息落在地面上，他來到窗前，耳朵貼近窗仔細傾聽其中的動靜，聽了一會兒發現並無異常。

此時東側禪房發出動靜，胡小天慌忙凌空一躍，抓住屋簷又悄然翻上房頂。

東側禪房有燈光透了出來，從裡面走出來兩人，正是八名天機局高手中的兩個，其中一人直接向普賢院外走去，另外一人挑著燈籠在院落之中來回巡視了一圈，然後走回東側禪房。

胡小天本以為他就此作罷，可是那人卻又凌空躍起，單手在屋簷上一搭，身軀飛掠到屋脊之上。

胡小天本想藏身，可心中瞬間又轉變了念頭，身形保持不動，主動暴露在對方面前，那人喝道：「什麼人？」

胡小天一言不發，雙膝微屈，足底用力，身體從屋頂之上彈射而起，倏然飛起兩丈有餘，然後向西側飛掠而去。

那名侍衛也騰空飛起，他飛起的高度顯然無法和胡小天相提並論，足尖在院牆之上一點，然後再度飛起。那名侍衛的示警之聲驚醒了其餘正在室內休息的侍衛太監，一個個紛紛出來查看情況。

胡小天已經投身到西側竹林之中，那侍衛跟在後面窮追不捨。

胡小天並沒有施展全力，等到竹林中心的時候，單手抱住毛竹，身軀貼著毛竹旋轉過來，停滯在那裡冷冷望著跟蹤而來的侍衛。

那侍衛見他突然停止逃亡，也在距離胡小天三丈左右的地方停下，單手抓住毛竹，雙腿盤在毛竹之上，深陷的雙目盯住胡小天，投射出豺狼一般的陰冷光芒。

胡小天啞著聲音道：「你追我作甚？」

那侍衛冷冷道：「大膽和尚，若是想保全性命，還是儘快束手就擒，否則休怪我不給你機會。」

胡小天發出一聲桀桀冷笑，然後身軀脫離毛竹陡然向對方射去，那侍衛從腰間抽出長刀，鏘的一聲，刀光瀲灩，蕩開兩人間薄薄雨霧，刀氣凜冽直奔胡小天面門而來。

胡小天在心底不由得暗自稱讚，這一刀的水準絕對是一流高手，看來天機局果然臥虎藏龍。胡小天並沒有選擇和他交鋒，身軀在中途陡然一轉，以不可思議的角度躲開對方攻擊，攀升到另外一根毛竹之上，對方一刀落空，斬殺在胡小天剛才立身的毛竹之上，毛竹從中被斬成兩段，緩緩倒了下去。

胡小天道：「都是自己人，下手為何如此陰毒！」

那侍衛聞言微微一怔，不明白胡小天是什麼意思。

胡小天道：「是洪先生派我來的！」他連猜帶蒙，之所以這樣說是因為他到現在也無法斷定老皇帝究竟是不是洪先生所扮。

那侍衛居然沒有馬上發動第二次攻擊，望著胡小天的目光流露出懷疑的光芒。

胡小天道：「是洪先生派我在這裡接應你們！」

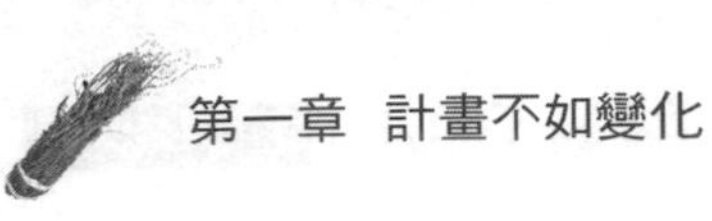

「你有何憑據？」

胡小天道：「讓你們當家的跟我說話！」

那侍衛點了點頭，卻陡然揚起長刀向胡小天立足的那根青竹砍去。與此同時頭頂竹葉傳來瑟瑟聲響，一名侍衛從天而降，手中長槍從上而下直刺而下，瞄準了胡小天的頭頂，意圖將這廝光禿禿的天靈蓋扎出一個血窟窿。

胡小天面對他們的上下夾擊卻毫不慌亂，身軀向後方急退，在竹林之中施展躲狗十八步，宛如鬼魅般穿行，胡小天的躲狗十八步原本就精奇玄妙，再加上他如今已經掌握了馭翔術，更吸取了緣空和尚畢生的功力，無形之中躲狗十八步也精進不少，躲開兩名侍衛實在是毫不費力。

胡小天並沒有戀戰的意思，沒用多久時間就已經將兩人甩開，然後迅速返回五觀堂。這兩名侍衛武功雖然高強，但是輕身功夫和胡小天相比卻相差甚遠，根本沒有追上他的機會。

胡小天確信無人跟蹤，方才返回五觀堂的禪房內，他從窗戶離開，也從窗戶進入，迅速將淋濕的僧袍脫下，恢復了原來的容貌，換上另外一件新的僧袍，然後拉開房門叫醒手下的那幫侍衛，帶著一眾侍衛冒雨向普賢院的方向趕去。

胡小天手下的那幫御前侍衛並不知發生了什麼，走到半路聽到普賢院那邊的動靜，方才知道普賢院這邊出了事，一個個頓時變得緊張了起來，他們此次前來天龍寺的任務就是保護皇上，如果皇上有什麼閃失，他們也麻煩。

一群人在門外和其他的御前侍衛遭遇，大家都是自己人自然將實情相告，其實負責在外面巡視的這幾名御前侍衛也沒有看清到底發生了什麼，只是聽說有人潛入普賢院，皇上身邊的侍衛有兩人負責追蹤不過無功而返，剛才皇上已經傳令下來，不許他們聲張，想不到胡小天他們仍然得到消息趕了過來。

這群侍衛正在門前議論紛紛的時候，小太監尹箏挑著燈籠出來了，看到是胡小天他們過來，尹箏慌忙向胡小天招了招手，胡小天走了過去，在普賢院大門的遮雨簷下站了，尹箏苦笑道：「胡大人怎麼來了？」

胡小天道：「我剛剛出去撒尿，聽到這邊有動靜，擔心皇上有所閃失，所以馬上集合兄弟們過來了。」

尹箏道：「沒什麼事，沒什麼事情！」

胡小天冷笑道：「不是說有人潛入普賢院嗎？」他對尹箏已經越發懷疑，這小太監十有八九是洪北漠的嫡系，想當初還認我當大哥，敢情是想迷惑我，尹箏啊尹箏，你若是敢連同洪北漠一起陰我，休怪我不講情面，胡小天心中不覺生出殺念。

尹箏或許是感受到了胡小天的殺氣，心底打了個冷顫，低聲道：「大哥快走，千萬不要被陛下……」

尹箏此時說這番話已經晚了，一名太監走了出來，尖聲尖氣道：「皇上傳胡大人覲見。」

胡小天點了點頭，大步走了進去。

老皇帝的禪房內如今燈火通明，門外兩名侍衛駐守，看到胡小天，其中一人道：「胡統領來得好快。」正是剛才發現胡小天影蹤，並一路追蹤到竹林的那個，經過剛才的那番經歷，胡小天對自己的輕功已經有了極大信心，自己儼然已經成為了一個輕功高手。

胡小天冷哼一聲，走入禪房內，老皇帝靜靜站在那裡，目光望著窗外，窗戶此時完全敞開，外面夜風裹著細雨不停潛入室內，燭火也被風刮得飄忽不定，禪房內的光線忽明忽暗。

胡小天躬身道：「陛下，臣剛剛聽到這邊傳來動靜，所以特地率領弟兄們過來護駕。」

「還算你有些忠心！」

胡小天心中暗罵，這是什麼話？什麼叫還算我有些忠心，老子本來就是忠的，不過你是個奸人罷了。小心翼翼道：「陛下，究竟發生了什麼事情？」

龍宣恩仍然背身朝向他，低聲道：「今晚有人潛入普賢院。」

「什麼？何人如此大膽，竟敢驚擾聖駕？陛下身邊的這些護衛難道都是廢物嗎？居然讓刺客從容潛入？」胡小天的這句話頓時激起龍宣恩貼身侍衛的同仇敵愾，一個個雙目惡狠狠投向胡小天。

龍宣恩道：「應該是個雞胸駝背的和尚，相貌醜陋。」

胡小天彷彿沒看到一樣：「陛下可見到是什麼人了？」

胡小天心中暗笑，雞胸駝背，相貌醜陋？你們只怕做夢也想不到就是眼前這個玉樹臨風面如冠玉的美少年所扮。他抱拳請命道：「陛下，臣馬上率領手下展開搜索，就算搜遍天龍寺的每一個角落，也要將這和尚找出來。」

龍宣恩心中一動，本來他想捂住這件事，可是胡小天的這番話卻給他一個提醒，今晚的事件倒是一個絕好的機會，不如將計就計讓胡小天將這天龍寺攪一個雞犬不寧，當下點了點頭道：「若是找不到那和尚，朕只怕寢食難安，胡小天，這次你千萬不可讓朕再失望。」

「是！」胡小天道：「陛下，臣還有一個請求。」

「說！」

胡小天用目光瞥了瞥兩旁的近身侍衛道：「陛下在皇城之時安全一向由我們這些御前侍衛負責，從未出現過這麼大的疏漏，我本以為天機局的高手想必出手不凡，可是從今晚的事情看來，也不過如此。」

一旁一名皮膚黝黑的侍衛率先沉不住氣了，怒道：「若非你們這幫御前侍衛太過膿包，洪先生又何必派我們過來？」

胡小天冷冷道：「天機局很了不起嗎？竟然敢侮辱我們御前侍衛！」

那皮膚黝黑的侍衛冷笑道：「除了逞口舌之利，不知你還有什麼本事？」

胡小天目光灼灼盯住那侍衛的面孔一字一句道：「請陛下賜臣一個機會，讓我領教一下天機局高手的厲害！」

龍宣恩道：「刺客沒有找到，你們自己人倒先鬧起了內訌，朕早就看出你們這幫御前侍衛心中不忿，洪先生派天機局的高手過來保護朕，也是為了朕的安全考慮。也罷，既然你想要領教，那就滿足你的心願，梁寶，都是自己人，你出手要留些分寸。」

梁寶就是那個黑皮膚的侍衛，他拱手領命道：「謹遵聖命！」

胡小天心中又是好氣又是好笑，還沒比呢就認定老子要輸，這假皇帝對天機局的高手這麼有信心？胡小天道：「陛下的意思是我也要點到即止了？」

龍宣恩唇角現出一絲淡然笑意：「你盡力而為就是！」顯然沒把胡小天放在眼裡。

胡小天舉步來到院落之中，一幫御前侍衛聽說皇上特許胡小天和天機局的高手比武，一個個也是興奮異常，說實話，這些天對這幾名天機局所謂的高手他們早已心生不滿，恨不能將這八人吊打一頓方解心頭之恨。

胡小天先出了普賢院，將那幫手下全都叫到了院子裡，五十名御前侍衛無不希望胡小天獲勝。

為天機局出戰的本來是那個粱寶，可是他正準備走入院中的時候，一名身材敦實的侍衛走上前來，低聲道：「三哥，殺雞何用宰牛刀，就由小弟代你出戰。」說話的乃是八大高手之一的付平川，他在八人之中最為年輕，可是武功基礎最為扎實，走的是剛猛路線，以拳腳最為擅長。

付平川一出來，胡小天向兩旁看了看，意思是人家都有幫拳的了，自己的這幫手下看看有沒有願意主動替自己迎戰的，那群御前侍衛都知道天機局的高手絕非尋常之輩，一個個將目光垂落下去，無人敢主動請纓替胡小天出戰。

胡小天的目光最終落在了左唐臉上，他和左唐最熟，左唐知道胡小天的意思，此時若是退卻，之前的馬屁等於白拍了，反正是切磋武功，也不是性命相搏，想到這裡，左唐主動走了出來，向胡小天道：「統領大人，兵對兵將對將，我來先為您掠陣。」

胡小天點了點頭，他對左唐的武功已經有了瞭解，以左唐的武功想要戰勝天機局的高手只怕是天方夜譚，不過讓左唐去打第一場也好，他敗了，等於天機局公然打了御前侍衛的臉，更能激起這幫侍衛同仇敵愾之心。

胡小天來到人群之中觀戰，小太監尹箏來到他身邊，低聲道：「他們可是天機

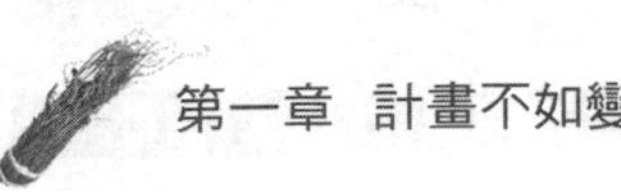

局虎組的高手，大哥斷然不可輕視。」

胡小天微微一笑，不知尹箏這時候向自己示好的目的，難道又良心發現了？

龍宣恩並沒有走出禪房，在他身邊那名身材高瘦的男子低聲道：「為何要同意他們比試？」

龍宣恩低聲道：「是時候展示一下實力，震懾一下這幫侍衛了，你有沒有發現，有人正在挑唆他們跟你們作對。」這個人指的自然就是胡小天。

那身材高瘦的男子卻是天機局虎組的首領劉虎禪，此次他率領七名高手前來天龍寺護衛，可以說他才是這八人中的主心骨，武功也是八人之中的第一。

劉虎禪點了點頭道：「那好，趁此機會給他們一個狠狠的教訓。」

付平川向左唐抱了抱拳：「請了！」

左唐笑瞇瞇抱拳還禮：「大家都是自己人，以武會友，切磋為主，千萬不要傷了和氣。」話剛一說完，就向前跨出一步，右拳向付平川胸口搗去，左唐知道對手強大，所以先下手為強，笑容可掬的面孔意圖迷惑對方，在對方還沒有準備好的時候就發起攻擊。

付平川面對左唐的突襲不慌不忙，等到左唐的右拳距離自己胸膛還有半尺的時候，方才伸出手去，左手微張，形如虎口，穩穩將左唐的右拳裹入其中。左唐右拳被對方執掌，左拳隨後迎上，從下至上擊向付平川的下頷，這記勾拳才是後手，也是他真正具有威脅的攻擊。

付平川以右掌封住左唐的左拳，然後抬起右膝向左唐小腹頂去，他擅長近身搏擊，出手的動作雖然算不上瀟灑好看，但是威力巨大且實用。左唐在御前侍衛中也非泛泛之輩，同樣以膝蓋擋住付平川的攻擊，卻如同撞擊在堅硬的岩石之上，痛得他呲牙咧嘴，付平川已經成功抓住左唐的雙手，然後身體猛然欺入左唐胸前空門，以頭部撞擊在左唐的面門之上，一個真正的武功高手可以將自己身體的所有部位變成自己攻擊敵人的武器。

付平川這一記頭槌將左唐撞得眼冒金星頭暈腦脹，鼻孔中兩股熱流奔騰而出，卻是鼻血都被對方撞了出來，不等左唐清醒過來，付平川雙臂用力，將左唐宛如甩沙包般重重摔倒在地上，左唐悶哼一聲，四仰八叉地躺倒在地面上，這一戰輸得顏面無光。

付平川抬起右腳作勢要向左唐的臉上踩去，左唐嚇得雙手抱住了腦袋，只差將娘叫了出來。

一幫御前侍衛看到此情此景，一個個都覺得灰頭土臉，想不到對方竟然如此厲害，左唐也算是他們之中的佼佼者，卻和對方實力懸殊如此之大。

胡小天之所以讓左唐出戰，目的就是要激起這幫御前侍衛對天機局的同仇敵愾之心，看到左唐如此膿包，他也心中暗歎，慕容展武功驚人，此次派出的百名御前侍衛實在有些不堪一擊了，難道慕容展早就深悉內情，甚至已經知道這老皇帝是個冒牌貨，所以才沒有派出手下精銳？

付平川的右腳在距離左唐面門一寸的地方停下，一股勁風撲面而來，嚇得左唐將雙目緊緊閉上，如果不是考慮周圍那麼多人在場，擔心丟了御前侍衛的顏面，早就大聲慘叫起來了。

付平川輕蔑地彈了彈褲腳，望著四周圍觀的四五十個禿瓢，不屑道：「如此膿包，還談什麼保護陛下的安全。」

士可殺不可辱，那幫御前侍衛也不乏鐵錚錚的漢子，馬上有三個人衝了出來。

付平川笑道：「一起來！」

胡小天冷哼一聲：「都給我退下！」

想要樹立絕對的權威，就必須要有讓人折服的實力，可是展現實力也需要恰當的機會，這場比鬥就是因胡小天而起，他先提出挑戰，然後讓左唐出戰，其實左唐出戰之前胡小天就已經知道了結果，如果他第一個出戰，縱然勝利也不會讓這群御前侍衛空前團結起來，胡小天要的就是給他們一個深切的教訓，要的就是要他們產生同仇敵愾之心，知恥而後勇，挫折之後的勝利才更顯難能可貴，才更具有說服力，才可以建立起自己在御前侍衛中不可動搖的權威地位，甚至可以趁著這次機會將所有人心團結在自己身邊，等到返回皇城之日，只怕慕容展也要大驚失色了。

付平川的目光投向胡小天，緩緩點了點頭，然後又輕蔑搖了搖頭。

胡小天脫下寬大的僧袍，緩步來到付平川的對面，示意手下人將左唐抬了回去，左唐捂著流血的鼻子道：「統領大人，為我出氣啊……」

付平川做了個請的手勢，胡小天仍然站著不動，付平川微笑道：「胡統領若是打算就此作罷，我也不反對。」此時耳邊傳來劉虎禪傳音入密的聲音：「打！打得他灰頭土臉，不用手下留情！」

付平川眉峰一動，周身的肌肉頓時緊繃起來，右腳一蹬，左腿向前跨出一大步，一拳向胡小天的面門打去，有了老大的命令，他更是肆無忌憚，要以一場酣暢淋漓的勝利，乾脆俐落地結束這場戰鬥。

胡小天在付平川出手的同時也是前跨一步，也是一拳擊出，這一拳和剛才左唐的勾拳看起來毫無分別，並沒有任何的花哨技巧，但是胡小天的身法太快，出拳的速度也太快，和付平川幾乎同時動作，卻已經完成了起步變換角度，出拳這一連串的動作。

付平川只覺得眼前人影一晃，然後就感覺到一隻拳頭結結實實擊中了他的下頜，付平川悶哼一聲，身軀倒飛出去，撞在皇帝所在禪房的大門，蓬的一聲，房門打開，夜風夾雜著細雨飄入室內。

龍宣恩和劉虎禪兩人同時望向地下，卻見付平川口鼻噴血，四仰八叉地躺倒在房內，整個人已經完全失去了反抗能力。

除了風聲和落雨聲，再也聽不到任何的聲息，過了好一會兒那幫御前侍衛方才震天價叫起好來，這聲音震動了天龍寺寧靜的夜晚，酣暢淋漓直衝雲霄。

劉虎禪的瞳孔驟然收縮，投向門外，卻見胡小天靜靜站在夜雨之中，臉上的表情輕蔑至極：「我還當天機局的高手有什麼了不起？原來全都是狐假虎威的貨色，難怪會任由刺客潛入普賢院，你們幾個不妨一起上來試試！」

梁寶從人群中走了出來，向胡小天拱了拱手：「我來領教……」話還沒說完，胡小天的身影已經如同鬼魅般向他衝去，梁寶心中一驚，沒想到胡小天竟然直接就發動了進攻，這廝也太不講規矩了。

梁寶還沒有準備好應戰，就聽到啪的一聲脆響，卻是胡小天揚起右手狠狠抽了他一記響亮的耳光，然後又迅速退回原處，笑瞇瞇道：「我若是想殺你，此刻你已經人頭落地！」

第二章

打鐵需趁熱

胡小天今晚鬧事的目的，
就是要讓天龍寺僧眾懷疑假皇帝另有目的，
好為以後不悟潛入藏經閣設下伏筆。
有了今晚的事情做基礎，以後藏經閣若是出事，
天龍寺僧眾首先懷疑的就會是老皇帝！

周圍御前侍衛短時間內經歷了悲喜兩重天，集體榮譽感必須要靠外界危機才能激發出來，凝聚力也需要外力來催化，胡小天深諳此道，兩次出手不但找回了左唐落敗的顏面，還以一記清脆的耳光將天機局的高手羞辱得無地自容。

梁寶怒吼一聲，不顧一切地想要衝上來，卻被劉虎禪大聲喝止，劉虎禪大踏步從禪房內走了出來，雙目凝視胡小天，今晚他方才重新認識了胡小天一樣。

胡小天笑瞇瞇道：「都說過讓你們一起來了。」

劉虎禪握緊雙拳，內心之中卻有些猶豫，胡小天剛才展示出的實力實在太過震撼，就算是他也沒有能夠戰勝胡小天的把握。

禪房內傳來龍宣恩低沉的聲音：「這麼晚了，還讓不讓朕休息？」

劉虎禪緊握的雙手再度鬆弛開來。

胡小天微笑道：「若是將陛下的安危交給天機局的這幾個人來負責，臣也無法安寢呢，來人！將各個路口負責警戒的侍衛撤回，一百名御前侍衛抽調五十人編成五組。左唐你負責同意調遣，二十人留在普賢院內負責陛下的安全，剩餘三十人在普賢院外巡視，還有五十人隨同我一起前去搜查那潛入者的下落。」

劉虎禪怒道：「你想怎樣？」

胡小天道：「不想怎樣，保護陛下安危乃是我們御前侍衛的份內之事，你們口口聲聲要保護陛下，今晚卻發生了這麼大的疏漏，若是在皇宮，早已追究你們的瀆職之罪，其罪當斬！」他的聲音陡然嚴厲起來，雙目之中寒光閃閃，劉虎禪內心也不禁為之一顫。

禪房門打開，胡小天的聲音又很大，龍宣恩將他的這番話聽得清清楚楚，怒道：「胡小天，你在做什麼？」

胡小天道：「陛下只管放心，有臣在這裡，您的安全絕對可以得到保障。來人，先將這普賢院裡裡外外給我搜查一遍。」

劉虎禪怒道：「胡小天，你膽大妄為，竟敢驚擾聖上。」

胡小天呵呵笑道：「欲加之罪何患無辭，驚擾聖上的不是我，而是你們，如果不是你們這幫天機局的廢物辦事不力，陛下怎麼會受到這麼大的驚嚇，你們沒本事保護陛下的安全，可出了事情，責任卻是要我們來承擔的，兄弟們，給我搜！」

這幫御前侍衛早就憋著火兒，聽到胡小天一聲令下，馬上就要展開行動。可在普賢院內搜查他們敢，皇上所在的那件禪房卻是無人敢進入其中的。

別人不敢，不代表胡小天不敢，他已經認定了老皇帝是個冒牌貨無疑，重新走入皇上所在的禪房內，這次連敲門都不需要了，梁寶被他一拳揍飛，現在還躺在地上呢。

龍宣恩看到他居然大搖大擺地走進來，不由怒道：「胡小天，你搞什麼？」

胡小天恭敬道：「陛下息怒，微臣所做的一切全都是為陛下的安危考慮，不瞞

陛下，臣對天機局這幾位所謂高手的能力完全不相信，所以臣必須要親力親為。」

龍宣恩冷冷道：「你深更半夜集結侍衛，驚擾朕休息，挑起內訌，別以為朕不會治你的罪！」

胡小天道：「陛下就算是要砍臣的腦袋，臣也要忠心護主，絕不能讓陛下受到一絲一毫的損傷。」

龍宣恩怒道：「朕看你才是居心叵測！」

胡小天道：「陛下誤解臣，臣也不敢反駁，但是臣此次來天龍寺之前，永陽王曾經千叮萬囑，讓臣一定要保證陛下平安無事。」

龍宣恩指了指地上的梁寶道：「你就是這樣保證朕的安全的？」

胡小天道：「一個身手如此膿包的傢伙，陛下難道相信他能保護您的安全？」

龍宣恩陰測測道：「胡小天，你知不知道自己在做什麼？」

胡小天道：「臣心知肚明，如果臣有冒犯陛下之處，也是為了陛下的安危考慮，等回到京城，臣甘願接受任何處置，只要陛下能夠平平安安，臣就算犧牲掉這條性命也不足惜！」

龍宣恩內心一沉，自己的君威居然無法讓胡小天讓步，這小子莫非是察覺到了什麼？竟然敢上演出逼宮這一幕，想不到自己終究還是輕視了他，胡小天的武功居然如此厲害，竟然輕易就擊敗了兩名天機局的高手，現在這百餘名御前侍衛顯然都被他牢牢掌控，眼前的局面陡然變得嚴峻起來。想到這裡，龍宣恩歎了一口氣道：「你也是一片苦心，朕明白，你們都是為了朕的安全考慮。」

胡小天知道假皇帝已經開始讓步，微笑道：「陛下能夠明白臣的苦心就好，還請陛下傳旨，臣必須要掃清一切隱患，務必保證陛下的安全，今晚就率領侍衛連夜搜查整個西院，一定要讓那刺客無所遁形。」打鐵需趁熱，既然你讓步，我就不能給你喘息的機會。

龍宣恩雙目中怒火隱現，可他最終還是壓制住了心頭怒火，點點頭道：「好，傳朕的口諭，你率領御前侍衛搜查天龍寺西院，務必要查清刺客潛入之事。」

「勞煩陛下擬一份聖旨，微臣也好出師有名！」

「你……」龍宣恩被這廝的得寸進尺氣結，可最終還是點了點頭。

「陛下聖明！」胡小天這才退了出去。

一幫御前侍衛無不有揚眉吐氣的感覺，感覺跟著這位副統領才是大有前途，所有人都將剛才的情形看得清清楚楚，這位新來的統領大人不但痛毆了天機局的高手，而且在皇上面前也是據理力爭毫無懼色，皇上對他好像也沒什麼辦法呢。

胡小天將左唐叫到一邊，遞給他一瓶金創藥，眼前正是收小弟最好的時機，左唐此時對胡小天已佩服得五體投地，別說是做小弟，當狗也願意，他恭恭敬敬道：「統領大人，您讓我帶二十名弟兄保護陛下的安全，若是陛下不高興怎麼辦？」

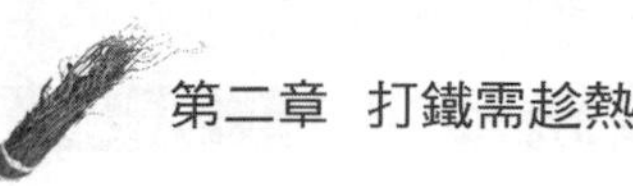

胡小天搭著他的肩膀附在他耳邊道：「記住，沒有我的吩咐，不得讓這老東西隨便踏出普賢院一步，那八名天機局的武士也是一樣。」

左唐聽到胡小天用老東西稱呼皇上，頓時被嚇得魂不附體，這廝簡直是膽大包天，莫不是想謀反吧？

胡小天亮出自己腰間的五彩蟠龍金牌，低聲向左唐道：「不瞞你說，這塊五彩盤龍金牌乃是永陽王所賜，擁有這塊金牌，我就可以先斬後奏，出了任何事，永陽王都會為我撐著。」

左唐心想永陽王再大終究大不過皇上，今晚這架勢，你好像是要將皇上軟禁起來呢。

胡小天道：「這老皇帝是假的！」

左唐驚得目瞪口呆：「什麼？」

胡小天向他做了個噤聲的手勢，低聲道：「此事你知我知，決不能讓第三人知道，你只需照我的話去做，咱們這次只要順利完成了天龍寺上香的任務，回去必然各有封賞，左唐，你信不信得過我？」

左唐道：「左唐當然信得過大人。」

胡小天拍了拍他的肩膀道：「以後等我發達之日，這御前侍衛統領的位子就是你的。」這貨也夠無恥，自己還只是個副統領，卻許人家統領的位子。

可左唐卻深信不疑，自從目睹胡小天剛才的手段之後，他對胡小天簡直奉若神明。胡小天囂張自然有他囂張的理由，再說齊大內不知所蹤，他也沒了主心骨，眼前最好的選擇就是追隨胡小天。

胡小天讓一眾侍衛在普賢院搜了一遍，然後親自率領五十名侍衛開始在普賢院周圍展開搜索。

普賢院鬧出那麼大的動靜不可能不被天龍寺方面覺察到，胡小天率領眾侍衛搜索到藏經閣門前的時候，卻見約有三十名值夜棍僧快步走了過來，將他們攔在藏經閣大門之外，為首一人乃是武僧明遠，他傲然站立在眾僧前方大喝道：「來者何人？為何夜闖藏經閣？」

胡小天將手中聖旨一揚：「你們看清楚，並非無故夜闖，而是奉旨搜查！」

明遠怒道：「你以為天龍寺是什麼地方？你們想搜就搜？」

胡小天道：「天龍寺是什麼地方我不知道，可我知道天龍寺建在大康的土地之上，大康的皇上正是我們的陛下！爾等全都是陛下的臣民！還不快快給我讓開，若是耽擱了我等的要事，將你們全都抓起來問罪！」這廝才不怕得罪人，反正是奉旨搜查，罪魁禍首是假皇帝。

明遠朗聲道：「棍陣！不許任何人擅入藏經閣！」

一眾僧人迅速散開，雙手擎起齊眉棍，嚴陣以待。

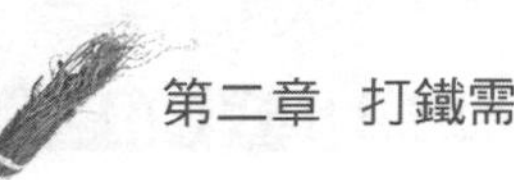

胡小天這邊的侍衛也不甘示弱，也將木棍亮了出來，因為進入天龍寺的時候這些御前侍衛沒有獲許攜帶武器，所以他們也學著這幫和尚弄了根棍子臨時充當，雖然胡小天這邊的人數更多，可是氣勢上比起那些棍僧要弱上不少。

胡小天大聲道：「爾等還不快快退散，我們是在抓刺客，你們這樣阻止，難道是想包庇刺客，讓他從容逃離嗎？」

藏經閣內傳來一聲平靜的佛號：「阿彌陀佛！施主何必咄咄逼人？」

一位身穿灰色袈裟的年輕和尚從通往藏經閣的院門前緩步走了出來，胡小天看得真切，這年輕僧人正是明鏡，他陪同七七前往大相國寺上香的時候，曾經和他有過一面之緣。

明鏡來到明遠身邊輕聲道：「師兄，師叔吩咐不得擅用武力。」

明遠點了點頭，卻沒有下令讓那些棍僧收起手中的齊眉棍。

明鏡的目光投向胡小天，胡小天跟他彼此對望，胡小天發現明鏡的目光坦然而沒有雜質，從他臉上看不出喜怒哀樂，始終都保持著溫和的狀態。

胡小天想起小沙彌曾對自己說過，明鏡乃是天龍寺年輕一代中佛法最為精深的一個，觀其言行神態已經覺察到他和同輩師兄弟的巨大差異，雖然年輕，舉手抬足之間卻已有了大家風範。

明鏡向胡小天雙手合什道：「施主，藏經閣乃是天龍寺禁地，即便是普通僧眾也不得進入，還請施主不要亂了本寺的規矩。」

胡小天揚了揚手中的聖旨道：「是天龍寺的寺規大，還是皇上的聖旨大呢？」

明鏡淡然道：「皇上既然來到天龍寺修佛，就已放下塵世中的一切，而且皇上對方丈有言在先，在天龍寺期間絕不以勢壓人，更不會踏足普賢院之外半步。」

胡小天呵呵笑道：「天龍寺還真是了不起，連皇上也要遵從你們的規矩。」

「皇上敬的不是天龍寺，更不是寺裡的任何人，皇上敬的乃是佛祖。」明鏡英俊的面龐依然古井不波。

胡小天點了點頭道：「好，可是今晚有一名前雞胸後羅鍋的醜陋僧人潛入普賢院，意圖行刺皇上，我們追出來看到他一路逃到了藏經閣。」

明鏡道：「施主是想搜查？」

胡小天咄咄逼人道：「不搜也可以，前提是你們把人給我交出來。」這廝的目的就是要將如同一潭死水的天龍寺給攪渾了，只有如此才能渾水摸魚，帶人來藏經閣鬧事，最主要的動機就是要搞清楚藏經閣周圍的狀況，如果這幫和尚迫於壓力放行，那就更好不過，胡小天剛好可以修改一下不悟交給自己的那張地圖。

明鏡道：「施主若是想搜也可以，這件事必須要請示方丈，如果方丈同意，施主就可以進入其中搜查，不過最早也要到明天了。」無論胡小天怎樣強勢，明鏡都沒有表露出絲毫的怒氣，依舊風輕雲淡，反觀他身後的那群棍僧早已怒不可遏，修

為高低一目了然。

胡小天暗暗佩服，如此年輕的一個僧人居然擁有如此修為，難怪被天龍寺視為年輕一代中的翹楚人物，他雖然過來鬧事，可是絕沒有和天龍寺棍僧現在就翻臉火併的意思，真正的用意一是名正言順地觀察一下藏經閣周圍的情況，二是要製造動靜，反正不怕事大，最後還有假皇帝撐著呢。

他微笑道：「這位小師父看著面善，咱們好像在哪裡見過？」

明鏡道：「今年大年初一，貧僧和這位施主應該在大相國寺的塔林見過。」

胡小天內心一怔，想不到明鏡早已認出了自己，此人的記憶力還真是驚人。他呵呵笑了起來：「怪不得我看著如此熟悉呢，說起來咱們也算是有緣人。」

明鏡道：「還望施主體諒我等的苦衷。」

胡小天道：「看在咱們曾經相識一場的份上，我也不好為難你們，這樣吧，聖命難違，皇上讓我們搜查，做屬下的若是不從那就是抗命，我帶著兄弟們就在這藏經閣的周圍搜查一下，小師父應該不反對吧？」

明鏡道：「施主請便。」

胡小天揮了揮手，十人守住藏經閣的院門，帶著其他人圍著藏經閣展開搜索，一邊走一邊將周圍的道路特徵記下，回頭要在地圖上一一標注出來，胡小天今晚鬧事的目的就是要讓天龍寺僧眾懷疑假皇帝另有目的，好為以後不悟潛入藏經閣設下伏筆。有了今晚的事情做基礎，以後藏經閣若是出事，天龍寺僧眾首先懷疑的就會是老皇帝，或許從今晚開始，他們就要質疑老皇帝來天龍寺的真正動機了。

龍宣恩坐在禪房內，臉色陰晴不定，劉虎禪將房門關上，以傳音入密道：「大哥因何還不休息？」

龍宣恩同樣以傳音入密道：「胡小天看來已經識破了我的身分。」

劉虎禪道：「應該不會，以大哥的易容之術，他怎麼可能看破？」

龍宣恩緩緩搖了搖頭道：「單憑外表和做派他肯定是無法看破，但是他此前曾經說過一些縹緲山靈霄宮的事情，我在無意中作答只怕露出了破綻。」

劉虎禪聞言一驚，面色凝重道：「難怪他今天的行事做派和往日截然不同。」

龍宣恩道：「恩師一直讓我小心提防這小子，只是我沒想到他居然這麼厲害，虎禪，你的武功有沒有勝過他的把握？」他真實的身分乃是洪北漠的徒弟遲飛星，擅長易容之術，在機關方面也頗得洪北漠的真傳，這次假扮龍宣恩前來天龍寺禮佛也是洪北漠的授意。

劉虎禪緩緩搖了搖頭道：「我也低估了他，梁寶和平川竟然在他手下走不到一個回合。」

遲飛星冷冷道：「武功再厲害又有何用？我不信他能夠逃得過暴雨梨花針！」

劉虎禪道：「大哥打算對他下手了？」

遲飛星搖了搖頭道：「現在還不是時候，師尊並沒有下令，咱們還需耐心等待一段時間。」他停頓了一下道：「裂雲谷的事情他必然有所隱瞞，老四和老五失蹤的事情，他肯定脫不開干係。」

劉虎禪咬牙切齒道：「我一定要手刃此子，給兩位兄弟報仇。」

遲飛星道：「師尊讓我們找到那本《乾坤開物》，咱們來了半個多月卻一無所獲，只怕要讓師尊失望了。」

大康天和苑位於康都北郊，乃是大康最負盛名的皇家園林，凌風殿內，老皇帝龍宣恩忽然驚醒，霍然從龍床上坐起，他的額頭上佈滿冷汗。他的動靜驚醒了一旁伺候的老奴王千，慌忙上前道：「陛下又做夢了？」

龍宣恩抬起衣袖擦了擦額頭的冷汗，低聲道：「天亮了嗎？」

王千道：「亮了，洪先生在外面候著呢。」

龍宣恩道：「何時來的？為什麼不叫醒朕？」

王千道：「洪先生的意思，他說要讓陛下好好休息。」

龍宣恩點了點頭：「讓他進來吧，朕已經醒了。」

王千準備傳旨之時，龍宣恩卻又改變了主意：「還是朕出去見他。」

洪北漠在外面已經等了半個時辰，他的臉色看起來仍然有些蒼白，不時還會輕輕咳嗽一聲，和姬飛花的那場大戰傷到了他的經脈，想要康復也非短時間的事情。

看到龍宣恩從裡面出來，洪北漠慌忙起身道：「臣洪北漠參見陛下，吾皇萬歲萬歲萬萬歲！」

龍宣恩笑道：「朕過去最喜歡聽的就是別人稱朕萬歲，可現在卻覺得這句話格外刺耳，別說萬歲，朕就算是活上百歲也只怕不能，萬歲是對朕的嘲諷嗎？」

「臣不敢！」

龍宣恩笑道：「又不是說你，走，咱們出去走走。」

君臣二人出了淩風殿，沿著殿外的圓木棧道走向前方的翠屏山，雨後清晨的空氣格外清新，天空中飄蕩著若有若無的晨霧，龍宣恩深深吸了一口氣，舒展了一下雙臂，向洪北漠道：「朕喜歡這裡多過皇宮，宮裡的宮闕雖大，可是光線昏暗，讓朕心情很不舒暢，哪比得上這裡清新開闊。」

洪北漠道：「陛下剛好可以在這裡休養一陣子。」

龍宣恩道：「天龍寺那邊怎麼樣？」

「一切如常。」

龍宣恩停下腳步，望向山下的小湖，目光變得有些迷惘，看了好一會兒方才道：「不知為何，朕總覺得楚扶風還活著。」

洪北漠道：「臣親眼看到他的首級，陛下不必多慮。」

龍宣恩歎了口氣道：「這兩日，朕總是在反反覆覆地做同一個夢。」他並沒有說夢的內容。

洪北漠道：「姬飛花應當就是楚氏餘孽。」

龍宣恩道：「一天沒有找到他的屍首，朕就心中難安。」

洪北漠道：「陛下不用擔心，臣一定會找出他的下落。」

龍宣恩道：「你跟朕說句實話，你是不是對胡小天動了殺念？」

洪北漠道：「陛下難道不清楚他和姬飛花的關係？」

龍宣恩道：「朕之所以留下他的性命，是想利用他向金陵徐家施壓，只是沒有想到徐老太婆居然如此絕情，面對她的女兒女婿，嫡親外孫竟然不聞不問，看來根本沒有將胡小天的性命放在心上。」

洪北漠道：「臣始終認為，陛下對徐家實在太過仁慈了。」

龍宣恩點了點頭：「朕欠他們的人情，所以不想將事情做得太絕，你暫時不要動胡小天，朕拿他還有用處。」

「是！」洪北漠道：「陛下，您有沒有聽說永陽公主想重組神策府的事？」

龍宣恩道：「她只是個小孩子罷了，隨她去吧。」

洪北漠點了點頭。

龍宣恩道：「愛卿，你相信這世上真有長生之道嗎？」

洪北漠道：「臣不知，但是臣相信可以通過方法延長人的生命。據我所知，無極觀的張化極張真人已一百六十三歲，可看起來外表和五十歲的樣子絲毫無異。」

龍宣恩感慨道：「駐顏有術，永保青春，朕不求長生不死，若是上蒼能夠再給我五十年歲月那該多好。」言語之中充滿無盡失落。

洪北漠道：「人可以通過修煉和醫術兩種方式來延長壽元，陛下乃天之驕子，必然會受到上天眷顧。」

龍宣恩的唇角浮現出一絲苦笑，緩緩搖了搖頭，然後道：「你安排一下，幫朕去請張真人過來，朕要當面請教他長生之術。」

洪北漠面露難色：「陛下，張真人九十歲的時候已經不再離開北嶺雪山，臣只怕做不到。」

龍宣恩道：「北嶺雪山位於大雍，朕又不方便去。」

洪北漠道：「臣與無極教的許守心道長相交莫逆，他是張真人的徒孫，也是無極教六大長老之一，不如我請他過來。」

龍宣恩點了點頭道：「也好！」

天龍寺悠揚的晨鐘響起，胡小天早在三更時分就率領那群御前侍衛離去。

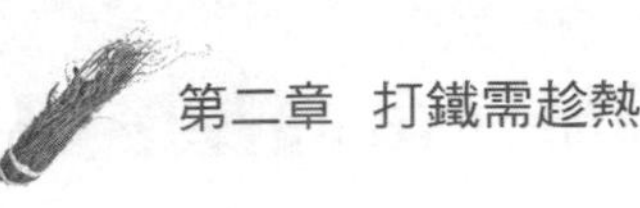

除了值守在普賢院的二十名御前侍衛之外，其他的侍衛全都來到五觀堂吃飯，包括昨晚負責在普賢院值守的左唐在內。胡小天先問過左唐昨晚普賢院的情況，得知假皇帝那幫人這一夜還算老實，並沒有製造任何的麻煩。

經過昨晚一戰之後，胡小天已經在這幫侍衛心中樹立了絕對權威的地位，眾人都等著他的吩咐。

胡小天將一百名侍衛分成五組，日夜輪班值守，並將過去佈置在通往普賢院各個路口的侍衛撤回，這些佈置本來就沒有任何的必要，天龍寺本身就有武僧日夜不斷的巡查，他們再在路口設卡純屬多餘。

經過胡小天的重新佈置，防衛圈縮小了不少，不過人數佈置還是一樣。從過去的保護普賢院，防止外人進入，變成了將普賢院層層封鎖，防止假皇帝一行外出，事實上等於將假皇帝一行軟禁其中了。

此時有侍衛過來通報說，普賢院來了一名小太監過來催皇上的早膳。

胡小天點了點頭，出門去看，來的居然是尹箏。尹箏看到胡小天出來，馬上滿臉堆笑地走了過去，殷勤道：「大哥早！」

因為附近並沒有其他人，他方才敢這樣稱呼。

胡小天道：「尹公公千萬別這麼說，胡某可擔當不起。」

尹箏一聽就知道胡小天生了他的氣，儼然要將他這個小弟清除出列的意思，慌忙道：「大哥千萬不要生我氣，小弟此來就是有些心裡話想跟您說。」

胡小天看了看周圍，遠處仍然有不少侍衛在朝他們這邊張望，不過距離很遠，應該聽不到他們之間的對話。當下點了點頭道：「有什麼話你就說吧。」

尹箏苦著臉道：「兄弟我有不得已的苦衷，我被人逼著服下萬蟲蝕骨丸，若是我不老老實實聽話，恐怕連半年都活不到。」

胡小天目光一凜，他頓時想到了葆葆和林菀，洪北漠不就是通過萬蟲蝕骨丸來控制她們嗎？想不到他現在利用這種手段控制宮裡的太監，看來這洪北漠比起姬飛花更加狠辣。

胡小天道：「你現在跟我說這些不是太晚？」

尹箏壓低聲音道：「大哥，我也是來到天龍寺之後發現皇上有些不對頭，一個人就算如何掩飾，可有些細節還是能夠露出馬腳的，尤其是在我們這些宮人的眼裡，我伺候皇上的時間雖然不長，可是皇上的起居習慣我多少還是瞭解一些。」

胡小天低聲道：「你是說……」

尹箏湊近他的耳朵，小聲道：「這皇上是別人假扮的。」

胡小天故意將面色一沉：「休要胡說，你知不知道這句話若是讓他人知道，必然會砍了你的腦袋。」

尹箏嚇得面色蒼白，顫聲道：「大哥，此事我從未向他人提及，我也不敢斷定，不過從他的表現來看十有八九是錯不了的，大哥想想，過去皇上出巡全都是御前侍衛在負責貼身護衛，為何單單這次變了？為何會全都換成天機局的人？」

胡小天道：「擔心露出破綻，被我等識破？」

尹箏點了點頭道：「應該就是這個道理。」

胡小天道：「此事還有沒有其他人知道？」

尹箏道：「小弟不敢跟任何人說，大哥，如果這皇帝是假的，咱們應該怎麼做？」他這句話顯然是向胡小天示好的意思。他也明白，想要重拾胡小天對他的信心沒有那麼容易。

胡小天道：「沒證據的事情還是不要亂說，總之你不要在他們面前顯露出任何的反常，過去怎麼樣，現在依然怎麼樣，若是發現了任何不對的地方，第一時間向我稟報。」

「是！」

尹箏這邊剛剛離去，天龍寺監院通淨就到了，他身邊只跟著那天陪著胡小天前往裂雲谷的小沙彌。

胡小天出門相迎，雙手合什道：「通淨大師早！」

通淨的臉上仍然笑瞇瞇的：「胡施主早！」

胡小天知道他一定是為了昨晚的事情而來，不過從他的臉上看不到絲毫的不悅，果然是和尚都一樣，修為有高低。樂呵呵邀請通淨去自己住的禪房去坐，通淨卻搖了搖頭道：「不必了，只是聽說昨晚陛下那邊發生了一些事情，所以方丈特地讓我過來問問。」

胡小天將昨晚的情況簡單說了一遍，然後道：「我們正準備在寺裡到處找一找呢，興許能夠發現那名潛入的刺客。」

通淨臉色雖然平靜如常，可是心中卻極其不悅，這胡小天將他們天龍寺當成了什麼地方，想搜就搜？他輕聲道：「老衲能夠保證，天龍寺內並無一個像胡施主所說的和尚。」

胡小天道：「天龍寺那麼多僧人，只怕通淨大師不可能每個都認識。」

通淨道：「天龍寺兩萬多名僧人，貧僧雖然未必每個都能夠叫得上法名，可是什麼人是天龍寺的，什麼人是從寺外進來的，貧僧一望即知。」

胡小天呵呵笑道：「通淨大師的意思是，我們只是一幫外人嘍？」

通淨唇角露出一絲微笑，沒有回答他，可用意不言自明。

胡小天道：「無論是不是天龍寺的和尚，可大家都是康人，陛下都是咱們的陛下，陛下在天龍寺若是出了什麼事情，我擔不起，你們只怕也擔不起。」這廝又開始威脅通淨了。

通淨這麼好的涵養也有些沉不住氣了，眉頭微微皺起：「天龍寺僧眾對皇上只有恭敬之心絕無加害之意，胡施主這樣說就有失公允了。」

胡小天道：「通淨大師不要誤會，我也沒說天龍寺有加害皇上的意思，只是昨晚刺客潛入被我們發現，我等一路追蹤刺客在藏經閣外失去了蹤影，本想進入藏經閣搜查，卻受到百般阻撓。」

通淨道：「並非有意阻撓，而是因為藏經閣乃是天龍寺禁地，沒有方丈的同意，任何人不得隨便入內。」

胡小天道：「是藏經閣重要還是陛下的安全重要？如果陛下出了什麼事情，我就不信你們還能夠保全藏經閣。」這番話說得可謂是無禮至極。

通淨臉上瞬間呈現怒容，不過他很快就控制住，點點頭道：「施主想怎樣？」

胡小天道：「我要去藏經閣看看，到底有沒有那個前雞胸後駝背的醜陋和尚。」

通淨道：「好，老衲此次前來就是為了滿足施主這個心願，方丈已經答應可以讓施主進入藏經閣查詢，不過也有個條件。」

胡小天道：「什麼條件？」

通淨道：「只允許施主一人進入！」

胡小天心中一怔，莫不是自己咄咄逼人的行徑激起了天龍寺僧人的憤怒，他們設了個圈套讓自己鑽，等自己單獨進入藏經閣後，來個甕中捉鱉，又或是乾脆誣陷自己進入藏經閣盜取典籍？可轉念一想這些僧人應該沒有那麼多的歹毒用心，更何況自己還頂著大康御前侍衛副統領的光環，他們想要對付自己之前必須要三思而後行。想到這裡頓時有了底氣，點了點頭道：「好啊，就這麼辦。」

通淨又道：「如果胡施主在藏經閣找不到你說的那名僧人怎麼辦？」

胡小天道：「那就繼續在寺內搜查，直到找到那僧人為止。」這貨當然沒那麼容易上了通淨的圈套。

通淨緩緩搖了搖頭道：「方丈說了，如果胡統領找不到那名僧人，就請胡大人提前離開天龍寺。」

胡小天沒聽錯，這幫和尚開始對他下逐客令了。老子本來就沒想來這裡，可既然來了也不是你們想請我走就能走的，有道是請佛容易送佛難，皇上不走，我怎麼能走？進入藏經閣機會難得，千萬不能錯過了此次良機。權且答應你再說，我若是想留下，隨便都能找出成千上百個藉口，氣死你們這幫老和尚。

胡小天終於如願以償地進入了藏經閣，通淨將他帶到藏經閣的院門處，卻沒有入內，負責前來引領他的居然是明鏡和尚。胡小天過去一直以為出淤泥而不染的白蓮花指的是女人，可見到明鏡之後方才知道男人也可以被這麼形容，明鏡的穿著打扮和天龍寺的其他和尚也沒什麼分別，可是同樣的僧袍穿在他身上就顯出一塵不染的超凡氣度，看來終究還是氣質決定一切，人終究還是靠比出來的。

胡小天欣賞之餘卻也認為明鏡的修為還不到家，真正至高的境界應該是返璞歸真，鋒芒內斂。比如此前所見的緣木大師，看起來就是個平淡無奇的老和尚，誰知道他居然在天龍寺擁有這樣超高的地位。再比如自己，別人都以為自己是個玩世不恭的混混，誰能想到老子如今也是身懷絕技的高手。

胡小天樂呵呵來到明鏡的面前：「明鏡師兄！」

明鏡淡然一笑：「胡施主好！」這樣回應等於是告訴胡小天我可擔不起你師兄的稱呼，咱倆沒這個交情。

胡小天不以為然，雙手負在身後，悠哉遊哉環顧四周，大白天觀察藏經閣所在的院子格外清楚，第一眼印象就是這裡和地圖上的標注應該沒有太多變化。

明鏡道：「胡施主請隨我來。」

胡小天跟著明鏡向裡面走去，通往藏經閣的道路兩旁站著不少的和尚，這些和尚是特地來這裡站著的，目的就是讓胡小天看清楚，他們之中到底有沒有他所說的那個前雞胸後羅鍋的醜和尚。胡小天根本就是賊喊捉賊，那個醜和尚是他自己所扮，就算翻遍整個藏經閣也找不到，他一邊走一邊記，那張地圖早已被他記得爛熟，看到真實的場景，自然而然就會拿來彼此對照。

現在藏經閣的院子裡蹓躂了一圈，看到有不少和尚正在中間空曠的場地裡面忙活，將藏經閣內的經書搬出來在陽光下進行晾曬，藏金閣藏書頗豐，所以書籍的維護和修訂也非常重要，幾乎每個風和日麗的日子都能夠看到這樣的場景。

胡小天圍著曬書場緩緩而行，目光逐一在那幫僧人的臉上掠過，似乎在留意其中有無嫌疑人，腦子裡卻在不停印照地圖和現實場景的差別，這曬書場地圖上沒有，應該是後來才鋪設而成的。

走過曬書場就是勘誤閣，裡面也有幾十名和尚在忙著校驗勘誤謄寫，對於一些經年日久的佛經典籍，進行謄寫複錄，正是這些僧人的辛苦工作方才有了佛學經典的延續流傳，不至於湮滅於歷史長河之中。

明鏡陪著胡小天在藏經閣院子裡轉了大半個時辰，平靜問道：「胡施主可曾發現了什麼可疑人物？」

胡小天搖了搖頭，指了指藏經閣的主樓，藏書樓這座九層的建築方才是藏書閣區的中心所在，胡小天道：「這裡面還沒有看過呢。」

明鏡似乎已經料到胡小天會提出這樣的要求，他輕聲道：「胡施主請稍待。」他走到門前抓住銅鈴輕輕搖晃了一下。

伴隨著銅鈴清越的鳴響，藏書樓大門開啟，三十六名僧人魚貫而出。

明鏡道：「這三十六名僧人平時駐守在藏書樓內，胡施主看仔細了，他們之中到底有沒有你說的那個？」胡小天舉目看了一遍，然後搖了搖頭，裡面當然沒有。

胡小天道：「藏書樓內只怕不僅僅這些僧人吧？」

明鏡道：「還有七人，就算是方丈親來他們也不會離開藏書樓，這七人貧僧可以為他們做出擔保，絕對不會涉及潛入普賢院之事。」

胡小天呵呵冷笑：「你來擔保？你有什麼資格擔保？」

明鏡並沒有因為胡小天的這句話而生氣，微笑道：「貧僧雖然沒有資格，但是相信方丈也會為他們擔保，胡施主還有什麼不滿意的嗎？」

胡小天搖了搖頭道：「不滿意，當然不滿意，耳聽為虛眼見為實，凡事不親眼見證，我又怎能相信呢？」

明鏡道：「胡施主就算不相信貧僧，也應當信得過方丈。」

胡小天笑道：「我跟方丈可不熟，他是什麼人我並不清楚。」

明鏡道：「胡施主是不想現在離開天龍寺吧？」

胡小天本來就是要在這件事上製造文章，向天龍寺發難，從而拒絕天龍寺讓他離開的要求，想不到方才發難，就已經被明鏡識破，這和尚雖然年輕，頭腦卻是極其出眾，已經洞悉了自己的目的，胡小天呵呵笑了一聲道：「我離不離開需要聽陛下的，你們這麼想我離開，難道不想陛下身邊有人保護？」他指了指藏書樓道：「若是見不到幾位大師，我怎能確信那和尚是不是藏身在這藏書樓中？」

明鏡道：「胡施主只怕醉翁之意不在酒吧？」

胡小天饒有興致地望著明鏡，明鏡目光淡然和他對望，兩人相持了一會兒，胡小天率先笑了起來：「出家人不是應當與人為善嗎？為何總是把別人往壞處想？如此多疑，根本不像是個出家人呢。」

明鏡道：「出家人與人為善，卻不代表任人宰割，天龍寺有天龍寺的規矩，僧人有僧人的尊嚴，三界五行各有疆域，若是不守規矩，逾越了這其中的界限，只怕於人於己都沒有什麼好處。」他寸步不讓，言語之中充滿警告的意思。

胡小天對明鏡越發有興趣了，他笑瞇瞇道：「看來明鏡師父並沒有聽說過割肉飼鷹的故事。」

明鏡平靜道：「貧僧不是佛祖，施主也不是飛鷹，豈可拿來相提並論。」

胡小天道：「三界五行各有疆域，看來在佛的心中並非是眾生平等的。」

明鏡微笑道：「其實人人都可以成佛，施主又何必妄自菲薄。」

「佛魔本在一念之間，你們心中若是沒有惡念，緣何會懷疑他人的動機？你們心中若是坦然，緣何不敢讓我和他們相見？既然人人都可成佛，人人一樣可以成為那隻想要吃肉的飛鷹，你我誰是佛誰是鷹，誰又能夠說得清楚？」

明鏡被胡小天的一番話問得愣在那裡，過了好一會兒方才歎了口氣道：「這藏經閣施主以後還是不要再來了。」

胡小天這一趟可謂是收穫頗豐，雖然沒能如願以償地進入藏書樓內，卻搞清了藏書樓內的人員數量，對藏經閣院落之中的建築佈局已經了然於胸。離開藏經閣，看到通淨和小沙彌都在外面等著自己。通淨道：「施主可曾找到了？」

胡小天搖了搖頭。

通淨道：「貧僧送施主離開。」

胡小天道：「不用你送，該離開的時候我自會離開。」

通淨愕然：「施主剛才不是已經答應了……」

胡小天道：「我現在反悔了！」

「可是，佛門淨地豈能出爾反爾。」

胡小天不屑笑道：「我又不是佛門弟子，我想反悔就反悔，想說謊就說謊，想喝酒就喝酒，想吃肉就吃肉，想玩女人就玩女人，大不了激怒佛祖降罪於我，又干你什麼事情？」

「你……」通淨被他噎得張口結舌。

胡小天道：「真是看不慣你們這幫和尚，明明跳出三界外不在五行中，還管那麼多的紅塵俗事，若是不想我們來，你們當初就該拒絕皇上，為何要委曲求全？還不是心中害怕皇上勢大？佛祖面前眾生平等？若是一個乞丐過來上香禮佛，你們豈會給他那麼隆重的接待？」

小沙彌偷偷看了看通淨，發現通淨老臉通紅，可就是無言以對。

胡小天道：「自己心中的一碗水都端不平，整天說著自欺欺人的話，幹著自欺欺人的事情，你們當真以為佛祖看不到？知不知道你們為什麼修來修去都不能修成正果嗎？就是因為你們太虛偽。」

「施主……你……你……」通淨只差沒被他氣背過去。

胡小天擺了擺手道：「算了，我不跟你說，若是方丈想我離開，就讓方丈親自來趕我走，最好連皇上也一併趕走，以為我想在這裡待著？如果不是為了保護皇上，我早就走人了，也好過受你們這幫和尚的窩囊氣。」胡小天說完轉身就走，大步流星，袍袖飄飄。

通淨望著他的背影，許久方才感覺心底這口氣順了過來，長舒了一口氣道：「氣死我了……」

小沙彌一旁提醒道：「師父，您不是說嗔乃佛門大忌……」

通淨揚起手，照著小沙彌腦瓢上就是一記：「孽障，需要你來提醒我？」

小沙彌摸了摸腦袋，嘴巴一扁，委屈得眼圈都紅了，心中暗忖，人家那位胡施主說得好像不錯，師父有些時候，的確很虛偽呢！

第三章

做戲？

通元看到眼前情景覺得匪夷所思，心中一盤算，
以為這君臣二人十有八九是在自己的面前做戲，
通元心中暗歎這皇上虛偽，
若無他的命令，胡小天豈敢肆意妄為，
大家都是明白人，何必做戲給自己看。

通淨離開藏經閣後，徑直來到方丈通元清修的禪室，通元方丈起身相迎道：「師兄回來了。」

通淨點了點頭，轉身將禪室的房門關上，兩人來到蒲團之上相對而坐，通淨將剛才的事情簡單敘述了一遍。

通元聽完不禁皺了皺眉頭，低聲道：「這胡小天居然如此頑劣？」

通淨道：「何止如此，他還口出狂言，說就算將咱們天龍寺掘地三尺，也要將那刺客找出來，真是豈有此理。」他氣得臉色鐵青。

通元低聲道：「師兄切勿動怒，你覺得這件事的背後到底是什麼原因？」

通淨道：「我看十有八九是他們在故意製造事端，他們口口聲聲說有刺客潛入，可是誰看到了？咱們天龍寺那麼多僧眾為何沒有一個人看到？那麼多雙眼睛難道還不及他們銳利不成？」

通元點了點頭道：「裂雲谷的事情還沒有查清到底怎麼回事，如今卻又爆出有刺客潛入普賢院意圖刺殺皇上的事情，還真是不太平呢。」

通淨道：「胡小天只是一個御前侍衛，如果沒有皇上給他撐腰，他也不敢有這麼大的膽子在天龍寺如此囂張行事，皇上先派他去裂雲谷，現在又授意他在天龍寺內四處搜查，製造事端，依我看，真正想要跟咱們過不去的乃是皇上！」

通元目光一凜，似乎責怪師兄不該將這番話說出來，可是他心中也是一般想法。現在看來，這位大康天子前來天龍寺的目的絕不是為了超度亡靈，更不是為了什麼禮佛誦經，他對天龍寺肯定另有企圖。

通淨道：「不知皇上有何圖謀？」

通元道：「天龍寺又有什麼東西值得他圖謀的？我們出家人無財無勢，有的無非是佛門典籍，那些經文皇上是不會感興趣的。」

通淨道：「難道他想要的是天龍寺的武學秘笈？」

通元苦笑搖頭道：「三百年前，天龍寺曾經毀在朝廷手中，當時藏經閣內的佛經典籍大都被朝廷運走，可以說那次是我天龍寺建寺以來最大的一場劫難。後來雖然高宗皇帝給我寺正名昭雪，但是那一次卻讓本寺元氣大傷，有不少典籍流落在外，其中就包括本門的鎮寺寶典《無相神功》。」

通淨歎了口氣道：「其實咱們出家人本來就不該跟朝廷發生任何的關係，這一點上咱們不如無極觀。」

通元搖了搖頭道：「修行不在乎你在什麼地方，而在乎心在什麼地方。」

通淨聞言，面露慚色，他雖然是師兄，但是在佛法的領悟上遠不如這個師弟，這也是為何上代方丈要選擇通元為繼任者的原因。

通元道：「天龍寺能有今天的規模來之不易，上代方丈將寺院僧眾委託於我，我深感職責深重，無論付出多大的代價，我也要保證寺院平安，也要保證天龍寺薪火永傳。」

通淨道：「那裂雲谷長生佛內究竟有什麼秘密？」

通元搖了搖頭道：「我也不甚清楚，可皇上既然如此看重，想必那長生佛應該藏有一些不為人知的秘密，咱們出家人對這些事情並不關心，也罷，看來我要親自前往普賢院走一趟了。」

通淨點了點頭道：「應當如此，是時候要探聽一下他究竟是什麼意思，如果他真有所圖，只要不是違背寺規的事情，咱們也沒必要因此跟朝廷反目。」

當日下午，通元在兩名僧人的陪同下前來拜會老皇帝。他也聽說昨晚刺客潛入的事情發生之後，各個路口設防的侍衛都已經撤了，目前防守的重點全都放在普賢院周圍，通元來到普賢院門前，居然被門前守衛的御前侍衛給攔住去路。

通元微笑道：「貧僧通元特地前來拜會陛下！」

幾名侍衛對望了一眼，有人已經跑進去通報，不一會兒功夫左唐從裡面迎了出來，笑瞇瞇道：「原來是方丈大人！」

通元聞言真是有些哭笑不得，他是方丈不假，可不是什麼大人。

左唐道：「勞煩方丈稍等，我們這就去稟報胡大人。」

通元稍感錯愕，過去的半個多月他也曾經來過這裡一次，可上次應該不是胡小天負責的，再說他要見的是皇上，又不是胡小天，難道想見皇上還得先獲得胡小天的允許？

說話的時候，胡小天率領一隊侍衛從遠處竹林的方向走了回來，今天他們在普賢院附近展開搜索，胡小天的真實用意當然是熟悉地形，好不容易才有了這樣一個理直氣壯的機會，他焉能不好好利用，這一天獲得的情報比之前半個月加起來都要多，畢竟過去沒有這樣的機會可以光明正大地四處搜索，現在不同了，打著尋找殺手的旗號幾乎將整個天龍寺的西院走遍，不悟也算是慧眼識人，選了胡小天來幫他做事，換成別人還真沒有他這樣的本事。

胡小天遠遠就看到了門前的通元，他哈哈笑道：「通元大師來了，爾等為何將通元大師阻擋門外？難道你們不知道誰才是這裡的主人？真是混帳，趕緊讓開。」一幫侍衛慌忙讓開了一條道路。

通元卻沒有急著進去，等胡小天來到近前微笑道：「胡大人辛苦了。」

「不辛苦，為保障皇上的安全，就算流血流汗犧牲性命也是應當，佛祖不是說過，我不入地獄誰入地獄？從來吃苦受罪的事情我都是搶在最前！」

通元笑道：「胡大人話中充滿了禪理，佩服佩服！」

胡小天道：「方丈抬舉我了，我哪懂禪理，說的只是一些做人基本道理。」

通元微笑道：「其實無論是道理還是佛理，都是相通的，胡大人真的很有慧根。」

胡小天笑道：「方丈這麼一說我都有出家的心思了，不過可惜家裡一群妻妾等著，我若是不回去，豈不是害她們全都成了寡婦？這種殘忍的事情，佛祖應該不會允許我做。」

通元身邊的兩名僧人不覺皺了皺眉頭，表情顯得有些厭惡，認為胡小天在方丈面前說這種話實在是大大的不敬。

通元方丈卻並不介意，輕聲道：「胡大人心存慈悲，實乃大善！」

胡小天道：「若是出家必須了斷塵緣，可是了斷塵緣卻要讓親人難過，愛人傷心，本來遁入空門乃是為了尋求慈悲度人，可是卻反倒害了自己的家人，方丈，我實在是想不通呢，您可以為我解釋嗎？」胡小天說的事情雖然簡單，但是對佛門弟子來說確是最大的矛盾，幾乎每個出家人都會經歷這一關的煎熬。

通元平靜道：「這世界上的任何事都有小有大，且看胡大人要站在怎樣的角度和位置，老衲不是你，當然不知胡大人的糾結和痛苦，胡大人也不是我，又怎知道老衲的自在和平靜呢？」

胡小天心中暗讚，畢竟是天龍寺方丈，比起通濟、通淨那幾個的修為不可同日而語。

通元向胡小天合什道：「老衲先去見過皇上了。」

胡小天道：「我帶方丈過去。」

通元向跟隨他的兩名僧人道：「你們在外面等我。」

胡小天引著通元來到假皇帝的禪房前，恭敬道：「皇上，方丈來了！」

裡面傳來老皇帝的聲音：「請大師進來。」

房門從裡面開啟，小太監尹箏出來將通元請了進去。他和胡小天交遞了一個會心的眼神，彼此誰都沒有說話。

通元大師走入禪室，老皇帝仍然盤膝坐禪，向通元道：「大師請坐！」

通元在他對面的蒲團上坐下：「貧僧前來特地向皇上當面致歉，昨晚之事實在是本寺疏於防範，方才讓賊人有機可乘。」

老皇帝淡然笑道：「反倒是朕要向你致歉才對，因為朕的事情，擾亂了寺內僧眾寧靜，實在是罪過。」

通元道：「貧僧已經讓人去查，整個天龍寺內駝背的僧人只有七個，至於雞胸者只有兩個，既駝背又雞胸者只剩下一個，貧僧已經讓人將他們全都找來，回頭陛下可派人去指認，看看其中有無可疑人物在內。」與其被動不如主動，你們不是想查嗎？我們主動將人找齊了給你們查，如果沒有你們要找的人，看看還有什麼話說。

老皇帝道：「朕本來的意思也不想張揚，不想將這件事情鬧大，更不想驚擾到你們的寧靜，只是這幫御前侍衛為了朕的安全非要將那潛入者找出來，搞得雞飛狗跳人心惶惶，驚擾了你們的寧靜，朕也是始料未及。」

通元道：「今日上午，胡大人前往藏經閣搜查，還說奉了皇上的旨意。」

老皇帝矢口否認道：「朕可沒讓他去藏經閣，藏經閣乃是你們天龍寺的禁地，他怎麼這麼不懂事？來人，將胡小天給我叫進來！」

通元也沒想到老皇帝居然來了這一手，沒有他的命令，胡小天難道敢進入藏經閣？此事還真是蹊蹺了。

胡小天很快就走了進來，心想這假皇帝又想搞什麼花樣？

老皇帝指著胡小天的鼻子怒斥道：「混帳東西，誰讓你率人擅闖藏經閣的？」

胡小天聽說是這件事，馬上就明白了假皇帝的用意，一是要在通元方丈面前摘清他自己，二是趁著這個機會報復自己，出出他心頭的那口惡氣。在沒有識破老皇帝的身分之前，胡小天當然不敢跟他爭執，現在知道了這廝是個贗品，當然用不著對他那麼客氣，不過想想也沒必要當著方丈的面前跟他撕破臉皮，恭敬道：「陛下，臣完全是為了陛下的安危著想。」

「混帳！就算是有刺客潛入也是你們防守不力，和天龍寺的僧眾又有什麼關係？你到處搜查，搞得人心惶惶，以為朕不知道，根本就是想轉移朕的注意力，推卸自身的責任。」假皇帝咄咄逼人，疾言厲色，氣勢空前高漲。

胡小天道：「陛下聖明，臣此前先在裂雲谷替陛下禮佛焚香，然後在五觀堂負責陛下的膳食，至於陛下的貼身防守護衛全都是劉虎禪等人在做，若非他們疏忽，陛下也不會讓臣和這班侍衛進駐普賢院。」

假皇帝心中一震，胡小天竟然敢不買他的賬，難道這小子當真看出了自己的破綻？

通元也感到詫異，雖然他是方外之人，但是也知道君臣有別，君讓臣死，臣不得不死，從未聽說過皇上呵斥臣子，做臣子的還敢反嘴的，這種事情今天就被他看到了。

假皇帝怒斥道：「混帳，信不信朕這就讓人將你拖出去斬了？」

通元大師慌忙道：「皇上息怒。」佛門淨地可不能隨便殺人。

胡小天道：「皇上無需發這麼大的脾氣，臣也是為了皇上的安危考慮，若是皇上想殺臣，用不著那麼麻煩，臣現在就去外面自刎謝罪。」

通元一聽這小子居然要在自己寺院裡自殺那還了得，慌忙道：「胡大人千萬不可啊！」

假皇帝看到眼前的局勢就知道自己十有八九已經暴露，若是繼續在胡小天的面前擺皇上的譜兒，搞不好這廝當真會跟自己翻臉，到時候鬧個一拍兩散，誰都不會好看，心念及此，重重哼了一聲道：「朕難道說你不得？」

胡小天恭敬道：「陛下當然能夠說得，君讓臣死臣不得不死，臣也不是想要對陛下不敬，而是有些話必須要說清楚，臣死不足惜，只是不想我的那幫兄弟跟著臣一起受委屈。」他何時變得那麼義氣了？

假皇帝趁機收收場道：「你出去吧，記住，以後沒有朕的命令絕不可任意胡為，若是讓朕知道爾等再敢隨意驚擾天龍寺僧眾，朕一定拿你是問。」

「是！」胡小天退了出去。

通元看到眼前情景覺得匪夷所思，心中一盤算，以為這君臣二人十有八九是在自己的面前做戲，通元心中暗歎這皇上虛偽，若無他的命令，胡小天豈敢肆意妄為，大家都是明白人，何必做戲給自己看。胡小天離去之後，他低聲道：「其實昨晚的事情貧僧也要承擔一些責任，這些年來天龍寺多虧了陛下的眷顧方才能有今日之規模，陛下若是在寺內有什麼閃失，貧僧真是愧對朝廷這些年來的信任了。」

假皇帝道：「朕都已經說過了，昨晚的事情和天龍寺無關，大師就不必自責了。」對通元方丈他還算客氣。

通元道：「貧僧雖然是方外之人，可也是大康臣民，陛下若是有什麼事情讓貧僧去做，貧僧一定會盡力而為。」他之所以這樣說等於在婉轉地告訴皇上，你不用搞那麼多的手段，有什麼要求只管直說。

假皇帝點了點頭道：「朕知道爾等忠心可嘉，朕來天龍寺這段日子承蒙貴寺僧眾照顧，朕心中不勝感激，哪還有什麼其他的要求，不過通元大師這樣一說，朕倒是想起了一件事情，過去太宗皇帝曾經親手抄錄了一本《般若波羅蜜多心經》，據說收藏在天龍寺，朕長久以來一直想親眼目睹先祖的真跡，不知通元大師可願為朕行這個方便？」

通元雙手合什道：「陛下可能是消息有誤，那《般若波羅蜜多心經》最早的時候的確收藏在天龍寺藏經閣，可是三百年前經歷的一件事，從那時起《般若波羅蜜多心經》就已經不知去向，其實那本心經一直被本寺奉為至寶，所有僧眾無不翹首企盼希望心經能夠早日回歸呢。」

假皇帝道：「大師若是不願那就算了。」

通元聽他這樣說心中不禁有些鬱悶了，那心經的的確確不在天龍寺，卻不知這老皇帝從哪裡得來的消息，他們還聽說心經就在皇宮的藏書閣收藏，只是通元沒有將這番話說出來。通元道：「陛下，那心經的確不在藏經閣，貧僧這一生從未說過一句謊話，對常人尚且如此，更何況是對陛下。」

假皇帝緩緩點了點頭道：「既然不在，那就算了。」他雙目閉上，擺明了不願再理會通元，通元也懂得世故人情，起身告退。

通元來到門外，胡小天迎了上去：「大師，皇上的心情怎麼樣？」

通元心想皇上心情不好也是你招惹的，你剛剛全都看得清清楚楚，又何必假惺惺地問我？這世上的人真是狡詐，淡然道：「老衲實在是不擅揣摩君上的心思。」

胡小天笑道：「也是，大師是方外之人，哪會注意這些小事。」

通元道：「陛下說他沒讓胡大人前往藏經閣搜查呢。」

胡小天將插在腰帶上的聖旨掏了出來，展開給通元看了看：「御筆親批，雖然沒有蓋上玉璽，可皇上的筆跡我可是不敢仿冒的。」

通元目光在聖旨上一掠而過，心中越發認定了這君臣二人是串通起來演戲給自己看。

胡小天歎了口氣道：「大師是不知道我們的辛苦，吃苦受累在前，有什麼罵名罪過還得我們承擔，說不盡的委屈，道不完的辛酸，唉！不說也罷！」

通元輕聲道：「老衲先行告辭了！」

胡小天目送通元離去，唇角露出一絲笑意，看來通元應該對老皇帝產生了很大的懷疑，以後若是天龍寺出了任何事，他肯定第一時間懷疑到老皇帝的頭上。

身後又響起尹箏的聲音：「統領大人，皇上請您進去。」

胡小天點了點頭，轉身走入禪房之中。

假皇帝陰測測望著胡小天，冷冷道：「混帳東西，你難道不怕朕砍了你的腦袋？」

胡小天恭恭敬敬道：「皇上，此乃佛門淨地，不宜殺氣太重。」

「你眼中還有朕嗎？」假皇帝的聲音陡然變得嚴厲起來。

胡小天面無懼色道：「微臣心中任何時候都是將皇上放在第一位的，就連皇上給我的這張聖旨，臣也是反反覆覆地研究，發現這筆跡和過去也有些不一樣呢。」

假皇帝內心一震，怒視胡小天，可是目光卻不是那麼的堅定。

胡小天道：「皇上的苦衷臣是明白的，可是臣的辛苦，皇上知不知道？」他向前走了一步，陰測測笑道：「皇上應該明白我的意思。」

假皇帝此時已經心底發虛，胡小天顯然已經識破了他真正的身分，他低聲道：「你膽敢對朕無禮？」

「對皇上無禮的不是我，而是另有其人，皇上不如將您右邊的袖子擼起來給臣看看，那塊胎記還在不在？」胡小天根本就是信口胡謅，他又沒伺候過老皇帝，哪知道老皇帝的身上有沒有胎記。

他不知道，這假皇帝也不知道，一時間愣在那裡。

胡小天從這廝僵硬的表情已經可以斷定他絕非老皇帝本人，壓低聲音道：「皇上，若是有人假傳聖旨，該當何罪？」

假皇帝沒有回答他，心中暗叫不妙，胡小天果然不好對付，只是不知他到底何時識破了自己的身分，難道是哪天詢問縹緲山靈霄宮的時候？

「其罪當斬！」胡小天充滿殺氣的聲音讓假皇帝為之一顫，他怒視胡小天，此時也唯有用這種方式來掩飾自身的惶恐和不安了。

胡小天道：「有些事我也明白，為了皇上的安全考慮，若是皇上不點頭，有些人也不敢做出這樣大逆不道的事情，可是若是這裡的事情被洩露了出去，必然會引起天下譁然，不但天龍寺的僧眾，甚至連大康的百姓都會認為被人欺騙，進而會遷怒到皇上的身上，皇上到時候會怎麼做？」

假皇帝默然無語，目光已經開始軟化。

胡小天道：「換成是我一定會殺了那個讓我失了面子，讓我被臣民百姓嘲笑的混蛋。無論當初是不是我答應過的，是不是我親自將他派出去的，皇上以為對不對？」

假皇帝道：「既然你什麼都明白了，又何必搞出那麼大的風波？若是事情敗露了對你又有什麼好處？追究下來只怕你和你手下的那幫侍衛也逃脫不了干係吧？」

胡小天點了點頭道：「說得好！」他撩起僧袍，露出腰間懸掛著的五彩蟠龍金牌，燦爛的金色晃花了假皇帝的雙眼。胡小天拍了拍金牌道：「此乃皇上御賜之物，可免我的死罪，你手中有沒有這樣的寶貝，不如拿出來給我看看？」

「呃……」

胡小天躬下身去，面孔湊近了假皇帝：「面子是相互給的，你和我全都為皇上辦事，在外人面前我敬著你，給你面子，你卻三番兩次地跟我作對為難於我，是可忍孰不可忍，信不信惹火了老子，我跟你玉石俱焚，魚死網破！」

假皇帝緩緩點了點頭道：「都是為皇上辦事，胡大人又何必出此惡言。」這貨總算是正面承認自己並非是皇帝。

胡小天突然抬起腳來照著這廝的肚子就是一腳，這一腳實在是太過突然，遲飛星根本毫無防備，其實就算他有所戒備也躲不過去，胡小天的這一腳來得太快。胡小天並沒有用內力，饒是如此也踢得不輕，遲飛星捂著肚子趴倒在地上，痛得臉都扭曲了。

胡小天一把將他的領子揪住，咬牙切齒道：「你大爺的，居然讓老子給你跪了那麼多次，今天不把你打成一個豬頭，老子決不甘休。」

遲飛星顫聲道：「胡大人千萬不可……你若是打傷了我，豈不是等於壞了皇上的大事。」

胡小天道：「也是，那就割了你的小弟弟，把你送到宮裡當太監。」胡小天自己當過太監，所以想坑別人的時候，首先想到的就是將人家命根子割了送入宮中。

遲飛星嚇得勃然變色：「大家共事一主，何必苦苦相逼。」

胡小天道：「你早不這麼說？老子給你磕頭的時候，你怎麼不想著對我寬容一點，人情留一線，日後好相見。你把事情都做絕了，先讓我在裂雲谷孤苦伶仃地苦熬了半個月，好不容易回來了，你又陰我，老子跟你有多大仇啊？」胡小天越說越氣，揚起拳頭照著遲飛星的肚子又是一拳。

遲飛星剛剛才從那一腳的痛苦中緩解過來，這又挨了一拳，痛得他雙膝一軟跪倒在了地上，右手捂著肚子左手揚起，哀求道：「胡大人，手下留情……我也是職責所在不得不那麼做……」此時的遲飛星哪還有半點皇上的威嚴，整一個搖尾乞憐的哈巴狗。

胡小天揚起拳頭作勢還要打他，嚇得遲飛星將腦袋給抱住了，打別的地方他最多痛一痛，可要是把他的臉打壞了，事情可就麻煩了。

胡小天當然沒那麼傻，向遲飛星勾了勾手指道：「跟我說說，你叫什麼？」

「在下姓遲，名飛星！」事到如今，遲飛星也沒有隱瞞的必要。

胡小天打量著他的面孔，嘖嘖讚道：「真是厲害啊，模仿得維妙維肖，普通人還真看不出來。」

遲飛星苦笑道：「終究還是沒有瞞過胡大人的眼睛。」

胡小天道：「你們幾個來到天龍寺究竟是為了什麼？」

遲飛星道：「陛下堅持要來，洪先生好不容易才勸他放棄了這個想法，可是陛下不想讓臣民覺得他失信，於是才想出了這個兩全其美的法子，讓我來充當陛下的影子，真正的用意卻是不想讓陛下涉嫌。」

胡小天道：「你充當影子我不怪你，可你三番兩次和我作對又是為了什麼？」

遲飛星道：「不是我要和胡大人作對，而是陛下的吩咐。」

胡小天冷笑道：「膽子不小，居然敢往皇上的身上栽贓。」

「我怎敢做那種事，的確是皇上的吩咐。」

胡小天知道這廝不可能對自己說實話，也懶得追問，低聲道：「以後大家井水不犯河水，我不惹你，你最好不要主動招惹於我，若是再敢找我的晦氣，我絕不會放過你。」

遲飛星道：「大家都是為了陛下的安全，此前的事情的確是我對不起胡大人，可胡大人也沒必要因此而仇視我，你讓這麼多御前侍衛全都撤回來，將普賢院牢牢守住，明眼人一看就知道你是在軟禁我，若是被人看穿了咱們的秘密，對大家都沒有好處。」

胡小天笑道：「明明是在保護你，怎麼成了軟禁呢？真是狗咬呂洞賓，不識好人心。」

遲飛星道：「再有十幾日咱們就可以大功告成，我保證以後不再做讓胡大人不開心的事情，胡大人是不是可以考慮不再插手普賢院這邊的事情？」

胡小天心想這廝夠無恥，到了這種地步還有臉跟老子談條件，他點了點頭道：

「讓我不再插手普賢院的事情也可以，你得下一道命令，讓我在整個天龍寺內展開搜查，徹查昨晚刺客潛入普賢院的事情。」

遲飛星道：「若是朕……」

胡小天惡狠狠瞪了他一眼，遲飛星慌忙改口道：「我要是下了這樣的命令，必然會引起天龍寺方面的懷疑，乃至引起他們的警惕和對立，剛才通元明顯已經懷疑我們抱有目的了。」

胡小天道：「我不知你有沒有目的，反正我是沒有任何目的，對了，楚扶風的事情究竟是誰跟你說的？」

遲飛星苦笑道：「胡大人還是不要為難我了。」

「你太高看自己了！」胡小天冷笑道：「其實就算你不說我也知道，一定是洪先生告訴你的對不對？」

遲飛星低下頭去，雖然沒有回答，可神態卻已經承認。

胡小天道：「你今日對我所說的這些話，等咱們回去後我會向陛下一一驗證，若是你膽敢有任何欺瞞之處，我仍然會找你算帳！」

胡小天的確沒有繼續為難遲飛星那群人，回去之後就恢復了昔日的佈防，將普賢院的防護任務重新交給了劉虎禪那幫人，他才不願為保護一個冒牌貨而勞動那麼多的兄弟。日子突然變得平靜了起來，不悟交給自己的任務胡小天已經完成，雖然沒有能夠進入藏經閣內，可是他已經將周圍的地形完全摸透，那張地圖也被他重新作出標記。

算起來已經到了和不悟約定的日子，距離他們離開天龍寺也只剩下三天的時間了。胡小天想要進入裂雲谷有兩種方式，一是趁著夜色潛入其中，還有一個辦法就是讓假皇帝出面和天龍寺協調。

遲飛星雖然只是個冒牌貨，可是天龍寺的僧眾並不清楚，還要給他面子的，遲飛星在得知胡小天的要求之後，雖然懷疑這廝的動機，卻也沒有拒絕，馬上讓人去告知天龍寺的方丈通元，就說離開之前還想讓胡小天代祭拜一下長生佛。

此前通元已經下令封了裂雲谷，在其中展開清查，查了這麼多天也沒有任何的結果，所以也沒有在這件事上表現出任何的為難，反正再熬三日，就能將老皇帝送走，他有什麼心願，只要是不太過分，還是儘量滿足他。

胡小天離開普賢院之後，遲飛星將劉虎禪叫到自己的房間內，低聲將胡小天找他辦的事情說了。

劉虎禪道：「他因何又要去裂雲谷？其中必有蹊蹺。」

遲飛星咬牙切齒道：「看來老四和老五十有八九已經遭他毒手了。」

劉虎禪道：「要不要我跟過去看他到底在做什麼？」

遲飛星搖了搖頭道：「他三番兩次進入裂雲谷，必然引起天龍寺方面的警覺，我看他的一舉一動必然在天龍寺僧人的監視之中，你跟過去豈不是暴露了行蹤？」

劉虎禪道：「那該怎麼辦？」

遲飛星陰測測道：「他想怎麼就隨他，總之我絕不會讓他活著離開天龍寺。」

劉虎禪低聲道：「大哥想怎麼辦？」

胡小天此次來到裂雲谷目的就是要送回那張地圖，可是不悟目盲，也看不到那地圖的內容，自己需要將改動詳細告訴他才行，只是這次前往裂雲谷並沒有理由在哪裡過夜，只怕沒有向不悟解釋的機會。

不悟的習慣向來是晝伏夜出，卻不知道他會不會記得今天自己要重返裂雲谷的事情。

讓胡小天詫異的是，這次天龍寺居然沒有刁難於他，只是叮囑他要早去早回，送胡小天過去的依然是上次的那個小沙彌，一雙大眼睛忽閃忽閃的頗為靈動。

走到中途忍不住問道：「胡施主，女人當真會吃人嗎？」

胡小天點了點頭。

小沙彌道：「難怪師父讓我們遠離女人。」

胡小天道：「你們師父肯定是吃過女人的虧，所以才會這樣教你們。」

小沙彌道：「女人也是人，為什麼她們要吃人呢？」

胡小天呵呵笑道：「你年紀太小，等你長大了就會懂得女人因何會吃男人。」

小沙彌摸了摸光禿禿的腦殼，一頭霧水道：「外面的世界是不是很危險呢？」

胡小天摸了摸他的頭頂道：「跟寺裡比起來的確是這樣。」

小沙彌道：「那我還是一輩子待在寺裡的好。」

胡小天有些愛憐地望著這個孩子，輕聲道：「終有一天，你會長大，你會覺得天龍寺這塊地方實在太小，你會好奇，你會想去外面的世界走走看看，或許你不再想當和尚也未必可知。」

小沙彌笑了起來：「我生來就是要當和尚的，除了當和尚，我不知道自己還會做什麼？」

這番天真無邪的話卻勾起了胡小天對往事的追憶，他充滿迷惘道：「沒有人知道自己的明天會發生什麼事情，也沒有人知道自己明天會做什麼？如果不去嘗試，你永遠不會知道自己擁有多大的可能。」

「施主的這番話好高深，小僧聽不懂。」

胡小天笑道：「不懂最好，等你長大之後就會發現，小的時候是最無憂無慮的，你會懷念童年的時光。」

裂雲谷和十天之前有了很大分別，胡小天曾經居住過的石屋已經被拆除，胡小天來到楚扶風供養的長生佛處，發現自己辛苦搬來冒充的長生佛已經被移回原位，取而代之的那尊佛像和昔日的看起來極其相似，胡小天以為自己看錯，湊近一看這尊佛像只是外形相同，年月卻不如楚扶風那尊久遠。胡小天的唇角不禁露出一絲笑意，想不到天龍寺的和尚也會造假，應該是擔心長生佛像被毀的事情東窗事發，所以才弄了尊假的濫竽充數。

胡小天將供品燃香放下，朗聲道：「佛祖啊佛祖，再有三天我家陛下就要離開天龍寺了，今天我代表陛下而來，最後一次拜會佛祖，下次要來不知是什麼時候。」說完這番話他傾耳聽去，方圓二十丈以內的動靜應該逃不過他的耳朵，當然不悟和空見這種逆天高手除外。

確信無人在附近，胡小天又道：「佛祖啊佛祖，你托夢給我，讓我帶東西給你，我今兒帶來了，就放在這裡，你可要收好了。」

胡小天掏出那幅地圖，輕輕一推佛像，將地圖壓在佛像之下，心中暗想，不悟是個瞎子，如何能夠看得清地圖上的標記，只可惜自己這次全程都在天龍寺的監視之下，沒辦法在裂雲谷久留，不然肯定會引起天龍寺方面的疑心。

胡小天裝模作樣地誦了一會兒經，此時耳邊忽然聽到一個熟悉的聲音道：「不枉我教導你一場。」

胡小天大喜過望，正想四處張望，卻聽不悟道：「不要四處張望，通淨就在不遠處監視你呢。」

胡小天跪在那裡給長生佛磕了三個頭，在香爐內續上香火。

不悟道：「你且聽好了，今晚我去劫持你們的皇上，然後會逃往藏經閣，你率領他們闖入藏經閣營救皇上就變得理所當然。」

胡小天心中忽然明白，不悟拿給自己的那張地圖根本就不重要，他是通過這張地圖來試探自己是否值得信任，胡小天真是有些哭笑不得了，自己花費了那麼大的代價修正地圖，原來所做的全都是無用功。胡小天心中暗歎，我早就該想到，不悟啊不悟，你真是個老滑頭，算來算去還是計算到了自己的頭上，挾持皇帝闖入藏經閣，果然打得一手的如意算盤。

倘若老皇帝是真的，胡小天斷然不敢陪同不悟冒險，萬一有所閃失，那可不是自己一條性命的問題，搞不好就要抄家滅門，真要是鬧出了大事，連七七也包不住自己。可現在這皇帝根本就是個冒牌貨，真身乃是洪北漠的手下遲飛星，知道此事真相的人並不多。最關鍵的是不悟不知道，天龍寺的這幫和尚也不知道，自己剛好可以利用這個機會鬧上一場，不但可以報答一下不悟的教導之情，還可以趁機整治一下洪北漠，兩全其美，何樂而不為。

不悟道：「你有什麼話可以說出來，通淨聽不到你說話。」

胡小天壓低聲音道：「須得保證他的安全。」

不悟道：「你放心就是，我豈會害你？記住，今晚儘量將動靜鬧到最大。」

胡小天低聲道：「記下了。」

胡小天在裂雲谷內待了一個多時辰，就起身離開，若非不悟提醒他根本沒有覺察到通淨在跟蹤自己，看來自己的內力雖然強大，但是仍然無法有效利用，在修為方面即便是想要達到通淨這幫人的地步，還需要很長的一段路要走。

胡小天對武功方面沒有太大的渴望，夠用就好，他從沒有想過要成為天下第一，可有心摘花花不開，無心插柳柳成蔭，稀裡糊塗就擁有了一身驚世駭俗的內力，對別人來說可能是夢寐以求，對胡小天而言內力卻是個累贅，甚至是隱形炸彈，或許不久的將來，這內力就會奪去他的性命。因為有了兩世為人的經歷，胡小天對生死看得要比普通人更淡一些，最壞一步無非是死，真要是那樣，更需要把握眼前的時光，好好享受。

回到五觀堂，看到那幫手下已經在為三天後返回皇宮做出準備，這一個月青燈古佛的日子實在是枯燥乏味，多半人嘴巴都淡出鳥來，一個個興高采烈地議論著回到京城之後大塊吃肉大碗喝酒的日子。

胡小天一進入五觀堂，這群人就都圍了上去，左唐道：「統領大人，需不需要收拾一下？」

胡小天道：「收拾什麼？」

左唐道：「再有三天咱們就要離開天龍寺了，當然要提前準備，以免離開的時候匆忙。」

胡小天笑道：「本來就沒有什麼行李用得上收拾，你們啊，千萬不可放鬆警惕，哪怕是還有一天，也要當成咱們剛來的時候那樣來謹慎對待。絕不能讓此前的刺客潛入事件再度發生。」

一幫侍衛連連點頭。

胡小天道：「再辛苦三天，等咱們返回京城，我會向上頭給兄弟們請功。」

「多謝胡大人！」

胡小天又道：「往往越是到了最後，越是容易出紕漏，咱們想著要回去，那刺客說不定也準備在這最後的三天裡孤注一擲，從今晚開始要加大巡防的力度，兄弟們怕不怕辛苦？」

眾人齊聲道：「不怕！」

胡小天微笑道：「不怕就好！千萬不能讓天機局的那幫人看扁了咱們。」

此時外面尹箏過來傳召，說是皇上要見他，胡小天跟著尹箏一起去了普賢院，途中尹箏道：「大哥，今天宮裡來人了。」

胡小天心中一怔：「什麼人？」

「天機局的傅羽弘，鷹組的統領，說是來調查皇上遇刺的事情。」

胡小天皺了皺眉頭，看來遲飛星等人已經將此前有人潛入的事情上報給了宮裡，不知他們採用的究竟是何種方式互通音訊。天機局目前還在重建之中，胡小天對其中的結構並不清楚，可傅羽弘既然能夠成為鷹組的頭領，想必身手很不一般，他此次過來的目的究竟是為了調查，還是為了其他，就不得而知了。

「來了幾個人？」

「只有他一個！」

胡小天點了點頭，前方已經是普賢院，胡小天看到梁寶和付平川兩人就站在門外，兩人看到胡小天也是仇人相見分外眼紅，此前被胡小天當眾擊敗，羞辱得體無完膚，他們恨不能將胡小天殺之而後快，可是又知道自身的實力和對方相差太遠，這種想法也只能藏在心裡罷了。

胡小天笑瞇瞇向兩人點了點頭，從他們中間走了進去。來到假皇帝的禪室前方，故意咳嗽了一聲道：「微臣胡小天求見陛下！」

裡面傳來遲飛星裝腔作勢的聲音：「進來吧！」

胡小天推門走了進去，本以為會在這裡見到傅羽弘，卻只看到遲飛星一個人坐在裡面。

胡小天將房門掩上，來到遲飛星面前，笑眯眯道：「找我？有什麼事情？」

遲飛星道：「裂雲谷那邊的事情還順利嗎？」

胡小天點了點頭道：「托皇上的洪福，順利得很。」心想這廝該不是只為了這件事？

遲飛星道：「再有三日咱們就要返回皇城了，胡大人辛苦，希望以後在京城相見，咱們還是朋友。」

胡小天笑道：「那是自然！」心想這廝跟老子套關係，莫不是害怕以後我會報復他？

遲飛星道：「剛才皇宮來人了。」

胡小天其實已經收到了消息，卻故作驚奇道：「哦？什麼人？」

遲飛星道：「天機局鷹組的傅羽弘，此刻正和劉虎禪兩人在竹林中調查那日潛伏者逃脫的路線。」

胡小天道：「他現在再調查是不是有些晚了？」

遲飛星道：「胡大人並不知道他的本事，傅羽弘乃是鷹組統領，他目光犀利，善於捕捉細節，任何的蛛絲馬跡都逃不過他的眼睛。」

胡小天笑道：「這麼厲害，有機會我倒是想見識見識。」

說話的時候劉虎禪和傅羽弘兩人一起到了。

那傅羽弘三十多歲年紀，生得又高又瘦，膚色黧黑，雙目深陷，離合之間，目光犀利，鼻樑高挺，鼻尖如勾，看起來整個人就像是一隻飛鷹一般。

胡小天並未見過他，傅羽弘主動向胡小天抱拳道：「久仰胡大人大名，今日相見，果然名不虛傳。」

胡小天也抱拳還禮道：「我也早就聽說過傅統領大名，你是傅統領，我也是副統領，說起來咱們還是有些緣分的。」

傅羽弘呵呵笑了起來。

遲飛星道：「查得怎麼樣了？」

傅羽弘道：「找到了一些線索，不過還不夠完整。」他向胡小天看了一眼，似乎有所戒心。

遲飛星道：「不用顧慮，胡大人也算是自己人，只管說出來就是。」

胡小天道：「既然不方便，我還是先走了。」

傅羽弘道：「我們在竹林中發現了一個地洞。」

「地洞？」遲飛星驚呼道。

胡小天心中也頗為好奇，自己上次在竹林中並沒有發現其中有地洞，當然自己的注意力也不在其中。

傅羽弘向劉虎禪看了一眼，劉虎禪將一套染血的僧袍拿了出來：「在地洞的入口發現的。」

此時頭頂瓦片忽然發出一聲細微的響動，胡小天第一時間反應了過來，一個箭步衝出禪房，屋頂一道黑影倏然騰空躍起，徑直越過院牆向後方竹林逃去。

胡小天還沒有啟動，緊隨其後出門的傅羽弘足尖點地，身軀騰空飛掠而起，飛起約有三丈左右，雙臂張開，他的外衣竟然隨風鼓漲開來，向院牆外俯衝而去。

劉虎禪隨後跟出，大聲道：「傅兄勿追！」

第四章

大開殺戒

胡小天看到不悟出手傷人，心中也是一凜，忽然醒悟，
不悟雖然是自己的師父，可是他仍然是一個魔頭，
被天龍寺囚禁了整整三十年，
他對天龍寺的仇恨早已刻骨銘心，不排除大開殺戒的可能。

胡小天朗聲道：「保護皇上！小心中了敵人的調虎離山計！」梁寶和付平川兩人慌忙回到院落之中，在外面駐守的御前侍衛也紛紛進來守住禪房。

劉虎禪向胡小天道：「這裡勞煩胡大人照應，我去接應一下傅兄。」他和傅羽弘向來交好，對他的安危很是關心。

胡小天道：「等等，我跟你一起去！」胡小天心中很是好奇，到底什麼人如此大膽，居然敢在光天化日之下就潛入普賢院？看那人的輕功應該不弱，傅羽弘的身法也非同尋常，他的那身衣服應該是特製，有點像現代社會的翼裝飛行，不過翼裝飛行必須要選擇合適的環境，好像傅羽弘的這身衣服更為精妙，無需在特定的環境下就能夠完成滑行。當然這比起胡小天剛剛學會的馭翔術還要差上不少，畢竟後者無需借助任何的工具。

胡小天和劉虎禪奔出普賢院，卻見那道黑影和傅羽弘先後進入竹林內。

劉虎禪擔心傅羽弘有所閃失，大步流星衝向竹林，胡小天雖然已經掌控了馭翔術，但是不能輕易在這幫人面前顯露，不過胡小天已經擁有了雄厚的內力作為基礎，過去掌握的那些步法無不威力倍增，就算是實力有所保留，在劉虎禪面前也不落下風。

兩人進入竹林內，劉虎禪大聲道：「傅兄！」

右前方傳來傅羽弘的聲音：「我在這裡！」

兩人循聲走了過去，卻見傅羽弘獨自一人站在竹林之中，前方毛竹之上沾染了數滴新鮮的血液，血仍未凝。卻沒有看到傅羽弘手上的兵器，他也未曾受傷，看來那鮮血屬於剛剛那個潛入者。

劉虎禪道：「人呢？」

傅羽弘指了指前方：「鑽入那個地洞中去了。」

胡小天舉目望去，果然看到前方不遠處有一個地洞，他緩步走了過去，劉虎禪提醒他道：「小心！」

胡小天在距離地洞三尺處站定，傾耳聽去並沒有聽到任何的動靜，地洞之中應該沒有人埋伏，他大膽走了過去，望向那地洞，目力所及已經可以看到洞底，這地洞只不過丈許深度，到底裡面是不是有旁支和其他地方相通就不知道了。

此時頭頂忽然傳來窸窸窣窣的聲音，胡小天抬頭望去，卻見一道黑色身影踩著竹枝，向正東方向逃去。

劉虎禪道：「他在那裡！」

胡小天心中卻是一凜，黑衣人明明在頭頂，傅羽弘因何說他逃入地洞？既然黑衣人已逃離，為何又要去而復返吸引他們注意？難道？胡小天暗叫不妙，此時他的後背完全出賣給了劉虎禪和傅羽弘，深重的危機感讓胡小天的汗毛豎立起來。

劉虎禪和傅羽弘幾乎在同時動作起來，兩人從袖中掏出了一個長方形的黑色匣子，正是讓天下高手聞風喪膽的暴雨梨花針。圈套，從頭到尾都是圈套，他們利用胡小天的麻痺大意，將他引誘到竹林之中，然後利用暴雨梨花針將之擊殺。在這樣的距離下，而且是在胡小天背朝他們的前提下，暴雨梨花針絕不會失手。

就在兩人以為一擊必殺的時候，胡小天竟然向那口地洞跳了進去，胡小天及時反應了過來，他今天竟然太過大意，險些要陰溝裡翻船，搶在兩人扣動機括之前，跳進地洞是他躲避暴雨梨花針的唯一機會。

咻咻咻咻，一陣細微的破空聲延綿不絕，劉虎禪和傅羽弘同時扣動機括，可是胡小天的反應速度終究還是快上了半步，在兩人扣動機括之前，他已經跳到了那地洞裡面。

地洞只有一丈深，直上直下，下方並無暗道相通。

劉虎禪和傅羽弘一擊不中，緊接著大步向前，胡小天雖然躲過了第一輪襲擊，但是他跳入地洞等於給了對方甕中捉鱉的機會。

劉虎禪和傅羽弘兩人看到胡小天逃過襲擊，內心不由得一驚，看到胡小天跳入地洞馬上又放下心來，這廝真是愚蠢透頂，跳到地洞等於是自尋死路。

胡小天跳入地洞之後，所做的第一件事就是一拳轟擊在洞壁之上，他現在的內力之渾厚當世之中少有人及，這一拳砸得地面劇震。

劉虎禪和傅羽弘身體一個踉蹌，瞬間失去了平衡，就在此時胡小天第二拳再次轟擊在洞壁之上，那地洞竟然轟隆一聲坍塌下去，落石紛紛，將洞口填塞，胡小天的身軀被埋在落石之下。

劉虎禪和傅羽弘衝到洞口，揚起手中的暴雨梨花針再度施射，這一輪鋼針全都射在落石之上，想要透過落石射中下方胡小天的身體已是不能。

竹林梢頭，那名黑衣人重新出現，揚起手中一桿長達丈二的黑色長槍，居高臨下俯衝而下，槍尖瞄準了塌陷地洞，高速行進的槍尖刺破下方的空氣，將周圍氣體排浪般向四周逼迫而去，帶著一聲刺耳的尖嘯刺入堆滿落石的地洞，長槍威勢驚人，攜帶著萬夫不當之勢鑽入落石之中，槍尖所到之處發出接二連三的爆裂聲，一時間煙塵瀰漫石屑飛揚。

長槍地面只剩下兩尺的長度，矛尖已經突破落石鑽入到地洞的最底部。

劉虎禪和傅羽弘仍然不敢有絲毫的放鬆，手中暴雨梨花針仍然瞄準地洞。粉塵被山風吹散，一切歸於平靜，沉寂，死一般的沉寂。

突然他們的腳下傳來一聲沉悶的震動。

黑衣人伸手抓住槍桿，想要將長槍從下方抽出，就在此時，腳下的地面蓬的一聲炸裂開來，一時間落石四處紛飛，煙塵瀰漫，劉虎禪三人慌忙向後方撤去，煙塵之中，一道身影宛如飛龍在天向上方躥升出去。

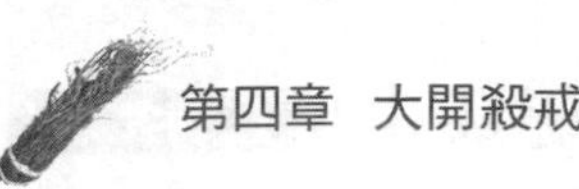

傅羽弘還未來得及舉起暴雨梨花針，就感覺到一股凜冽劍氣迎面而來，傅羽弘嚇得向後急退，身體近乎躺倒在地上，以極其狼狽的驢打滾應對方才躲過對方的致命一擊，劉虎禪卻沒有那麼幸運，握住暴雨梨花針的右臂被一道無形劍氣橫削而過，粗壯的右臂齊根落了下去，斷臂處鮮血狂噴。

黑衣人大槍在手，後撤之時陡然回身，猛殺了一擊回馬槍，槍尖直指胡小天的咽喉。

此時的胡小天灰頭土臉，可是周身卻籠罩著凜冽至極的殺氣，左手一探，玄冥陰風爪以驚人的速度抓住槍尖，全力一拗，硬生生將對方的槍尖折斷，然後他的身軀猶如猛虎下山般向黑衣人衝了上去。

黑衣人想要逃脫已經來不及了，抬腳向胡小天踢去，胡小天騰空躍起，身軀躲過黑衣人的這一腳，左臂前伸，槍尖噗的一聲刺入黑衣人的咽喉。右手凌空揮出，又是一道凜冽的劍氣斬殺在劉虎禪的左臂，劉虎禪慘呼一聲，左臂也齊根而斷。他乃虎組統領，拳腳功夫相當了得，可是今天雙拳還沒有來得及施展，就已經被胡小天雙雙斬斷，劉虎禪驚到了極點，怕到了極點。

傅羽弘手中的暴雨梨花針本來還有一輪尚未發射，可是他此時已經被眼前的情景嚇住，他並沒有想到胡小天的武力竟然達到如此可怕的境地，集合他們三人之力偷襲都沒有殺掉胡小天，而且轉瞬之間已經一死一傷。傅羽弘在此時想到的不是營救同伴，而是逃走，在胡小天對付他兩名同夥的時候，傅羽弘已經向竹林外逃去。

胡小天覷定傅羽弘逃走的方向用力一揮手臂，這次定然要用無形劍氣將這廝砍成兩段，手臂揮得格外用力，卻沒能像前兩次一樣完成劍氣外放。

劉虎禪雖然失去了兩條手臂，可是他仍然不想坐以待斃，挪動雙腿拚命向竹林外逃去。胡小天用腳尖挑起地上斷裂的槍桿，一個箭步趕了上去，剛好抓住槍桿，狠狠砸在劉虎禪的膝彎，喀嚓一聲，劉虎禪的兩條腿骨被他硬生生砸斷，慘叫一聲撲倒在了地上。

胡小天冷冷望著渾身是血已經失去反抗能力的劉虎禪，目光中卻沒有絲毫的同情：「洪北漠？」

劉虎禪咬牙切齒地望著胡小天：「去死……」

胡小天抬起右腳狠狠踏在他咽喉之上，右腳落處，傳來清晰的骨骼碎裂之聲。瞬息之間，已決生死。胡小天望著腳下死去的這兩人緩緩搖了搖頭，將他們的屍體拎起扔到了坍塌的地洞處，又撿起劉虎禪的兩條臂膀扔了進去。

雖然剛才竹林這邊爭鬥正急，普賢院那邊卻沒有任何人過來觀望，因為所有人都在保護皇上。

胡小天從腰間找出那個裝有化骨水的小瓶，聽了聽周圍的動靜，這才將化骨水倒在兩具屍體上，看著兩具屍體在眼前迅速化成一灘血水，滲入碎石和土壤之中。

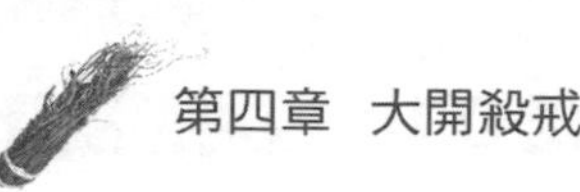

胡小天轉身離去，走了兩步，從地上撿起暴雨梨花針的針匣，這裡面還有一輪尚未來得及射擊。不用問，這場襲擊乃是洪北漠所為，從一開始他就不想自己活著返回京城。胡小天心中暗暗道：「人不犯我我不犯人，洪北漠，從今天起這世上你就多了一個敵人！」

胡小天走出竹林的時候夜幕已經降臨，普賢院外那群侍衛全都嚴陣以待，傅羽弘雖然僥倖從胡小天的手下逃生，可是他也不敢返回普賢院，甚至顧不上向遲飛星報訊，就已經匆匆逃離。

普賢院這邊雖然聽到幾聲慘呼，但是誰也不知竹林中到底發生了什麼。

遠處有一群棍僧在明證引領下向普賢院而來，天龍寺應該也聽到了動靜。

禪室內假皇帝遲飛星緊張得掌心出汗，離開天龍寺之前剷除胡小天，這是他的使命，傅羽弘的出現證明恩師對自己已經失去了信心，無論怎樣，希望這次的行動能夠順順利利，遲飛星雙手合什默默祈禱。

房間內響起一個陰冷無情的聲音：「你是皇帝？」

遲飛星心中一驚：「什麼人？」說話的時候藏在袖中的暴雨梨花針已經瞄準了發聲的方向，不等遲飛星扣動扳機，他的手腕已經被人握住，只是輕輕一握，遲飛星就感覺腕骨似乎就要碎裂，暴雨梨花針噹啷一聲落在地上。

對方點中了他的穴道，老鷹抓小雞一樣將他抓起，夾在肋下，然後騰空一躍，蓬的一聲巨響，禪室的屋頂破出一個大洞，一時間房頂瓦礫沙石如同大雨般落下。

眾人的注意力全都被這聲巨響吸引了過去，卻見一名宛如鬼魅般的古怪老者挾持著皇上，破開禪室的屋頂衝了出去，不做任何停頓，從半空中向藏經閣的方向俯衝而去，手中雖然挾持著一人，卻有若無物，根本沒有影響到他的動作。

胡小天此時剛剛來到普賢院前方，正準備迎向明證那幫棍僧，詢問他們來這裡的目的，就被普賢院的這聲巨響吸引了注意力，舉目望去，看到不悟抓住了假皇帝宛如大鳥般凌空飛躍眾人，向藏經閣的方向而去。

胡小天本以為不悟會選擇深夜下手，卻沒想到他居然這麼早就來了，看來不悟果然不怕將事情鬧大。

假皇帝遲飛星被不悟挾在肋下，看到不悟醜怪的面龐，嚇得魂飛魄散，此時他方才記起胡小天說過的話，遲飛星大聲慘呼道：「救駕！救駕！」

胡小天當然不怕將事情鬧大，大叫道：「兄弟們給我追，救皇上啊！」心中暗自慶幸，師父來得正是時候，剛好將所有人的注意力轉移，這下就算劉虎禪和那黑衣人事情被發現，誰也不會懷疑到自己的頭上。

那幫御前侍衛看到皇上被人給抓走了，一個個爭先恐後地向前方追去，此時誰也不害怕了，皇上要是死了，他們全都得陪葬，胡小天自然一馬當先衝在最前。

明證和那幫棍僧看到眼前情景也不禁有些慌張了，明證讓兩名師弟分別去通知

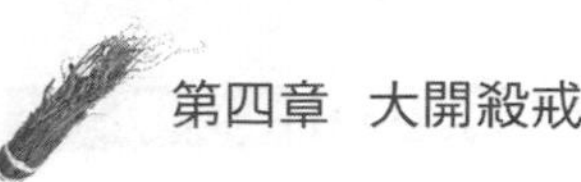

方丈和師父，率領剩下的那群棍僧也向藏經閣追去。

不悟抓著假皇帝越過藏經閣的圍牆，消失在院落之中。

胡小天和眾人追到藏經閣的院門前，幾名護衛藏經閣的棍僧攔在院門處，厲聲道：「此乃藏經禁地，沒有方丈的命令，任何人不得進入其中。」

胡小天怒道：「去你的禁地，皇上被人抓到這裡面了，兄弟們給我抄傢伙，誰阻止咱們救皇上，咱們就把他幹掉！」百餘名侍衛同時將木棍亮了出來。

明證和那群棍僧也過來增援，大聲道：「任何人不得擅入藏經閣！」

胡小天冷冷道：「明證，你剛剛明明看到皇上被人抓入藏經閣，現在還阻止我們進去營救皇上，根本就是存心包庇。」

「你胡說！」明證怒視胡小天，這樣的罪名他可擔不起，天龍寺也擔不起。

胡小天大聲道：「左唐，你馬上發出訊號，讓山下羽林軍前來接應，今日皇上若是受到絲毫損傷，必然要踏平天龍寺，火燒藏經閣！」

現場劍拔弩張，局勢一觸即發。

天龍寺方丈通元也在一群僧眾的陪同下匆匆而來，聽說皇上被人劫持，通元也是大吃一驚，胡小天剛才的那番話剛巧被通元聽到，雖然胡小天這番話說得實在太過囂張，可是如果皇上當真在天龍寺受傷，那麼結局只怕比他所說的還要更壞。

通元怒道：「全都給我散開！」面對此情此境，通元也無法保持一貫平和。

眾僧看到方丈來了，一個個慌忙行禮。

胡小天反正要扮演惡人的角色，仍然氣勢洶洶。

通元來到胡小天面前道：「胡大人請冷靜，到底發生了什麼事情？」

胡小天還沒說話，裡面就傳來一聲桀桀怪笑聲：「老夫今天就摔死這狗皇帝，看看你們這幫和尚如何向朝廷交代。」

通元聞言臉色一變。

胡小天揮了揮手臂道：「弟兄們，跟我去救皇上！」以他此時的號召力自然是一呼百應。

通元道：「胡大人，還請稍安勿躁，皇上被劫貧僧也心急若焚，可只是著急也無濟於事，不如咱們先冷靜下來，考慮一下應當如何將皇上安全營救出來。」

胡小天神情稍稍緩和：「方丈打算怎麼救？」

通元道：「皇上在本寺出事，本寺自當負責，天龍寺的情況自然是我們最清楚，胡大人就算將十萬羽林軍全都叫到天龍寺，也未必能幫得上什麼忙。」

胡小天道：「方丈的意思是，皇上的安全由你們天龍寺承擔？」

通元心中暗歎，到了現在這種地步，就算他推卸責任也推卸不掉，索性點了點頭道：「胡大人請稍安勿躁，給貧僧一些時間。」

胡小天道：「不是在下信不過方丈，而是皇上的安危不僅涉及到我們這些人的身家性命，更涉及到大康未來的國運。」

通元道：「胡大人若是信不過貧僧，不妨跟我一起進來。」

胡小天求之不得，既然你這麼說，我當然不會客氣。

通元道：「還請胡大人體諒貧僧的難處，其他人還請在外面等待。」

胡小天點了點頭，向左唐道：「左唐，先不急去山下通報，等等再說。」其實他壓根也沒想讓左唐現在就去山下通報，若是皇上被劫的事情散播出去，山下羽林軍必然傾巢而出，用不了多長時間這邊的事情就會傳到京城，局勢不可收拾。

胡小天也有他自己的考慮，今天製造這場混亂目的就是幫助不悟，至於那個假皇帝的死活他才不會放在心上。

通元擺了擺手，守門的棍僧閃開一條通路，胡小天跟著通元一起走入藏經閣。

不悟挾持著假皇帝站在藏經樓三層的飛簷之上，呵呵笑道：「天龍寺的這幫賊禿，爾等困了我整整三十年。」

通元來到藏經樓下，揚聲道：「師叔，你千萬不可再做錯事，國不可一日無君，你若是傷害了皇上，大康就會成為一盤散沙，人心離散，紛亂四起，最後受苦的還不是百姓？」

不悟雙耳微微抖動，他的面孔朝向通元所站的位置：「通元？你有什麼資格跟我說話？你不要叫我師叔，我心中從未有一日信過佛祖，你去問問你的師父，他當年做過什麼事情？你們這幫滿口仁義道德，處處標榜慈悲為懷的混帳，看看你們做過的事情，又有哪件事不是為了自己？打著佛祖的旗號招搖撞騙，又做過什麼慈悲之事？」

通元道：「師叔心中仇恨天龍寺就衝著我來，我乃天龍寺主持，任何錯處本應由我承擔，師叔為何要為難一個外人？」

不悟仰天大笑：「不是這個外人，你真捨得屈尊移駕過來見我？不是這個外人，你又豈會興師動眾，集合全寺的力量來圍困我？你心中是不是很怕？害怕我殺了這狗皇帝，給你們招來滅頂之災？」他的手掐住了假皇帝遲飛星的咽喉。

胡小天此時開口說話了：「喂，我說這位前輩，冤有頭債有主，你跟天龍寺有什麼深仇大恨，何必把我們皇上給捲進去，我們皇上又沒得罪你。」

不悟冷冷道：「你又是誰？有什麼資格在我面前說話？」

胡小天道：「我乃大康御前侍衛副統領胡小天是也，你抓我們皇上作甚？有種跟我單打獨鬥。」

不悟哈哈大笑，歪攪胡纏真是這小子的強項，想想這徒弟也算不錯，懂得配合自己演戲。

在場的僧人卻不知道胡小天和不悟之間的關係，聽到他這番話一個個暗歎這廝自不量力。不悟什麼人？連方丈通元都要稱他長輩，又豈是你能挑戰的？

通元道：「師叔怎樣才能放過皇上？」

不悟道：「讓我想想，不如你讓緣木出來在我面前給我磕三個響頭，也許我稍稍消一些氣。」

通元道：「師伯外出雲遊未歸，若是師叔願意，就由我替師伯給師叔磕頭如何？」他的話雖然服軟，可是語氣卻仍然不卑不亢，連胡小天都有些佩服這位天龍寺方丈了。臨危不懼，緊急關頭方才顯出他超人一等的氣魄和心胸，忍辱負重的事情並非每個人都能做到。

不悟道：「那就磕吧！」

通元果然跪了下去，一旁僧眾齊聲道：「方丈！」顯然都不忍看到方丈受辱。通元代表的不僅僅是他自己，也代表整個天龍寺的面子，這對天龍寺的眾僧來說無異於奇恥大辱。

胡小天暗忖，這幫僧人的修行還是不夠，天龍寺內能夠像通元這般寵辱不驚的倒是沒有幾個。

通元恭恭敬敬磕了三個響頭，面不改色，表情一如古井不波，輕聲道：「師叔可以放過皇上了？」

不悟道：「你以為向我磕三個頭就能夠抵消天龍寺對我犯下的罪孽？通元，你又何必惺惺作態，明知不可為而為之，還不是要在天龍寺的僧眾面前表現出你忍辱負重的品德，想在這狗皇帝面前賣好，出家人本該心性純良，你擁有那麼多的心機也是難得。」言語之間透露出對這位天龍寺方丈的不屑。

通元平靜道：「師叔若是這樣想，我也沒有辦法，只是請你多為天下蒼生考慮一下，不要因為一己私憤而連累了大康的百姓。」

不悟道：「爾等是出家人，家人死活尚且不管，哪還顧得上天下蒼生，說這種虛偽至極的謊話給誰聽，惺惺作態又做給誰看？想救狗皇帝？好！你跟我進來。」

胡小天道：「你放了皇上。」

不悟冷笑道：「一個為了天下蒼生悲天憫人，一個為了保護皇上，精忠報國，好！你們兩個都跟我進來！」說完這番話他抓起假皇帝，騰空幾個起落，自七層破窗進入藏書樓的內部。

通元面色凝重，舉步向藏書樓走去，一旁眾僧齊聲勸道：「方丈！」

通元的腳步停頓了一下：「沒有我的命令，任何人不得進入藏書樓。」卻有一人跟著他走了過來，通元定睛一看，卻是胡小天。胡小天道：「他說讓我也進去。」不悟口中精忠報國的那個當然指的是他。

通元歎了口氣道：「施主何苦捲入其中？」

胡小天壓低聲音道：「我若不去必然是死路一條，還請方丈成全。」

通元知道胡小天所言非虛，皇上被人擄走，他這位御前侍衛副統領首當其衝要承擔責任，想要在皇上面前有所表現也是人之常情。通元道：「你跟在我身後，千萬不要輕舉妄動。」

胡小天跟著通元進入藏書樓，藏書樓內的弟子在得到通元的命令後，陸續從藏書樓內離開。

藏書樓的下六層只是普通的佛經典籍，整個藏書樓的精華所在卻是七、八、九三層。如果不是在這種特殊的形勢下，胡小天這個外人也沒可能進入藏書閣。跟在通元的身後來到藏書閣七層，不悟坐在椅子上，假皇帝遲飛星爛泥一樣匍匐在他的腳下，距離他們不遠處的地方，還有兩名老僧靠牆坐著，一動不動，顯然已經被人制住了穴道。

胡小天裝出關切萬分的樣子：「陛下！」似乎要衝上前去，通元伸手將他攔住，即便是在這樣的狀況下，這位天龍寺方丈仍然沒有表現出絲毫的慌亂。

通元道：「師叔想要什麼？」

不悟道：「有些話你要老老實實地告訴我，三十年前，這藏經閣中曾經失竊，當時到底丟失了什麼？」

通元道：「丟失了什麼，師叔應該清楚才對。」

不悟怒道：「你放屁！當初我是被人陷害方才誤入天龍寺，你們卻將所有的責任歸咎到我的身上，放任真正的兇手逃之夭夭，簡直混帳！」他越說越氣，猛然揚起手來，一記無形掌印打在那牆角老僧的胸膛，老僧的胸膛響起骨骼碎裂的聲音，竟然被不悟一掌斃命。

「阿彌陀佛！」通元滿面悲傷之色，可是面對不悟的手段他卻無能為力。

胡小天看到不悟出手傷人，心中也是一凜，忽然醒悟，不悟雖然是自己的師父，可是他仍然是一個魔頭，被天龍寺囚禁了整整三十年，他對天龍寺的仇恨早已刻骨銘心，不排除大開殺戒的可能，以不悟的武功，今天還不知要傷害多少無辜性命，胡小天心中開始有些後悔。

不悟道：「你們天龍寺從上到下又有哪個不是假仁假義？這天龍寺兩萬僧眾每一個都死有餘辜！」

通元道：「師叔不妨放了他們，我願意代他們受過。」

不悟緩緩點了點頭道：「衝著你這句話，你比你的混帳師父要強一些，至少有些勇氣。」他指了指牆角倖存的老僧道：「我放了他的性命，你替他挨我一拳。」

通元道：「師叔請出拳！」他緩緩行至不悟的面前。

不悟右臂微屈，忽然一拳擊打在通元的小腹之上，蓬的一聲，通元身軀劇震，向後踉蹌退了三步，臉色由紅轉白，然後又由白轉黃，他每退一步，腳下的青磚便崩裂開來，通元硬生生承受了不悟的這一拳，僅憑自身的內力將不悟的拳力化解引向腳下，可是對手的實力實在太過強大，以通元之能，仍然無法將對手的拳力完全化解。

胡小天咬了咬嘴唇，就算是處在旁觀者的角度上也覺得有些不忍，不悟若是光明正大地和通元比拚倒罷了，現在竟出手毆打一個放棄還手的人，師父這節操也太低了。

不悟打了通元這一拳之後，點了點頭道：「好，你走！」他手指虛點，頓時解開牆角老僧的穴道，那老僧手腳獲得自由之後，哆哆嗦嗦站起身來，顫聲道：「方丈！」

通元道：「師兄先走，這邊的事情由我應付。」

那老僧不敢多說，轉身匆匆下樓去了。

通元道：「師叔怎樣才肯放了皇上？」

不悟道：「當年圍攻我的人有緣木、緣空還有你的混帳師父，緣空已經遭到報應，可緣木和緣塵還活在這個世上，真以為你躲在這藏書樓中我就不知道嗎？」不悟的聲音驟然提升起來，震得胡小天耳膜嗡嗡作響，甚至覺得腳底地面都顫動了起來，房樑之上的灰塵也隨聲簌簌而落。

樓梯的轉角處傳來一聲蒼老的歎息聲，一個鬚眉皆白的老僧現身出來，他竟然就是天龍寺的上一任方丈緣塵，也是通元的師父。

胡小天一直都在留意觀察周圍的動靜，卻沒有發現附近還潛藏著一位高手，這天龍寺果然是臥虎藏龍，真實的實力讓人震驚。

通元恭敬道：「師父！」

緣塵目光慈和地望著通元，輕聲道：「通元，你比師父更有擔當，師父選你為繼任果然沒有選錯。」

不悟呵呵笑道：「只不過是偽君子代代相傳，有什麼好驕傲的？」

胡小天此時終於明白，一直以來不悟的真正目標從來就不是藏經閣，他就是要抓住假皇帝，過去有挾天子以令諸侯，今天不悟來了一場現場版的挾天子以令和尚，利用假皇帝讓天龍寺上下投鼠忌器。不悟實在是夠陰險，居然連自己的徒弟也算計在內。想起此前不悟對自己的悉心教導，原來只不過是獲取自己信任的手段，胡小天不禁暗暗心寒。

其實他一直都明白，他和不悟之間的師徒關係根本就是建立在相互利用的基礎上，可相處久了，胡小天終究還是對不悟產生了一種師徒之情，甚至開始同情不悟的遭遇，現在被不悟利用，心中不由產生了失落感。只是不悟並不知道他所抓住的只是一個冒牌貨，即便是如此，天龍寺的僧眾也不清楚皇帝是假的。

胡小天忽然意識到今天的局面竟然掌控在自己的手裡，如果他不揭穿事情的真相，不悟定然可以要脅到底，如果自己將真相公諸於眾，不悟手中就再無可利用的王牌。

緣塵道：「師弟的殺性還是那麼重，三十年的潛修仍然沒有化解你心中的戾氣。」

不悟冷笑道：「你不必叫我師弟，你那混帳師父是被我殺死的不錯，可是我從未承認過他是我的師父！」

緣塵道：「師父以生命來喚醒你的良知，想不到你終究還是執迷不悔，阿彌陀佛！善哉善哉！」

不悟道：「緣塵，我且問你，當年你們如果不是採用陰謀詭計，困不困得住我？」

緣塵搖了搖頭道：「我不是你的對手，就算我們師兄弟一起聯手，當年也不是你的對手。」

不悟哈哈笑道：「你總算肯說一句實話，當年我來天龍寺只是為了尋找仇人，你們卻包庇那混帳，陰謀設計我對不對？」

緣塵神情黯然道：「當年我們也是被他蒙蔽，只想阻止你殺人，並沒有想過要害你，更沒有做過陰謀設計你的事情。」

不悟道：「合三大高手之力將我打傷，將藏經閣丟失秘笈的事情全都算在了我的頭上，這些是不是事實？」

緣塵點了點頭道：「是事實！只是當時我們並不知道真相，以為那些秘笈是被你盜走了。」

不悟道：「為了問出秘笈的下落，你們也算得上是煞費苦心，對我軟硬兼施，百般折磨，你們口口聲聲大慈大悲，做出的事情卻比這世上的多數人都要殘忍。」

緣塵神情黯然道：「當年貧僧的確有做錯。」

不悟道：「既然你知道自己做錯，為何又要將我困在這天龍寺整整三十年？」

緣塵道：「你當年闖入天龍寺之時傷害了二十三條無辜性命，若非念在上天有好生之德，你又怎能活到今日？」

不悟哈哈大笑：「不是你們害我在先，怎麼會死去那麼多條性命？可笑你們這幫假仁假義的禿驢，竟然妄想將我納入佛門，你那死鬼師父整天在我耳邊嘮嘮叨叨，我本不想殺他，是他自己找死！」

緣塵道：「害你被囚三十年的那個人是我，當年的方丈也是我，此事與他人無關，師弟，你若是想報仇，就衝貧僧來吧！」緣塵緩步走向不悟，臉上毫無懼色。

不悟道：「若非我抓住了這狗皇帝，你又怎敢現身？若非你們擔心他的性命，害怕有所閃失而招致天龍寺滅頂之災，你們又豈肯跟我單獨相見？」

他衝著胡小天的方向道：「胡統領是不是？你要牢牢記得，今日若是你們的皇帝死了，就是這幫賊禿所害。」

胡小天道：「這位前輩，有話好說，天下間沒有解不開的仇怨，你到底想要什麼，不如明明白白的說出來，相信方丈也不會拒絕。」擔心事態陷入僵局，胡小天此時站出來充當一個和事老。

不悟冷笑道：「你又算什麼東西？也配在我面前說話！」

胡小天心中暗歎，太不給面子了，這是赤裸裸地打臉啊！可他也明白不悟這樣說也是為了撇清自己的嫌疑。畢竟是師徒，好歹還有份情義在。

不悟道：「緣塵！當年藏經閣到底丟失了什麼秘笈，你說給我聽聽！」

緣塵道：「若是貧僧說了，你可願放了皇上？」

不悟道：「先說再說！」

緣塵道：「當時丟了一本《大手印》，一本《菩提無心禪法》，還有半冊《虛空大法》。」

胡小天聞言心中一沉，他幾乎已能斷定李雲聰十有八九就是不悟的同胞兄弟，也就是當年陷害不悟的那個人，李雲聰偷走了半冊《虛空大法》卻沒有修煉，而是傳給了自己，這廝何其歹毒，應該是早就知道修煉《虛空大法》對身體有害，最終免不了會走火入魔經脈爆裂而死，連他自己都不肯修煉的東西，卻拿來禍害自己。

不悟道：「《虛空大法》？你是說虛空大法的上半冊也是那時丟的？」

緣塵點了點頭道：「不錯！」

不悟道：「下半冊落在了緣空的手裡。」

緣塵歎了口氣道：「那次藏經閣被盜之後，我讓緣空師弟負責清點藏經閣的典籍，卻想不到他竟然因此而陷入迷途。」

不悟呵呵笑道：「說得好聽，還不是監守自盜，他修煉了虛空大法，因此而性情大變，此後做出屠殺同門的事情，你們天龍寺擔心醜聞外泄，一直都秘而不宣，還將那些僧眾的死全都算在我的頭上，這些事是不是真的？」

緣塵的臉上流露出愧疚之色，當年的事情實屬無奈，雖然出發點是為了保全天龍寺的清譽，可畢竟有些違心。

不悟道：「虛空大法！我花了三十年的時間去尋找答案，想不到答案一直都在我的面前，我卻看不到。」他忽然揚起手來，猛然擊落在假皇帝的天靈蓋上，只聽到喀嚓一聲，遲飛星連吭都沒吭一聲，就被打碎了頭顱，屍體撲倒在了地面上。

緣塵和通元大驚失色，任他們再好的修為也無法接受眼前的慘劇，皇上竟然在天龍寺被殺，這意味著天龍寺終將無法逃過這場大劫。胡小天也是吃驚不小，不悟為何要殺皇帝，他應該不知道皇上是假的，這樣做非但害了天龍寺，也等於將自己一起給坑了！

不悟抬腳將假皇帝的屍體向緣塵踢去，緣塵慌忙伸手托住，皇上縱然死了也是龍體，他保不住皇上的性命，無論如何都要保住龍屍。

就在此時不悟足尖一頓，宛如一縷黑煙般射向胡小天，眾人都沒有想到他的攻擊目標竟然會是胡小天，連胡小天自己都沒想到，正在猶豫是不是要做做樣子，脈門已經落入不悟的執掌之中，不悟抓住胡小天之後馬上撤離。

通元距離胡小天最近，雖然不明白不悟為何會抓住胡小天，可是出於本能的反應，第一時間還是想要營救，向前跨出一步，一拳攻向不悟，羅漢伏虎拳！

不悟也以同樣的一拳攻向通元，雙拳撞擊在一起，不悟身形微微一晃，通元卻是接連後退五步，剛才他為了營救那名老僧已經硬生生承受了不悟一拳，現在又被不悟強大的拳力所震，馬上感覺到氣血翻騰，只覺著喉頭一甜，再也忍不住，噗的一聲吐出一口鮮血。

緣塵接住假皇帝的屍體，而卻感覺一股潛力從屍體上送來，他的雙臂竟然拿不住那屍體，屍體撞擊在他的胸口，將緣塵撞得倒飛了出去，後背重重撞在書架上，摔得好不狼狽。

胡小天心中詫異，緣塵怎麼都是通元的師父，又是天龍寺的上任方丈，想不到竟然不堪一擊。

不悟不屑衝著緣塵道：「當年你跟我拚個兩敗俱傷，想不到會有今日吧！」

緣塵唇角泌血，慘然笑道：「你倒行逆施，即便是掌握了天下間至高的武功又能如何？」

不悟道：「可以決定你的生死，可以決定天龍寺的存亡，對我來說這已經足夠了。」他抓著胡小天向藏書閣的七層走去，一掌震開鎖住樓梯通道的鐵門，狂笑道：「今日就是你們天龍寺滅亡之日。」想起多年的大仇今日終於得報，殺死皇帝之事必然會讓天龍寺遭受滅頂之災，心中暢快到了極點。

胡小天看到不悟癲狂的舉動，心中暗叫不妙，以傳音入密向不悟道：「師父，您抓著我有什麼用？」

不悟咬牙切齒道：「我這一生最恨的就是別人欺騙，你老老實實告訴我，是不是那混帳讓你故意接近於我，查探我的下落？」

胡小天暗暗叫屈，或許李雲聰有這樣的念頭，可是他並未對自己明言，更不用說讓他查探不悟的下落了，胡小天苦笑道：「我何時騙過你？你吩咐我的事情，我又有哪件事沒有為你辦得妥妥當當？」

不悟道：「這虛空大法究竟是什麼人傳給你的？」

胡小天道：「你放開我再說。」他深知不悟性情乖戾喜怒無常，對他始終都是利用關係，想要跟他講什麼師徒之情根本是不可能的，唯有先想好脫身之策再說。

不悟非但沒有放他，反而扼住了他的咽喉，咬牙切齒道：「你若不說，我現在就殺了你。」

胡小天被他扼得就快透不過氣來，胡小天有個毛病，如果不悟好好問他，或許他會說實話，可不悟竟然翻臉不認人，你能做初一我就能做十五，胡小天艱難道：

「洪……洪……」

不悟將手放鬆了一些：「洪什麼？」

「洪北漠！」胡小天之所以不說李雲聰而說洪北漠，一是為了報復洪北漠設計謀殺他，二是厭惡不悟翻臉不認人，在胡小天看來洪北漠要比李雲聰更加難以對付，李雲聰只是個光桿老太監，而洪北漠的背後卻有一個勢力龐大的天機局，若是不悟和洪北漠對上，到時候就有熱鬧可看了。

不悟點了點頭，他在天龍寺被困了三十年，所以對外面發生的事情根本不清楚，只要稍稍知道外面的消息，不悟就不可能相信胡小天的這番話。

胡小天低聲哀求道：「師父饒命……」

不悟陰測測笑道：「你騙我一次就會騙我第二次，我豈能饒你！」他右手準備加力之時，冷不防胡小天在袖中扣動了扳機，胡小天手中一直都暗藏著暴雨梨花針，他對不悟自始至終都沒有放鬆警惕，這暴雨梨花針還是從劉虎禪的屍體上找到，此前劉虎禪已經發射了兩輪，還剩下一輪。暴雨梨花針總共只能發射三次，胡小天將之視為救命稻草，不到最後關頭萬萬不敢輕易使用，本來他還對不悟抱有一線希望，認為師徒一場，不悟怎麼都不會對自己下狠手，卻想不到不悟根本沒有絲毫的情分可言。

不悟實在太過自信，認為胡小天的生死盡在他的掌控之中，卻想不到胡小天死到臨頭還有反擊的本事，胡小天手中的暴雨梨花針幾乎緊貼這不悟的身體發射，不悟武功再厲害也不可能在這麼短的距離下躲開。

暴雨梨花針射出的剎那，不悟已經有所反應，護體罡氣頃刻間籠罩全身，周身骨骼筋肉緊繃起來，可惜一切為之太晚。

求生的本能讓胡小天將體內所有的能量爆發了出來，狂吼一聲，竟然掙脫了不悟的手掌。

暴雨梨花針雖然射入不悟的肉體，但是仍然不可能對他造成致命傷害，不悟因為這次襲擊而被胡小天逃脫了掌心，怒吼一聲，一拳重重擊在胡小天的小腹，這一拳將胡小天打得橫飛出去，接二連三地撞在書架之上，書架一排排倒伏了下去。

不悟冷哼一聲，一掌向胡小天倒地的方向劈去，一記無形掌刀鋪天蓋地向胡小天斬落而下，若是胡小天被掌刀砍中，免不了會被劈成兩半。

危急關頭，一人抓住胡小天的肩膀，將他向一旁拖去，掌刀砍在胡小天左側的地面上，立時將地面貫穿。

不悟一擊不中，並沒有發動第二次攻擊，隨手扔出兩顆磷火彈，蓬！蓬！兩聲悶響之後，藏書閣內的經卷熊熊燃燒起來。他不再逗留，騰空撞開藏書樓的窗口，宛如飛鳥一般投向夜色之中。

胡小天驚魂未定地望著一旁的裂口，此時方才看清剛剛從死亡邊緣將自己一把

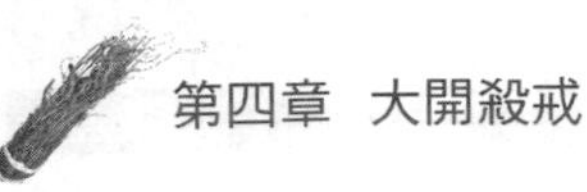

拉回來的竟然是明鏡。

明鏡關切道：「胡大人，你沒事吧？」

胡小天此時方才反應過來，自己剛剛被不悟重擊了一拳居然沒死，不是因為不悟念及師徒情義對他手下留情，而是不悟那一拳擊中了他的丹田氣海，胡小天自身的本能防禦應激而生，竟然化解了他的重擊，沒有遭受太大的傷害，饒是如此，也震得他丹田氣海激蕩不已，一陣氣血翻騰。

這會兒功夫不悟扔出的兩顆磷火彈已經引燃了經卷，熊熊燃燒起來。明鏡快步衝向角落，拎起水桶，去救火，因為藏書樓內堆放著無數經卷典籍，所以防火始終都被放在極其重要的地位。藏書閣的每層都有水桶，而且還有專門的水缸儲水。

胡小天忍著腹痛也起身幫忙，火勢波及的範圍並不大，火焰在兩人的合力撲救之下很快就已經熄滅。

這會兒功夫，兩人的面龐都被煙火熏黑，彼此看了對方一眼，臉上都流露出欣慰的表情。

此時藏經閣的僧人紛紛衝了上來，聽到通元緊張呼喊陛下的聲音。

胡小天和明鏡兩人走了下去，卻見眾僧環繞在那裡，正中方丈通元跪在假皇帝屍體的旁邊，表情沮喪到了極點。緣塵靠牆坐著，臉上毫無血色，慘白如紙，他黯然道：「看來上天註定，天龍寺劫數難逃。」

胡小天分開眾人走了過去，那群僧人一個個對他怒目而視，顯然都遷怒到了他的頭上，認為如果不是這些皇室的人來到天龍寺，也不會引來這麼大的麻煩。

胡小天來到假皇帝的屍首前，低頭看了看，遲飛星腦袋被不悟一掌擊得稀巴爛，根本看不出本來面目了。通元望著胡小天道：「胡大人，陛下不幸遇害，所有罪責貧僧一力承擔，還請胡大人將情況向朝廷說明，千萬不要牽連到天龍寺。」

胡小天道：「通元大師，我有些話想單獨跟您說。」

通元點了點頭，揮了揮手，周圍眾僧離開了這裡。明鏡扶著緣塵想要離開，胡小天卻道：「明鏡師兄和緣塵大師可以留下。」

通元道：「胡大人有話儘管明言。」在他看來天龍寺此次劫難萬難避免，臉上的表情低落黯然，心中已經做好了最壞的打算，也許是時候遣散僧眾了，要在朝廷的大軍抵達之前安排好善後事宜。

胡小天指了指地上的皇帝道：「其實這皇上是個冒牌貨！」

通元三人聽到這個消息一時間竟然都愣在那裡，真可謂是悲喜九重天，這會兒功夫他們先是墜入地獄，又被胡小天一句話從地獄之中解救了出來，如果胡小天所說的這一切屬實，那麼天龍寺尚可躲過一劫。

向來沉穩淡定的通元此時激動得聲音都顫抖了起來：「此話當真？」

胡小天扯開屍體的衣服，遲飛星的胸膛和腹部袒露了出來。裸露在外的肌肉明顯飽滿而結實，並沒有呈現出任何的老態。雖然不知道死者到底是誰，可是他們也能夠斷定被不悟所殺的絕不是皇上。

通元和緣塵對望了一眼，兩人都是喜形於色，齊齊向胡小天躬身合什道：「多謝胡大人，胡大人真是我們天龍寺的大恩人啊！」

胡小天笑道：「其實我也是最近才知道，雖然死的不是皇上，可是這件事也非同小可，如果處置不當，很可能會給天龍寺帶來麻煩。」

通元道：「還請胡大人指教。」這位天龍寺方丈在現實面前也不得不選擇低頭，他意識到眼前的這個年輕人或許可以幫忙化解這場危機。

胡小天道：「我必須連夜趕回京城，將此事稟明皇上，結果如何還要看皇上最終的意思。」

通元道：「有勞胡大人了。」眼前唯有求助於胡小天，他也沒有其他的辦法。

胡小天看了遲飛星的屍體一眼道：「目前沒有人知道這件事的真相，我即刻就走，爭取天亮之前見到皇上，這一來一回只怕要用去不少的時間，方丈能夠保證在此期間消息不會洩露出去嗎？」

通元點了點頭道：「天龍寺方面絕無問題。」言外之意就是你手下的那些侍衛我可沒有把握。

胡小天道：「方丈不但要保證那些僧眾不要亂說，還要保證所有侍衛都不可亂說，更不能讓他們在此期間離開天龍寺。」以天龍寺的實力，通元做到這一點並不難。

通元道：「胡大人何時能夠回來？」雖然知道眼前只能依靠胡小天的幫助，可心中仍然有些不踏實，如果胡小天回去之後再生枝節怎麼辦？畢竟他和天龍寺並沒有太深厚的交情，誰又能保證他一定會為天龍寺盡力？

胡小天道：「最遲明天正午！勞煩方丈為我準備一匹快馬。」

通元道：「明鏡，你陪同胡大人一起前去，途中也好有個照應。」

「是！」

胡小天聽通元如是說，心中暗忖，難道老和尚不信任我？所以才會派明鏡監督我。想想明鏡跟著也不算什麼壞事，焉知途中不會遭遇什麼麻煩？

雖然藏書閣內發生了如此驚心動魄的事情，外面的僧眾和侍衛大都一無所知，通元下令嚴密封鎖消息，那些僧眾自然不敢違抗他的命令。胡小天向那群侍衛簡單交代了一下，讓他們繼續留守在天龍寺，自己則和明鏡一起，重新換上侍衛的服裝，選了兩匹快馬，披星戴月向皇城趕去。

胡小天要去見的人是七七，現在唯有七七會幫他，老皇帝的態度他並不清楚，很難說會不會站在他的立場上。

有了這塊五彩蟠龍金牌，出入皇宮自然不會遇到任何的阻礙，僅僅用了兩個時

辰，胡小天和明鏡就來到了皇宮，此時東方的天空已經泛起了魚肚白，一天的黎明就要到來。

胡小天快步走入紫蘭宮，本以為七七還未起床，問過宮女方才知道，七七昨晚一夜未眠，仍然在書齋內批閱奏摺。

胡小天心中暗歎，七七小小的年紀，不知是何種動力驅使她如此關心國家大事，他讓明鏡在花園內等著，獨自一人大步來到書齋前，看到書齋的窗口仍然透出燈光，對七七的認識又加深了幾分，伸手輕輕叩了叩房門。

裡面傳來七七略帶疲倦的聲音：「誰？」

「我！」

胡小天的聲音讓七七意外不已，她起身來到門前，拉開房門，卻見胡小天嬉皮笑臉地站在門外，周身沐浴在晨光之中，整個人顯得容光煥發，神采奕奕，胡小天朗聲道：「屬下胡小天參見公主殿下！」微微躬了躬身就算是行了禮，是七七讓他不必下跪的。

七七上下打量著胡小天，總覺得他好像哪裡不對頭，終於發現胡小天的鬢角處光禿禿的，她皺了皺眉頭道：「你把帽子摘了給我看看！」

胡小天按照她的吩咐將帽子摘掉，露出一顆光禿禿的腦袋，在朝陽的映射下熠熠生輝，七七的一雙明眸都被這禿頭的光亮給刺激到了，下意識地眨了眨眼睛，然後忍不住格格嬌笑起來，笑得花枝亂顫，宛如晨風中的百合花。

胡小天有些尷尬地摸了摸後腦勺道：「卑職本來是不想刮這個光頭的，可惜皇上下了命令。」

七七道：「你怎麼一個人回來了，好像距離皇上回宮還差三天吧？」她記憶力驚人，將老皇帝的返京之日記得絲毫不差。

胡小天抱拳道：「若非發生了要緊事，小天怎會冒險回來。」

七七道：「進來說話。」

胡小天跟在七七的身後走進了書齋，看到那書案上堆積如山的卷宗和奏摺，心中不由得暗歎，這小妮子真是用功啊！七七來到書案旁坐下，吹熄了燭火，打了個哈欠道：「不知不覺竟然已經天亮了。」

胡小天道：「公主殿下要懂得愛惜身體，您正處於青春發育之時，熬夜對您的身體可沒有任何好處。」

七七道：「只是偶爾熬上一次，昨天的奏摺突然增加了許多，我若是不抓緊給批了，今兒又要增加不少。」

胡小天道：「公主應該學會找人分擔。」

七七白了他一眼道：「找誰分擔？你去了天龍寺，放眼朝廷裡面還有誰能值得我信任？」

胡小天聞言心中一暖，雖然知道七七這番話很可能是故意說給自己聽聽，可聽起來還是很爽。他低聲道：「卑職連夜從天龍寺趕回，的確是有急事向公主稟報。」

七七點了點頭道：「說吧！」

胡小天這才將天龍寺發生的事情從頭到尾描述了一遍，他所說的當然不可能是實情，挑選對自己有利的說了，對自己不利的全都略去不提，至於昨晚發生在天龍寺不悟劫持假皇帝的事情也隻字不提，既然答應要幫助天龍寺化解這場劫難，就沒必要將天龍寺牽連進來。

七七聽完，俏臉之上頓時籠上一層嚴霜，她怒道：「你說什麼？陛下根本沒去天龍寺？所有事情都是洪北漠的安排？」

胡小天低聲道：「千真萬確，此次天龍寺之行，他們有兩個目的，一是為了找一本什麼《乾坤開物》，還有一個目的就是趁機將我剷除，若非我機警，恐怕已經被他們給害死了！」

第五章

冒充皇上的幕後指使

七七將暴雨梨花針的空匣子扔在了地上：
「你不要以為我什麼都不知道，
在天龍寺念經誦佛的根本就不是皇上，
是你讓人冒充成皇上的樣子去了天龍寺，
你老實交代，到底將皇上藏在了什麼地方？」

七七怒道：「真是豈有此理，洪北漠居然如此囂張，我這就去找他算帳！」

胡小天道：「公主千萬不可生氣，越是如此，咱們越是需要冷靜。」

七七看了他一眼道：「怎麼？你跑回來這裡還不是想我幫你出氣的嗎？」其實她心中也明白，以洪北漠今時今日的地位，以及皇上對他的信任，想要對付他很難，即便自己是什麼永陽王，在皇上的心中，真正的份量未必能夠比得上洪北漠。

胡小天笑道：「如何出氣？那洪北漠乃是幫助皇上復辟的大功臣，你以為皇上會因為咱們的話而治他的罪？」

七七道：「依你之見應該怎麼做？」

胡小天道：「這次的事情先記在心裡，日後再圖報復，當務之急乃是找到皇上，把天龍寺的這場危機給化解。」

七七道：「你到底拿了那幫和尚什麼好處，如此盡心盡力地幫助他們？」

胡小天笑道：「幫人未必一定要圖回報，就像我對公主一樣，盡心盡力，鞠躬盡瘁，卻從未想過公主能回報我什麼。」

七七白了他一眼道：「才怪！」停頓了一下又道：「天龍寺這件事他從頭到尾都瞞著我，我也不知道他現在究竟在什麼地方。」

「公主不知道，可有一個人一定知道。」

「你是說，洪北漠？」

胡小天道：「人做了虧心事，總會有些心虛，公主現在若是去見他，他未必不會賣給您一個面子。天龍寺發生的事情，畢竟是他理虧在先，公主深得皇上的寵信，跟公主反目成仇可不是什麼明智的事，以他的精明必然不會那麼做。」

七七想了想，點了點頭道：「看來我還是要跟他見上一面。」

胡小天道：「公主需要記住一定要以己之長攻彼之短。」

「你放心，我一定會保持冷靜。」

胡小天笑道：「公主理解錯了，在小天看來，公主的長處就是刁蠻任性，不通情理，平時無理尚且占三分，更何況這次占盡了理，公主不妨將之演繹到極致。」

七七柳眉倒豎：「混帳，你簡直大膽！說誰無理占三分呢？」

胡小天道：「少年老成反倒容易讓人生出戒心，有些時候刁蠻任性反倒讓人麻痹大意。」

七七這才明白他的意思，一雙美眸轉了轉：「胡小天啊胡小天，我若是學壞了就是你教的。」

胡小天微笑道：「公主天資聰穎，又何須我教，那小天就在這裡靜候公主的好消息。」

洪北漠並沒有料到七七會這麼早前來天機局拜會他，對這位永陽公主，他始終沒有放在心上，即便是她有著同齡人所不具備的睿智和成熟，可是在洪北漠的眼中，七七畢竟只是一個孩子。他不明白皇上何以會對一個小女孩委以重任，或許皇上考慮得太多，害怕權力偏重於一方，所以採用這樣的方式來平衡，以此相互牽制，這是最常見的為君之道，洪北漠也算見怪不怪了。

看到七七氣勢洶洶出現在自己的面前，洪北漠仍然保持著謙恭的笑意：「微臣洪北漠參見公主殿下。」

七七將一個狹長的匣子拿了出來，對準了洪北漠，她手中的竟是暴雨梨花針。洪北漠臨危不亂，微笑望著這針匣道：「公主殿下這是什麼意思？」他心中當然明白這暴雨梨花針究竟來自何處。

「這話應該我問你才對，胡小天究竟哪裡得罪了你？你要把他趕盡殺絕？」

洪北漠呵呵笑了起來：「此話從何說起？胡小天乃是有功之臣，又是皇上親封的御前侍衛統領，我和他同殿為臣，自當同心協力為大康效力才對，怎麼可能會對他趕盡殺絕。」

七七將暴雨梨花針的空匣子扔在了地上：「你不要以為我什麼都不知道，在天龍寺念經誦佛的根本就不是皇上，是你讓人冒充成皇上的樣子去了天龍寺，你老實交代，到底將皇上藏在了什麼地方？」

雖然所有的真相都被七七道破，可是洪北漠臉上的表情卻仍然風波不驚，自從昨晚傅羽弘逃回之後告訴他三人圍殲胡小天都未曾得手的事實，洪北漠就意識到暹飛星假扮皇上的事情已經蓋不住了，他當然不怕承擔什麼責任，這件事雖然是他提出，可畢竟是皇上親自首肯的。至於其中的內幕，他並不想向七七做過多的解釋，也沒必要解釋。

胡小天的實力超出他的想像之外，此次的計畫之所以敗露，是因為他低估了胡小天的實力。洪北漠是個勇於檢討自己的人，敗了就敗了。吃一塹方能長一智，下次對胡小天出手的時候絕對不打無把握之仗。

洪北漠微笑道：「皇上一直都在天和苑，此次天龍寺的事情，也都是皇上自己的意思。」

七七道：「你為何要殺胡小天？」

洪北漠搖了搖頭道：「公主有什麼話還請去問皇上。」

七七心中一怔，洪北漠果然夠囂張，七七怒視洪北漠道：「洪先生最好給我記住，胡小天是我的人，誰要是敢動他，等於跟我過不去，我脾氣不好，也沒什麼見識，更不懂得什麼深謀遠慮和國家大事，誰敢動我一根頭髮，我就拔光他所有的頭髮，誰敢動我手指，我就斷他手足，洪先生若是不信，只管來試試！」

洪北漠啞然失笑，這小妮子是在威脅自己嗎？畢竟太年輕，終究還是沉不住氣，他微笑道：「公主的這番話微臣記下了，只是這其中必然有很大的誤會。」

七七道：「是不是誤會，你心知肚明。」說完她轉身就走。

身後響起洪北漠的聲音：「恭送公主殿下！」

胡小天和明鏡兩人一直在紫蘭宮等著，直到正午時分，七七方才回還，看她的表情應該是此行的結果非常滿意，胡小天迎了上去，恭敬道：「公主殿下可曾見到了陛下？」

七七這才留意到一直在遠處等候消息的明鏡，她記憶力驚人，第一眼就憶起此人就是自己在大相國寺遇到的僧人。明鏡看到七七盯住自己看，將目光垂了下去，其實他也認出了七七，只是裝出素未謀面。

七七點了點頭道：「你也是天龍寺的僧人？」

明鏡知道她在問自己話，恭敬答道：「小僧自幼在天龍寺出家，至今已有二十年了。」

七七道：「為何又在大相國寺出現？」

明鏡道：「師父讓我前往那邊辦事。」

七七也就沒有繼續問他，向胡小天使了個眼色，胡小天跟著她來到宮室之中。迫不及待道：「公主殿下，可曾見到了皇上？」

七七點了點頭道：「見到了，還在他面前把洪北漠那個老混蛋狠狠參了一本。」

胡小天不禁笑了起來，雖然沒有親眼見到，可是他也能夠想像得到七七告狀的樣子，這妮子對敵人可是從不留情。

七七道：「你笑什麼笑？不知道我今日有多辛苦，先去天機局，又去天和苑，一個上午都在路上奔波，連口水都沒有喝上。」

胡小天道：「公主辛苦，我這就去給您倒茶！」剛巧有宮女送茶過來，胡小天接過托盤，親自為七七斟了一杯茶送到面前，還體貼地吹了吹，七七一副嫌棄的樣子：「吹什麼吹？也不怕口水流到茶杯裡面！」

胡小天笑道：「害怕公主燙著！」雙手奉上茶盞，七七嘴上雖然嫌棄，可仍然接了過去，將那杯茶喝了個乾乾淨淨，看來的確是有些渴了。

胡小天一旁等著她的下文。

七七道：「果然不出你的所料，陛下把事情全都攬了過去，只說這些事情他早就已經知曉，全都是他授意而為。」

胡小天眨了眨雙眼道：「包括我被人設計刺殺也都是陛下授意而為？」

七七瞪了他一眼道：「他當然不會讓人刺殺你，還說洪北漠不可能這麼做，這其中應該是有人在故意製造事端，意圖挑起我和洪北漠之間的矛盾。」

胡小天道：「是說我嗎？」心中大大不爽，這老皇帝怎麼如此糊塗？

七七道：「我看他也是不好針對這事說什麼，事到如今唯有幫洪北漠開解。」

胡小天道：「看來陛下終究還是信他更多一些。」

七七道：「天龍寺的事情他讓我來解決，還說不會讓洪北漠繼續插手。」

胡小天聽她這麼說，也是放下心來，無論如何，這件事最終的結果還是不錯，只要洪北漠不再從中作梗，他們自然可以將天龍寺的事情大事化小，小事化了，最關鍵的一點是可以幫助天龍寺的那幫和尚解決麻煩了。胡小天低聲道：「皇上的意思是不希望這件事繼續鬧大，讓公主殿下出面解決問題，就此為止，誰也不許繼續在天龍寺的事情上製造文章？」

七七笑眯眯道：「聰明，他應該就是這個意思！」

胡小天道：「擱置爭端，留待以後處理，高！實在是高！畢竟是老奸巨猾！」

七七怒視他道：「你說誰？」

胡小天道：「高是說的皇上，老奸巨猾說的是洪北漠那混帳。」

七七道：「天龍寺那邊，我還是親自走一趟，算是將那邊的事情做個了斷。」

胡小天拱手道：「公主聖明！」

當日下午，七七在胡小天一行人的護送下前往天龍寺，她顯然有些倦了，坐在車內沒多久就進入了夢鄉，權德安讓車隊放慢了速度，途中剛好讓公主休息一下。

胡小天放慢馬速來到權德安身邊，向權德安嘿嘿笑了笑。十年河東轉河西，權德安也沒有料到這個當初由自己一手送入皇宮的假太監居然在短短的一年之間就混得春風得意，而且和他一樣成為小公主七七最信任的人，甚至七七對他的倚重都超過了自己。他們兩人之間的恩怨錯綜複雜，連權德安自己都說不清楚了。

看到權德安對自己一副漠然的面孔，胡小天咳嗽了一聲道：「權公公這條假腿不錯，如果不是事先知道，還真看不出來是假的。」

哪壺不開提哪壺，權德安怪眼一翻：「你不說咱家險些都忘了，這條腿全都拜你所賜。」

胡小天道：「同樣一件事在不同人看來會有不同的看法，正常人都以為我救了你的性命，可你卻認為我是切掉你右腿的罪魁禍首。」

權德安道：「咱家何時這樣認為？若是當真因為此事而將你當成了仇人，你焉有性命活到現在？」

胡小天呵呵笑道：「早就看出來權公公不是那麼小氣的人，不然當初也不會白白送給我十年內力。」

權德安哼哼了一聲，老臉仍然望天，心想無論如何咱家都是成就你今日造化之人，若是沒有咱家，只怕你早在一年前就死了，最好的結局也要被一切了之成為一個貨真價實的太監。雖然當初權德安只是想著利用胡小天，可現在他卻認為自己才是胡小天的恩人。

胡小天道：「權公公對我怎麼有些愛理不理呢？」

權德安道：「胡公公是想消遣咱家來著？」

胡小天微微笑道：「小天年齡雖然比不上權公公，可多少也經過一些事，從中悟出了一些道理，這個世界上沒有永遠的敵人，也沒有永遠的朋友，在共同的利益面前敵人可能變成朋友，更何況咱們本來就是老熟人。」

權德安表情奇怪地望著胡小天道：「咱家和胡公公有什麼共同的利益？」

胡小天道：「你我之間共同的利益就是維護公主的利益，公主最信任的就是咱們兩個，沒有咱們的保駕護航，公主未來的道路豈不是步步驚心？」

「危言聳聽！」權德安冷冷道，心中卻不得不承認這個事實，無論他情願與否，以後相當長的一段時間內要和這小子捆綁在一起了。

胡小天道：「這世上是不是每個人都有野心？」

權德安不知他為何會這樣問，皺了皺眉頭。

胡小天道：「過去是姬飛花，現在是洪北漠，你有沒有覺得，現在的洪北漠就是昔日的姬飛花？」

權德安道：「咱家從來都不過問朝政上的事情。」

胡小天歎了口氣道：「你推卸責任，那以後我豈不是壓力很大。」

權德安抿了抿嘴唇，猶豫了一會兒，終於下定決心道：「你最好不要慫恿公主和洪北漠作對，洪北漠要比姬飛花可怕得多。」

胡小天微笑道：「有些事並不是想躲就能躲過去的，如果別人將你當成了獵物，早晚都會對你下手，與其坐以待斃，不如早作準備，甚至先下手為強！」

權德安望著胡小天，一字一句道：「你想瘋就自己去瘋，千萬不要賭上公主的命運。」

胡小天道：「你認識了我這麼久，我何時做過發瘋的事情？」

權德安反問道：「你何時又正常過？」

胡小天哈哈大笑，朗聲道：「桃花塢裡桃花庵，桃花庵下桃花仙。桃花仙人種桃樹，又摘桃花換酒錢。酒醒只在花前坐，酒醉還來花下眠。半醉半醒日復日，花落花開年復年。但願老死花酒間，不願鞠躬車馬前。車塵馬足顯者事，酒盞花枝隱士緣。若將顯者比隱士，一在平地一在天。若將花酒比車馬，彼何碌碌我何閑。別人笑我太瘋癲，我笑他人看不穿。不見五陵豪傑墓，無花無酒鋤作田。」

權德安聽完心中暗讚，這廝的確是有些歪才，隨時都能賣弄出一首小詩，這個調調太容易打動思春少女的心扉了，他忽然想到了小公主，馬上又暗暗自責，七七還只是一個孩子。

身後響起一聲讚歎：「好一句，別人笑我太瘋癲，我笑他人看不穿！」卻是明

鏡聽到胡小天朗誦這首詩忍不住脫口讚賞。

胡小天笑瞇瞇道：「知音難覓，明鏡師兄學究天人，在你面前賣弄詩詞，就好比魯班門口玩斧頭，關公面前耍大刀，獻醜了。」

明鏡道：「這首詩雖然辭藻並不華麗，可樸素中卻蘊含著真理，仔細品味，發人深省，胡統領果然是大才！」

胡小天呵呵笑道：「明鏡師兄還是第一次這樣誇我的，過去別人最多說我是個淫才。」

權德安聽到這裡真是哭笑不得，這廝哪有個做官的樣子，插科打諢小丑一般。這就是代溝，權德安看不慣胡小天這個調調，可是胡小天在如今的年代卻頗有市場，頗受歡迎。

此時七七掀開車簾道：「這首詩又是從哪兒剽竊來的？」

胡小天道：「果然什麼都瞞不過小公主，這首詩並不是我的原創，而是過去有位詩畫雙絕的風流才子唐伯虎所作。」

七七雖然小小年紀也算得上是博覽群書，眨了眨美眸道：「唐伯虎？我可沒有聽說過。」

胡小天道：「這唐伯虎是個與世無爭的閒人，並沒有太大的名氣。」

七七道：「詩畫雙絕？他真有那麼厲害？」

胡小天道：「何止詩畫雙絕，他真正厲害的還是風流手段，取了八個貌美如花的大美人當老婆，最後還將天下第一大美女秋香迎娶進門，享盡齊人之福。」

七七道：「你是不是很羨慕？」

胡小天毫不掩飾地點了點頭道：「何止羨慕，簡直恨不能我就是唐伯虎。」

七七道：「娶九個老婆很稀奇嗎？哪朝哪代的皇上不是三宮六院七十二妃？你以後好好為我做事，我多挑幾個美女給你做老婆。」

胡小天以為自己聽錯，瞪大了雙眼。

七七道：「你不願意？」

胡小天連連點頭：「願意！一百個願意！」

七七道：「若是我姑姑沒有遭遇不測，將你招了駙馬倒也不失為一個很好的選擇呢。」

言者無心聽者有意，胡小天不由得心驚肉跳，七七這小妮子可不簡單，說這番話是不是有什麼言外之意，難道她對龍曦月的事情有所覺察？不可能，在龍曦月的事情上自己做得可謂是天衣無縫，除了結拜兄弟之外並無他人知道內情，七七又怎麼可能知道？胡小天拿捏出一副誠惶誠恐的樣子：「公主折殺我了，我胡小天何等身分，怎能配得上金枝玉葉，想都沒有想過。」

七七道：「這可不好說，坐井觀天的癩蛤蟆從沒有一日斷過躍出井外去吃天鵝肉的念想。」

別人聽不懂，可胡小天聽得懂，七七這是在挖苦自己，從井中的密道她應該不難推測出自己和龍曦月之間暗地裡早有往來，這妮子如此精明，又怎能想不透這簡單的道理。權德安也聽得懂，他也知道那條密道。不過權德安心中卻有一種莫名的危機感，說胡小天是癩蛤蟆他認同，說這廝想吃天鵝肉他也同意，可是七七口中的天鵝是安平公主，可權德安卻認為胡小天這隻癩蛤蟆眼中的天鵝已經變成了七七，這廝又是吟詩作賦，又是賣弄風流，該不是對七七產生了什麼不良的企圖吧？

胡小天道：「很勵志啊！就算是一隻癩蛤蟆都有這麼遠大的志向，我們又有什麼藉口不去努力不去爭取，只要有膽子，這世上沒什麼事情是不可能做到的。」

七七微笑道：「你想幹什麼？不妨說給我聽聽！」

胡小天瞇起雙目：「過去我最想做的就是當個衣食無憂的富家子，找一個清秀可人的小美女，生一對兒女，無憂無慮其樂融融，等我老了，就頤養天年，養一條老黃狗，平日裡喝喝茶下下棋，平平淡淡度過我的這一生。」

「現在呢？」

胡小天道：「變了！」

七七眨了眨眼睛，對他現在的願望表現出濃厚的興趣。

「現在我還是想當個衣食無憂的敗家子，想找一群美若天仙的老婆們，生一群兒女，每人至少給我生兩個，等我老了，就養一群老黃狗……」

「這麼喜歡動物，不如派你去御馬監餵馬！」

一旁明鏡聽到這裡都不禁啞然失笑。

胡小天道：「我沒什麼遠大的志向，過去曾經以為簡簡單單地活著很容易，可現在卻發現，人想要活得簡單平淡，也沒那麼容易。」

七七幽然歎了口氣道：「你根本就不瞭解自己，胡小天，你從來就不是一個甘於平淡的人，你喜歡冒險，喜歡惹事，真要是給你那種平淡的日子，只怕你活不到三十歲就要鬱悶而終了。」

「公主好像很瞭解我似的！」

七七搖了搖頭道：「不瞭解，不過旁觀者清！」

胡小天轉過臉去，剛巧看到明鏡唇角尚未消失的那抹笑意，故意道：「非禮勿視，非禮勿聽，善哉善哉！」

明鏡慌忙將目光垂落下去，口中念念有詞，似乎因為自己剛剛無意中聽到的那番話而向佛祖懺悔。

胡小天道：「明鏡師兄，你的志向是什麼？」

明鏡道：「修佛者無欲無求！」

胡小天道：「我不信！是人就會有欲望。」

明鏡輕聲道：「任何欲望都是罪孽！」

胡小天道：「若是沒有七情六欲那還算人嗎？」

明鏡微笑道：「子非魚安知魚之樂？」

每個人的境界不同，自然理想和抱負各不相同，明鏡雖然說無欲無求，可是胡小天並不相信，除了死人誰能沒有欲望，這根本不符合常識啊。可人家說沒有就沒有，或許是明鏡不願意說給自己聽，不是說出家人不打誑語，他明明有欲望卻說沒有，是不是違背了佛門的規矩？

子非魚安知魚之樂也，胡小天終於開始找到了屬於自己的樂趣，一旦對自己的生活充滿了樂趣，那麼他所處的環境無疑成為了一片樂土，儘管這是個狼煙四起的年代，儘管他的身邊危機四伏，正如七七所言，他本身就是一個甘於平淡的人，他喜歡冒險，上輩子循規蹈矩兢兢業業的生活早已讓他厭惡透頂，他要重新來過，他要在這群雄並起的亂世走出一條屬於自己的光輝之路，活在世上就應當轟轟烈烈，雖然未必能夠成為英雄，但是他也要在歷史的經卷上寫下濃墨重彩的一筆。

七七一行在當日黃昏方才抵達天龍寺，這已經大大超過了胡小天預先承諾的時間，他曾經說過最遲在正午時返回，如今卻推遲了整整一個下午。天龍寺上下始終處於焦躁不安的狀態之下，方丈通元在胡小天離去之時已經開始著手安排退路，身為天龍寺的主持，他必須要確保天龍寺香火不滅，薪火永傳，做出兩手準備也是未雨綢繆。

黃昏來臨的時候，總算聽到了胡小天歸來的消息，這次同來的還有永陽王。

通元親自出寺迎接，一行人來到天龍寺內，七七先去大雄寶殿上香，通元全程陪同，直到現在他心中仍然有些忐忑，不過看到胡小天既然將永陽公主請了過來，想必這件事已經有了解決的辦法。

七七上香之後夜幕已經降臨了，她向通元道：「天龍寺發生的事情本宮已經聽說了，也專門因為這件事去見了皇上，你不必擔心，那些事就只當沒有發生過，善後的事情全都交給胡統領。」

通元聽她這樣說，這才完全放下心來，恭敬道：「多謝公主殿下。」

七七道：「你不用謝我，要謝就謝胡統領，如果不是他在我面前為天龍寺竭力開脫，本宮也不會幫你們。」她這樣說是要天龍寺的僧眾明白，他們欠胡小天一個天大的人情。

通元慌忙又向胡小天致謝。

胡小天道：「方丈不用如此客氣，在天龍寺叨擾了那麼多日，給貴寺增添了許多的麻煩，晚輩也是將事實全都說出來，還天龍寺一個清白罷了。」

七七道：「假皇帝的事情就不必張揚了，傳出去對皇上的名聲不好，對你們天龍寺也沒有什麼好處。」

「是！」通元一口應承下來。

七七道：「知道這件事的應該都是你們天龍寺的人，如果傳出去，本宮就找你們是問！」鳳目圓睜，柳眉倒豎，小小年紀卻有著讓眾人心頭一凜的強大殺氣。

通元心中只盼著這些朝廷的人儘快離去，也只有他們走了，才能還給天龍寺一個徹底的清淨。

七七道：「藏經閣在哪裡？本宮想去看看。」

藏經閣是天龍寺禁地，過去就算是皇上提出要求，通元也會找個藉口婉言謝絕，可現在發生了不悟的事情之後，通元不得不看朝廷的臉色，豈敢拒絕七七的要求，生怕激怒了她，給天龍寺帶來一場無妄之災，憑著他的直觀感覺，總覺得這位永陽王雖然年紀很小，可是心機之深，心腸之狠當世罕見。

胡小天以為七七前往藏經閣只是出於好奇，陪著她一起來到了藏經閣，來到藏書樓內，看到一幫僧人仍然在那裡忙活，不悟用磷火彈點燃藏書樓七層，雖然胡小天和明鏡撲救及時，畢竟有不少佛經典籍被燒，現在藏經閣的和尚正在清理。

七七在藏書樓門前駐足不前，抬頭看了看這座九層高的建築，輕聲道：「我聽說這座藏書樓是高宗皇帝讓人建造的？」

通元點了點頭道：「高宗皇帝對天龍寺的恩德，天龍寺僧眾永世難忘，如果不是高宗皇帝還天龍寺的清白，天龍寺只怕沒有重建之日，更不會有今日之規模。」

七七道：「權公公！」

權德安從後面現身出來，恭敬道：「奴才在！」

「捐一萬兩黃金作為修繕藏書樓之用。」

「是！」

通元聞言慌忙致謝。

七七道：「這次的損失大不大？」

通元道：「主要是一些佛經典籍被燒毀，其中有不少還是孤本。」

七七道：「三百年前天龍寺已經遭遇過一場大劫，想必你們肯定是吃一塹長一智，真正珍貴的典籍是不會放在這座藏書樓內的。」

通元臉上的表情顯得有些錯愕，這位永陽公主年紀尚幼，怎麼會有那麼深的心機。其實七七說得不錯，天龍寺最為珍貴的佛經典籍還有另外的隱秘之處存放，並不在這裡。

七七在藏經閣轉了一圈，並沒有進入藏書樓，轉而去了假皇帝此前住過的普賢院，御前侍衛大都集結於此，天機局尚存的幾位高手如今也被天龍寺方面控制了起來，胡小天有言在先，讓通元不管採用什麼辦法都要將假皇帝被殺的秘密保住，通元也是不得已才動用了武僧。

七七道：「方丈，本宮有些話想單獨和你談談。」她和通元一起進入了禪房。別說胡小天，即便是權德安也未被允許跟隨入內，他們彼此對望了一眼，都是一頭霧水，不知七七和方丈到底在談什麼。

趁著這會兒功夫，胡小天將梁寶、付平川那幫天機局的高手護衛叫了過來。胡小天離開的這段時間裡，這幾人已經知道肯定發生了大事，不過他們因為被天龍寺方面嚴格控制起來，所以也無從得知詳情。

胡小天低聲道：「相信你們已經猜到天龍寺昨晚發生了一些事情，今天永陽公主過來就是特地為了解決這些麻煩的。」

梁寶道：「皇上在哪裡？劉大哥去了哪裡？希望胡統領給我們一個交代。」

胡小天聽他到現在仍然還在跟自己裝糊塗，不禁冷笑道：「皇上的事情你們比我更加清楚，天機局的洪先生因何派你們前來你們心裡應該有數，當著明白人就沒必要繞彎子，既然你們要我交代，那麼我便交代給你們聽，劉虎禪下落不明，皇上已經被我們送出了天龍寺，目前正在天和苑調養身體，幾位還想問什麼？」

梁寶幾人面面相覷，胡小天的這番話等於挑明告訴他們，他已經知道了皇上的秘密。遲飛星和劉虎禪從昨晚到現在都失去了下落，看來已經凶多吉少。

付平川道：「胡統領想我們怎麼做？」誰都不是傻子，如今局勢已經完全掌控在胡小天的手裡，如果得罪了他，說不定都沒命從天龍寺活著走出去。

胡小天微笑道：「大家相安無事最好，天龍寺發生的事情，無需猜測，無需聲張，最好都當成什麼事情都沒發生過，不然公主殿下會不高興，洪先生會不高興，皇上也會不高興。」

梁寶道：「胡統領放心，我們本來也不清楚到底發生了什麼事情。」

胡小天道：「昨晚藏經閣發生了一起竊案，飛賊盜走了藏經閣的一些經卷，還意圖放火焚燒藏書樓，幸虧被及時發現，將火撲滅，希望這件事不會牽連到咱們之中的任何人。」這句話等於是在威脅了，如果有人亂說話，他就會將潛入藏經閣竊取佛經典籍的事情算在誰的頭上。

這些天機局的武士也不傻，眼前先敷衍過去，等回到京城見到洪北漠，再將這邊發生的事情詳細告訴他，由洪北漠決定最終應該怎麼做。

依著胡小天的意思，是想一不做二不休，將天機局的這些武士全都幹掉，不僅僅是為了滅口，更是要通過這種方式給洪北漠那老東西一個下馬威，讓他知道謀害自己的下場。可胡小天的提議卻被七七否決，七七應該是和老皇帝達成了協定，她並不想和洪北漠進一步加深矛盾。如果殺掉洪北漠的這些手下，等於正面向洪北漠宣戰了。

在胡小天看來，和洪北漠的對立卻是無可避免，洪北漠這次害自己不死，肯定還會想出其他的辦法，本來胡小天並不想為七七組建神策府，公然和洪北漠對立，可天龍寺發生的這件事卻徹底激怒了胡小天，暗暗下定了決心，返回京城之後，就著手於神策府的組建籌備，絕不會讓洪北漠過一天舒坦日子。

七七和胡小天一行前往天龍寺的時候，龍宣恩也在洪北漠的陪同下悄然回到了皇宮。龍宣恩站在御花園內，靜靜望著夜空中的那闕明月呆呆出神，洪北漠就在他的身邊站著，並沒有打擾他的思緒。

龍宣恩忽然道：「這皇宮的月亮怎麼看都不如天和苑來得明亮。」

洪北漠笑了起來：「心境使然，明月未變，只是皇上的心情變了。」

龍宣恩歎了口氣道：「年紀變了，心情自然改變，朕幼年時看月亮充滿了嚮往，腦子裡浮現的是聽過的傳說和神話，再大一些，懂得了月有陰晴圓缺，人有悲歡離合，現如今卻只得對著一輪清月黯然神傷了。」他緩緩搖了搖頭道：「人若是可與日月同壽，那該多好？」

洪北漠道：「陛下應該放寬心思。」

龍宣恩道：「朕如何能夠放得下，身邊的每一個人每一件事都不讓朕省心。」深邃的雙目望著洪北漠道：「朕不是跟你說過，不要對胡小天下手，因何你不按照朕所說的那樣去做？」

洪北漠道：「陛下心中仍然對金陵徐氏抱有期望吧？」

龍宣恩沒說話，轉過身去目光重新追逐著夜空中的月亮，這會兒功夫月亮卻已經鑽入雲層。

洪北漠道：「胡小天對徐氏並沒有那麼重要，不然胡家出事之時徐老太太就會出面，那時候她選擇的卻是明哲保身，顯然是不想胡家的事情牽連到他們徐家。」

龍宣恩道：「朕要的不是徐家的財富，而是要他們為朕效力，為大康效力！」

洪北漠道：「陛下還記得楚扶風供養的長生佛嗎？」

龍宣恩點了點頭：「記得！當然記得。」提起楚扶風，他的雙目中流露出一絲歉疚之色。

洪北漠道：「那長生佛被人毀掉了。」

龍宣恩表情詫異道：「什麼？」

洪北漠道：「此事應該和胡小天有關，楚扶風當年留下的那本《乾坤開物》其中有很重要的一篇被他藏起，那一篇恰恰是《丹鼎篇》。」

龍宣恩目光一亮：「你不是一直都懷疑秘密就在長生佛內？」

洪北漠點了點頭道：「所以臣才定下這個計畫，胡小天也算有些本事，居然找到了長生佛，臣的兩名手下本想趁機找出長生佛的秘密，可是在潛入裂雲谷之後卻不知所蹤，臣從未想過要殺胡小天，而是胡小天不知為了什麼想要剷除臣的那些手下，至於他們為何要向胡小天下殺手，連臣也不明白，應該是他們發現胡小天要對他們下毒手，逼不得已才做出這樣的事情。」洪北漠將自己的責任推得乾乾淨淨。

龍宣恩當然不會相信洪北漠的說辭，可是念在洪北漠勞苦功高的份上，也不忍心斥責於他，低聲道：「此事就此作罷，大康正值用人之際，朕不想朝廷內部再有紛爭。」

洪北漠恭敬道：「陛下放心，臣謹記心頭，以後決不再找胡小天的麻煩，只是臣懷疑他可能已經得到了長生佛的秘密。」

龍宣恩道：「此事還是從長計議，七七非常看重他，為了他居然跟朕放了狠話，朕很疼這個孫女，不想她傷心難過。」

洪北漠微笑道：「女孩子家情竇初開，總難免會做出一些頭腦發熱的事情，只是這胡小天絕非善類，陛下難道放心將永陽公主託付給他？」

龍宣恩微微一怔，低聲道：「朕還從未想過，七七今年才剛剛十四歲，還是一個小孩子呢。」

洪北漠道：「十四歲對一個女孩子來說已經不小了！」

七七前來天龍寺所打的旗號就是迎接陛下回宮，真正的內情只有少數人知道，多數人都認為皇上因為宮中有急事要處理，決定提前兩天返回京城，可事實上，老皇帝從頭到尾也沒有到天龍寺來過。不過老皇帝還算是收穫了一些名聲，在群臣和百姓的眼中，老皇帝還算得上是重情重義，肯為逝去的親人忍受整整一個月青燈古佛的日子。七七也沒什麼損失，為天龍寺解決了這場麻煩，在天龍寺僧眾心中擁有了一定的地位，還讓以通元方丈為首的這幫和尚欠了她一筆人情。

洪北漠這次卻是賠了夫人又折兵，非但他的計畫完全被粉碎，還搭進了多名手下的性命，尤其是他的徒弟遲飛星，想要培養出一個擅長易容足可以假亂真的高手並不容易，算起來他派去的高手竟然接連有四人命喪天龍寺，真可謂是損失慘重，更讓洪北漠惱火的是，胡小天卻安然無恙毫髮未傷的回來了。

此次天龍之行獲益最大的當然要數胡小天，他不但吸取了緣空一身驚世駭俗的內力，還從不悟那裡學到了三大絕學，除此以外還發現了長生佛裡面的秘密，雖然這秘密目前還不知道有什麼用處。至於讓天龍寺欠人情之類的事情，等於是額外贈送，真正讓胡小天收穫巨大的還是見到了姬飛花，可這件事同樣也成為他的困擾。確信姬飛花逃出皇城，活在世上之後，他卻又觸動了輪迴石，讓整個往生井坍塌下陷，自此以後，姬飛花就徹底失去了下落，不知究竟是死是活。胡小天堅信姬飛花仍然活在這個世界上，他既然可以逃出三大高手的聯手圍殲，逃出防衛森嚴的皇宮，自然有辦法從自己的眼皮底下從容離去。

清晨天還未亮，胡小天就已經回到了闊別多日的尚書府，管家胡佛一向起得很早，聽說胡小天回來，慌忙過來迎接，胡小天讓他不必驚動府上的其他人，首先詢問的就是老爹有沒有回來？

胡佛恭敬答道：「老爺還在水井兒胡同住著呢，按照少爺的吩咐，我們幾次前往那裡去接他回來，可老爺就是不願意。」

胡小天點了點頭：「我娘有消息了嗎？」

胡佛道：「說是就快回來了。」

胡小天道：「最近有沒有什麼人來找我？」

胡佛道：「寶豐堂倒是有人來過一次，聽說少爺去了天龍寺，就沒再過來。」

胡小天聞言心中一動，難道是周默他們回來了，按照日程推算，周默和龍曦月他們也應該收到梁英豪的消息從海州回來了，想起龍曦月，胡小天心中不由得一暖，可是又想起在天龍寺時姬飛花曾經跟他說過的那番話，心中又籠上一層陰雲，暗暗對自己說，曦月不可能欺騙自己。

胡小天獨自一人來到自己居住的小院，他離開胡府期間，只有霍勝男一人住在這裡。來到小院前方，聽到院落之中槍聲霍霍，從門縫裡望去，卻見早起的霍勝男已經開始在院落中晨練。胡小天突然生出整整霍勝男的念頭。

胡小天悄然來了個改頭換面易筋錯骨，很快就變成了一個醜怪的駝子，抓住院牆悄然爬了上去，蹲在院牆之上望著霍勝男。

晨光之中，霍勝男一身勁裝更顯英姿颯爽，俏臉緋紅，燦若明霞，手中長槍如同蛟龍翻滾，在院落中揮舞得好不精彩。

胡小天趁著霍勝男背身朝向自己的時候，雙足在院牆上輕輕一點，倏然俯衝而下，宛如一隻怪鳥瞬間已經逼近霍勝男的後方。

霍勝男及時察覺到身後的動靜，反手將大槍掄起，波的一聲，紅纓一張一縮，壓榨著空氣發出一聲響亮的氣爆，矛尖一點凜冽的寒星徑直向胡小天的位置刺去。

胡小天發出一聲桀桀怪笑，伸手向長槍抓去，正是伏虎擒龍手中的一式。

霍勝男及時擰轉嬌軀，看到眼前是一個從未見過面的醜陋駝子，不由得嬌叱一聲：「大膽蟊賊竟敢闖入胡府，看槍！」右臂用力一抖，長槍來了一個鳳凰三點頭，槍影變幻試圖逃脫胡小天的擒拿。

槍尖的變化雖快，卻逃不過胡小天犀利的目光，他的出手更快，一把穩穩將槍桿抓住，隨即一個順時針的擰動。以胡小天此時的內力，霍勝男又豈能和他對抗，可是胡小天畢竟憐香惜玉，只用上了三分力道，霍勝男卻是全力以赴也是順時針擰動槍桿，槍桿在兩人的共同作用下瞬間扭曲，幸虧槍桿本身的木質極其堅韌，方才沒有馬上崩斷。

胡小天揚起右手照著槍桿狠狠一掌劈落，喀嚓一聲，槍桿竟然被他一掌劈斷。

霍勝男倒吸了一口冷氣，想不到這駝子居然武功如此厲害，手中半截槍桿向胡小天扔了過去，趁著胡小天閃避的時機，嬌軀獵豹一般衝向自己的房間內。

胡小天獰笑著跟了過去，小別勝新婚，今天一定要好好嚇嚇這位女將軍。

沒等胡小天來到門前，卻聽到弓弦輕響，咻！一道寒光照著他當胸射來，胡小天身軀向後反折，那支羽箭以驚人的速度掠過他的胸膛，胡小天忘記了自己這會兒因為易筋錯骨變成了雞胸，肚子躲了過去，胸卻沒躲過去，鏃尖噗一聲竟然射中了他高高隆起的胸部。

鏃尖剛一接觸到胡小天的肌膚，胡小天的內息便第一時間反應了過來，隨著內息的驟然收縮，胸膛也塌陷下去，雖然如此，鏃尖仍然擦著他胸膛掠過，劃破了他的外衫，還在他胸膛之上留下了一道足有兩寸的血口，胡小天痛得大聲慘叫起來。

此時第二箭已經射向胡小天的下陰，霍勝男出手也夠狠的。

第六章

隱 瞞

展鵬不會欺騙自己，龍曦月擺脫他們，證明她另有所圖，
這世上究竟還有什麼事能夠比自己更加重要？
胡小天的內心刀割般疼痛，
一直以來他都以為自己是龍曦月唯一的依靠，
以為自己是龍曦月心中最重要的那個，
可是這位單純善良的公主竟然有事情瞞著自己！

胡小天倉促之間揮起手中半截矛頭，噹的一聲將羽箭磕飛，卻想不到那支羽箭竟然是螺旋飛出，矛頭並沒有成功將之擊落，只是令羽箭改變了飛行的軌跡，斜向上射入胡小天的大腿根處，胡小天慘叫一聲，四仰八叉地躺倒在地面上。

霍勝男其實從胡小天第一聲慘叫就聽出這聲音有些熟悉，等到胡小天二次慘叫，她幾乎能夠斷定這人是胡小天所扮，可是已經射出的箭又豈能收得回來，一顆芳心瞬間提到了嗓子眼，她引弓搭箭，這第三箭就沒有射出去，一個箭步衝到胡小天面前，鏃尖寒光閃閃瞄準了胡小天的咽喉。

胡小天現在是狼狽不堪，真可謂是偷雞不成蝕把米，本想跟霍勝男玩點小情趣，卻不曾想玩火不成反被燒，胸前劃出一道血口尚且罷了。霍勝男的第二箭就射在他的左腿根處，如果再往中間偏一寸，估計他的下半身幸福會就此終結了。饒是如此這一箭射得也不輕，整個鏃尖都沒入肉中，胡小天空有一身內力，卻沒有達到收放自如的境界，護體罡氣更是無從談起，還好箭鏃入肉之後激起了他體內的本能反應，應激而生的真氣多少起到了一些阻擋箭鏃的作用，這才不至於被這一箭射入骨髓。

胡小天清晰感覺到霍勝男的這一箭竟然蘊含了內力，這在過去是從未有過的，想不到這短短一個月期間，霍勝男竟然進步如此之大。

霍勝男望著眼前的這個駝子，俏臉上寫滿迷惑之色，一個人的容貌可以改變，可是身形卻很難改變，聽聲音明明是胡小天，可是樣貌體型千差萬別。

這會兒功夫就聽到劈啪的關節脆響，不一會兒功夫胡小天就已經恢復了原來的模樣，苦笑道：「你下手真夠黑的，哎呦，疼死我了……」

霍勝男這才確認這前雞胸後羅鍋的醜陋男子的確是胡小天本人，驚得將手中弓箭也扔在地上了，慌忙上前攙扶起胡小天道：「你怎麼樣？我去叫郎中。」

胡小天苦著臉道：「叫什麼郎中，我就是郎中，別聲張，丟人！」這廝還是顧及這張臉面的，若是讓人知道他剛才的行為，恐怕會傳為笑談。

霍勝男咬了咬櫻唇，如果知道他是胡小天所扮，自己無論如何也不會對他痛下殺手，看到那箭鏃仍然插在胡小天的大腿根兒，一時間不知他傷得究竟怎樣，只能先攙扶他進了房間。

看到胡小天左邊的褲腿已經被鮮血染紅，霍勝男心中更是歉疚，顫聲道：「我真不是故意的。」

胡小天忍著痛道：「把箭取出來再說。」他讓霍勝男將自己的手術器械箱拿了出來。

在胡小天的指點下，霍勝男將他的左側褲腿用剪刀剪開，用烈酒消毒，胡小天接過手術刀，過去都是給別人開刀，今天輪到自己了。他用刀鋒切開部分皮膚，讓霍勝男將鏃尖拔了出來，一時間血如泉湧，用紗布壓住鮮血，讓霍勝男拿了一些柳長生送給他的金創藥塗上，金創藥極其靈驗，塗上之後立竿見影，馬上就止住了出血。最後用墨玉生肌膏將傷口貼上。

胸口被箭鏃劃出的血口已經凝血，消毒後也塗上金創藥。做完這一切，胡小天又讓霍勝男找出一身乾淨的衣服給自己換上。

霍勝男表現得盡心盡力，無論這場喋血事件起因如何，胡小天都是最終受害者，作為直接施暴方，她當然要承擔責任。幫著胡小天脫褲子的時候，霍勝男臉一直紅到了脖子根，自己怎麼就想起射他這個地方，小聲道：「你痛不痛？」

胡小天道：「廢話，能不痛嗎？」

「哪兒痛？」

胡小天趁機捉住霍勝男的柔荑：「射在我身上痛在我心底，我胸也痛，心也痛，頭也痛，腿也痛，這裡也痛，這裡也痛，渾身上下到處都痛……」這貨一邊說一邊牽著霍勝男的手在自己身上遊移，最後一下將霍勝男的手放在自己心口了。

霍勝男可能是出於內疚，一開始並沒有領悟到這廝險惡動機，等她明白過來的時候，手已經被他握住了半天，俏臉發熱，充滿羞赧道：「你要不要臉，放開我！」她猛地將手抽了回去。

胡小天卻沮喪地歎了口氣道：「完了！」

霍勝男眨了眨美眸：「什麼完了？」

胡小天道：「我是說我這下面可能被你射壞了。」

霍勝男含羞朝他身上瞄了一眼，啐道：「胡說，我明明射在你的左腿根部。」

胡小天道：「牽一髮都能動全身，更何況你射得那麼近，難道你不清楚？」

霍勝男咬了咬櫻唇，羞不自勝道：「你有沒有問題我怎麼知道？」

霍勝男又羞又怕，心中忐忑到了極點，如果今天當真一箭把胡小天射出了毛病，那麼自己恐怕要懊悔終生了。

胡小天道：「我辛辛苦苦才重新做回一個正常男人，想不到被你一箭就把我射成了太監，蒼天啊！大地啊！難道真是天妒英才，非要讓我胡小天英雄無用武之地嗎？」這貨滿面悲愴，只差沒把眼淚流出來了。

霍勝男看到他這番模樣也覺得心底愧疚，小聲道：「你扮成那個樣子，誰能認出是你？」

胡小天道：「我對你是一日不見如隔三秋，所以回來想跟你小小地開個玩笑，誰能想到你竟然會對我痛下殺手。」

霍勝男歉然道：「對不起了……」

胡小天道：「一句對不起就完了？我這個樣子已經成為一個廢人，還有誰願意給我當老婆？」

霍勝男道：「沒人願意嫁給你的話，大不了我照顧你一輩子。」

胡小天道：「那我怎麼好意思拖累你一輩子。」

霍勝男道：「也不算拖累啊，你有手有腳，總比在靈音寺那時候好得多。」

「可是我這裡廢了……」胡小天指了指雙腿之間。

霍勝男俏臉一紅道：「廢了就廢了，又不是什麼重要的事情。」

「什麼？」胡小天瞪大了雙眼，霍勝男顯然還沒有充分認識到這件東西的重要性。他苦笑道：「你可能一輩子要守活寡嘍！」

「無所謂啊！本來我也沒打算要嫁人，大不了拿自己的青春賠給你就是。」

胡小天道：「可是我不幸福啊！」

霍勝男瞪了他一眼道：「你還想怎樣？我誤傷了你，可是我已經打算拿一輩子還給你了，是不是一定要我償命，那好，你一槍戳死我得了，動手吧，我絕不會皺一下眉頭。」

胡小天道：「勝男！」

霍勝男皺了皺眉頭，沒搭理他。

「勝男！」這廝又換了一副溫柔口氣。

霍勝男聽得雞皮疙瘩都起來了：「你別叫我名字，我聽著肉麻。」

胡小天道：「有沒有搞錯，我才是受害者啊，不孝有三，無後為大，你一箭把我射得不能人事，以後我連孩子都不能生了，我是胡家的獨子嘍，我要是不能生，胡家豈不是絕後？我有何面目再面對我爹我娘？」

霍勝男咬了咬櫻唇道：「不射都已經射過了，反正你都這樣了，我怎麼辦？大不了，大不了……」

胡小天眨了眨眼睛。

霍勝男道：「大不了我以後生個孩子賠給你就是。」

「呵！說得輕巧，你怎麼生？跟誰生？」

「自己生咯！」霍勝男還嘴硬。

胡小天道：「你見過哪個女人自己能生出孩子來？沒有男人配合，如何能夠生得出孩子。」

霍勝男啐道：「你無恥下流，當真什麼話都說得出口。」俏臉因為害羞變得紅撲撲的，一直紅到了脖子根兒。

胡小天振振有辭道：「我都慘到這份上了，還有什麼好在乎的。」

霍勝男從地上撿起那半截短矛，調轉過來遞到胡小天的手中：「你殺了我就是，如果能讓你心底好過一些，我死不足惜。」

胡小天道：「殺了你，又不捨得。不過……」

霍勝男閉上雙眸道：「別猶豫，你一槍刺下來，咱們之間的恩怨情仇就一筆勾銷。」

胡小天看到霍勝男的樣子，不覺心中一動，湊了過去，輕輕在她前額之上嘬了一記，霍勝男嬌軀一顫，睜開雙眸，並沒有一把將這廝推開。胡小天得寸進尺，又湊了過去輕輕嘬上她的俏臉，霍勝男霞飛雙頰，嬌軀酥軟，一顆芳心狂跳不已，她不知自己是怎麼了，明明應該推開胡小天才對，怎麼竟然聽之任之，隨他輕薄。

胡小天展開臂膀，將她的嬌軀攬入懷中，附在她耳邊低聲道：「你知不知道，這一個月我無時無刻都在想著你。」

霍勝男依偎在他的懷中，感覺嬌軀的溫度迅速上升，羞不自勝道：「你就會騙我……」

胡小天揚起右手，指天發誓道：「天地良心，我對你如有欺瞞，天打雷劈不得好死……」

霍勝男嚇得趕緊捂住他的嘴巴，有些惶恐道：「誓不能亂發的，你說謊話說慣了，老天爺也不會相信你，萬一觸了霉頭，豈不是麻煩？」

胡小天看到她因為自己而緊張的樣子，不禁笑了起來。

霍勝男掙脫開他的懷抱，啐道：「你居然還笑，真不怕報應啊！」

胡小天道：「不怕！老天爺給我報應，送了一個那麼好的你給我，我都不知應該怎麼感激他才對。」

霍勝男溫婉一笑：「你就會甜言蜜語哄騙人家，可我明知道你在說謊話，卻還是喜歡聽你這麼說，我是不是很傻？」

胡小天搖了搖頭道：「傻人有傻福，不然的話，老天爺怎麼會讓你遇到一個那麼好的我？」

霍勝男禁不住格格笑了起來：「馬不知臉長，自吹自擂，真讓人受不了你。」

霍勝男羞不自勝，一把推開他的手，想要站起身來，卻被胡小天一把抓住，霍勝男從他的目光已經看出了他的意圖，緊閉雙唇，死死咬住牙關，連大氣都不敢出，一雙美眸惡狠狠瞪著胡小天，可她發現自己面對這廝根本拿捏不出半點殺氣，心中也已經明白，胡小天根本就是存心故意，利用自己誤傷他的歉疚心理趁火打劫，大占自己的便宜。

胡小天絕不是個見好就收的主兒，只會變本加厲得寸進尺，又將霍勝男擁入懷中。霍勝男內心的真實感受卻並不抗拒，反而有點享受，整個人如同飄在了雲端一樣，胡小天看到霍勝男意亂情迷的樣子，更是血脈賁張，此時若是坐懷不亂，還是不是男人，這廝正準備採取下一步行動的時候，忽聽外面傳來梁大壯的聲音：「少爺回來了嗎？」

霍勝男被這聲呼喚從意亂情迷中清醒了過來，羞得滿面通紅，一把就將胡小天推開，這下出手可沒留情，胡小天猝不及防，被她推得四仰八叉地躺倒在了地上。

霍勝男也顧不上看他到底有沒有傷到，拉開房門風一樣逃回了自己的房間內。

生怕兩人剛才的事情被人撞破。

胡小天躺在地上，感覺大腿根處隱隱作痛，胸口也是隱隱作痛，心口還是隱隱作痛，梁大壯啊梁大壯，你這個王八蛋居然壞老子的好事，胡小天憋住了勁，發出一聲從心底的吶喊：「王八蛋，你還讓不讓老子睡覺？」此刻他連殺了梁大壯的心思都有了。

梁大壯被胡小天這一聲大喊嚇得打了個激靈，站在院門處怯怯道：「少爺，展鵬展壯士回來了，他說有急事要見你呢。」

胡小天聽說展鵬回來了，這才消了氣，展鵬回來了豈不是意味著龍曦月也一起回來了，幸虧梁大壯叫醒了自己，若是再晚來一步，自己和霍勝男現在豈不是乾柴烈火，若是讓龍曦月看到了此情此境豈不是有點難以接受，男人太多情也不是什麼好事。沒辦法，誰讓我是個這麼有魅力的人呢？

胡小天慢慢從地上爬了起來，拉開房門準備去開院門，大腿根被射了一箭可沒那麼快就好，腳步蹣跚，走了兩步就感覺傷口處鑽心般疼痛。看了看對面霍勝男房門緊閉，不知自己剛才的行為是不是把她給激怒了，自己可就差一點把霍勝男當場正法，這位巾幗英雄該不會把自己想成一個趁火打劫的下流胚子吧？轉念一想，女人若是喜歡你，你再下流她也自認為是風流，人家若是不喜歡你，你再風流她也只覺得你下流。該死該活鳥朝上，我既然敢對你霍將軍伸出魔爪，就已經做好了承擔任何風險的準備，再壞又能怎樣？你還能吃了我不成？勝男那麼乖，應該不會捨得對自己下毒手吧。

胡小天一瘸一拐地來到院門前，拉開門栓，看到梁大壯站在外面，梁大壯因為剛才被胡小天罵了個狗血噴頭，所以顯得有些忐忑不安，歉然道：「少爺，我真不是存心打擾您的清夢，是展壯士說有急事非要見您。」

胡小天點了點頭道：「他在哪裡？」

梁大壯道：「我讓他在花廳等著。」

「還不趕緊請他過來！」

梁大壯趕緊轉身去叫展鵬。

胡小天歎了口氣，步履維艱地向自己房間走去，一轉身正看到霍勝男站在他的身後，把胡小天嚇了一跳。霍勝男此時已經換回了男裝，戴上了人皮面具，惡狠狠瞪了他一眼，美眸深處卻仍然有藏不住的溫柔透露出來，小聲道：「你既然受傷了就不要到處亂跑。」她攙起胡小天的手臂。

胡小天得寸進尺直接將整條手臂搭在她的肩膀上，歎了口氣道：「還別說這大腿根還火辣辣地疼痛呢。」

「疼死你活該！」

胡小天道：「疼死我沒什麼，只是疼在我身，痛在你心，我是怕你心疼。」

霍勝男嘴硬道：「你現在就死在我面前，我也不會掉一滴眼淚。」

胡小天道：「鐵石心腸！」

霍勝男攙扶著他回到房內，將一切整理好。這會兒功夫，展鵬已經走了進來，霍勝男知道他們有話要說，起身離去，梁大壯最後退了出去，將房門為他們帶上。

展鵬來到胡小天面前低頭抱拳：「公子，展鵬有負公子重托，特來請罪！」

胡小天聞言驚得霍然站起身來，他首先想到的就是龍曦月是不是出了事情，顫聲道：「曦月有沒有和你們一起回來？」

展鵬道：「公子，安平公主她失蹤了！」

胡小天大驚失色：「怎麼會失蹤？她不是一直都跟你們在一起嗎？」

展鵬滿臉愧色：「公子，我和高遠陪同她先去了海陵郡，後來周大哥趕來和我們會合，一起護送她乘船前往海州，途中我們極盡小心，生怕暴露任何的破綻，總算無風無浪抵達了海州，在海州待了一段日子，聽說公子從雍都返回的消息，我們所有人都在等待公子前來海州相會，那天晚上，公主說要做東請我們喝酒，我們禁不住公主的盛情邀請，就喝了一點，本來以我和周大哥的酒量是不會有事的，可我們飲酒之後很快就暈了過去。」

胡小天神情黯然，在天龍寺和姬飛花說起龍曦月之時，他心中就產生了一些不祥的想法，雖然他在心底深處極力否認，可最擔心的事情終於還是發生了。

展鵬不會欺騙自己，龍曦月採用這樣的方法擺脫他們幾人，證明她另有所圖，這世上究竟還有什麼事情能夠比自己更加重要？胡小天的內心刀割般疼痛，一直以來他都以為自己是龍曦月唯一的依靠，以為自己是龍曦月心中最重要的那個，可是龍曦月這位單純善良的公主竟然有事情瞞著自己，胡小天突然變得不自信了，他感覺到甚至連呼吸都困難了許多。他一直以為就算世上所有的人背叛自己，曦月也不會，可是現實卻讓他如同被人狠狠抽了一記耳光。

展鵬道：「我們幾人第二天甦醒之後都嚇了一跳，本來還以為公主被人擄走，可是搜遍她的房間，找到了一封信，這封信是寫給你的。」

胡小天接過展鵬手中的那封信，挑開火漆，從中取出的卻是一方疊得方方正正的錦帕，錦帕之上繡著一隻可愛的猴子，上方還繡著一行小字：日月雙輪天地眼，讀書萬卷女人心。

胡小天當然記得這對聯是他們被困陷空谷時所對。這錦帕定然是龍曦月親手所繡無疑，不然別人何以會知道他們之間的秘密？女人心海底針，果然難以捉摸，一直以來她都在瞞著自己，胡小天又想起自己曾經對她說過的話，嫁雞隨雞嫁狗隨狗，嫁個猴子滿山跑，也許在龍曦月的心中，自己只是一隻頑皮的猴子，她是大康皇帝的女兒，讀書萬卷，又怎會甘心跟著自己這隻猴子滿山跑呢？

胡小天默默收起錦帕，整個人頃刻間彷彿重病一場，聲音無力道：「周大哥他

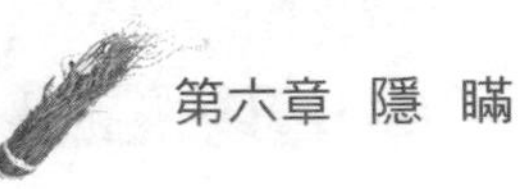

們呢？」

展鵬道：「我們擔心公主出事，於是到處打聽，可是根本找不到她的下落，她手上有易容用的人皮面具，想要藏起來實在是太容易了。周大哥和高遠仍然在海州當地尋找，希望能有所發現。」

胡小天神情黯然道：「一個人若是存心想要藏起來，咱們只怕是找不到她的。」此時他已經是心灰意冷。

展鵬看到胡小天此時的表情，已經知道他的心情肯定難過到了極點，歉然道：「公子，這件事全都怪我辦事不力，請公子責罰。」

胡小天搖了搖頭道：「她自己走的，跟你又有什麼緣故，展鵬，你遠道而來，風塵僕僕，還是好好休息一下，以後我還有事情要讓你去做。」

「是！」展鵬抱拳告辭，一時間也不知道如何安慰胡小天是好。

展鵬和梁大壯離去之後，霍勝男來到胡小天門前，看到房門大開，這廝坐在床上木呆呆望著門外，一副失魂落魄的模樣。霍勝男不知他遭遇了什麼，整個人顯得如此頹喪，來到他身邊，輕輕咳嗽了一聲。

胡小天這才從沉思中驚醒過來，他聲音乾澀道：「來了？」

霍勝男關切道：「發生了什麼事情？你怎麼會變成這個樣子？」

胡小天忽然一把將她抱住，面孔貼在她的胸前，身軀竟然有些發抖，霍勝男先是以為他故態復萌，存心要占自己的便宜，可是看到胡小天的樣子又不像，小聲道：「你怎麼了？別讓人看到，院門都沒關呢。」

胡小天道：「你會不會騙我？」

「莫名其妙！你放開我再說。」

胡小天非但沒放，反而摟得更緊了，摟得霍勝男就快透不過氣來：「你告訴我，你會不會騙我？會不會？」

霍勝男被他的樣子有些嚇到了：「你是不是發燒了？」伸出手去摸了摸胡小天的額角，方才發現胡小天的額頭燙得嚇人。

「回答我？」

霍勝男搖了搖頭：「你那麼狡詐，我就算想騙也騙不了你！」

胡小天點了點頭，這答案顯然並不是他想要的，他喃喃道：「我就知道……」說完這番話，忽然眼前一黑，竟然暈了過去。

以胡小天的體質本不至於如此，可他的表現卻如同一個弱不禁風的小姑娘，不但病了，而且病得很嚴重。胡小天昏迷了整整兩個時辰，他生病的事情首先就驚動了老爹胡不為，胡不為得到消息後匆匆從水井兒胡同趕回了戶部尚書府。

胡府的家人也因為胡小天生病的事情遍請京城名醫，展鵬就在胡府休息，得知這件事之後，親自前往易元堂將袁士卿請了過來，可幾名醫生為胡小天診脈之後做出的診斷都不統一，對如何用藥意見自然不可能一致，相互之間爭論不停。

胡不為畢竟見慣風浪，他將梁大壯叫來，讓他即刻前往玄天館請人過來。

就在此時玄天館的秦雨瞳主動登門來了。

京城雖然有三大醫館，易元堂、青牛堂、玄天館，可是玄天館卻始終都是無可爭議的老大，只是玄天館門檻甚高，普通百姓很少能夠付得起玄天館高額的診金，所以玄天館平日裡收治的病人反而不及另外兩家醫館多，但是在醫術方面其餘兩家是不敢和玄天館相提並論的。

秦雨瞳一到，所有人都停下了爭論，其實他們雖然為胡小天診過脈，卻都沒有正確判斷出胡小天的脈象。

秦雨瞳來到胡不為面前恭敬道：「胡大人好！」

胡不為也是滿面憂色：「秦姑娘，您能來實在太好了。」他雖然知道秦雨瞳是玄天館館主任天擎的得意弟子，但是他們之間並沒有打過太多交道，心中也有些納悶，秦雨瞳究竟是從何處得到的消息？

秦雨瞳道：「我先看看胡統領的情況。」

胡不為抱拳道：「有勞秦姑娘了。」親自引領著秦雨瞳來到房間內，和秦雨瞳一起前來的還有方芳，她曾經被胡小天所救，後來又給了她一筆銀子，讓她去玄天館就醫，如今方芳不但治好了眼睛，而且還有幸被玄天館收為弟子，現在更是已經成為秦雨瞳的助手。看到恩公一動不動地躺在床上，不知是死是活，方芳也是滿面關切之色。

秦雨瞳留意到床前有一名男子在照顧胡小天，她的目光何其犀利，一看就知道那男子所戴的面具乃是自己送給胡小天的，胡小天居然拿來借花獻佛，目光在霍勝男身上掃視了一下，很快就判斷出這男子應該是女扮男裝。秦雨瞳最開始甚至想到了安平公主，可是霍勝男的身材高挑，要比龍曦月高出一些，從身形上已經排除了這種可能。

秦雨瞳並不點破，來到胡小天身邊，展鵬過來為她送上一張椅子，目光和一旁的方芳相遇，點了點頭算是打過了招呼。

秦雨瞳伸出右手將中指搭在胡小天的脈門上，停了一會兒，秀眉不由得顰起，低聲道：「最近他有沒有受過傷？」

霍勝男聞言心中不由得一顫，難道胡小天是因為自己剛剛誤傷所致？她猶豫是不是要承認。一旁梁大壯道：「這就不清楚了，少爺今天早晨才回來，此前一個月全都在天龍寺陪著皇上，到底發生了什麼事情我們也不清楚。」

秦雨瞳道：「勞煩各位先退下。」她的目光望向胡不為，顯然是請胡不為也選擇迴避，胡不為點了點頭率先轉身離去。

霍勝男也準備跟隨離去，卻聽秦雨瞳又道：「你留下！」

霍勝男頗為詫異，不知秦雨瞳為何要讓自己留下？難道是因為自己剛剛露出了什麼破綻？可是既然秦雨瞳點了自己的名字，她也只能留在房內。

秦雨瞳道：「剛才一直都是你在照顧他？」

霍勝男點了點頭道：「不錯！」

「他何時昏迷過去？」

「大概有兩個時辰了。」

秦雨瞳道：「有沒有檢查過他身上是否有傷口？」

霍勝男搖了搖頭。

秦雨瞳道：「幫我將他的衣服脫下來。」

霍勝男雖然心中尷尬，可是目前也只能硬著頭皮幫她做這件事，其實脫胡小天的衣服也不是第一次了，脫去他的上衣，秦雨瞳的目光首先被胡小天胸膛上的箭創吸引了過去。雖然這傷口看起來觸目驚心，但仔細一看就知道是皮肉傷，不會造成太大的傷害。

霍勝男提醒自己一定要鎮定，千萬不可在秦雨瞳的面前露出馬腳。還好秦雨瞳這會兒並沒有留意她，所有的注意力都集中在胡小天的身上，她發現胡小天的小腹部有一處淤青的印記。

霍勝男也發現了這一點，從傷痕的印記來看應該是拳印，傷處恰恰在胡小天的丹田氣海，怪不得秦雨瞳要為胡小天驗傷，她果然心思縝密。

秦雨瞳伸出手指以指背輕輕貼在胡小天腹部的傷痕上，輕聲道：「怪不得他會昏迷過去，他應該早就受了內傷。」明澈的雙目盯住霍勝男道：「他究竟是怎樣受的傷？」

霍勝男搖了搖頭道：「我不知道！」

秦雨瞳也沒有繼續追問，從藥箱中取出一個針盒，從中抽出三根金針分別扎在胡小天的三處穴道，以瀉針法幫助胡小天平復體內紛亂的內息，然後又取出一顆藥丸塞入胡小天的嘴裡。

胡小天的眼皮動了動，忽然從床上坐起身來，猛然吸了一大口氣，如夢初醒般叫道：「曦月……」

霍勝男芳心中不由一動，曦月豈不是安平公主的閨名？

秦雨瞳的目光卻依然如古井不波，彷彿沒聽到胡小天的這聲呼喊一樣。

胡小天叫了這一聲之後，馬上清醒過來，意識到自己的身邊還有兩人在，其中一人居然是秦雨瞳，他很快就想通了其中的緣由，肯定是自己氣急攻心昏迷過去，所以家人才將秦雨瞳請了過來。

秦雨瞳將金針拔下，重新納入針盒之中，輕聲道：「你受了內傷，只怕短時間

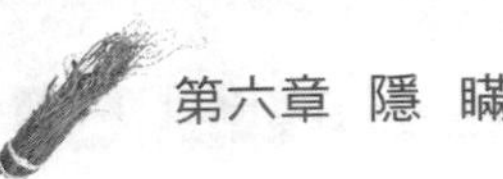

內無法復原。」

胡小天皺了皺眉頭，他本以為自己是因為龍曦月不辭而別深受刺激所以暈過去，現在看來卻不是那麼回事兒，不由得回憶起在藏書閣發生的事情，歸根結底還是不悟的那一拳留下的隱患，當時雖然他並沒有什麼感覺，可不悟的功力非同一般，這一拳之威震動了他的丹田氣海，讓他好不容易才平息的內息重新紊亂起來。

秦雨瞳有句話並沒有向胡小天明言，其實胡小天的經脈已經出現了走火入魔的徵兆，秦雨瞳也想不通為何會變成這個樣子，當著霍勝男的面，她也沒有追問，淡然道：「你好好休息吧，最近幾天不要妄動真氣。」又將一個瓷瓶放下：「這裡面是玄天館秘製的養息丸，你每天服用一顆，接連服用七日，應該對你的內傷有所幫助，有什麼事情，讓人去玄天館找我。」她背起藥箱準備離去。

胡小天道：「多謝秦姑娘！」他想要起身相送，卻不意觸動了腿部的傷勢，痛得他呲牙咧嘴。

秦雨瞳朝胡小天的左腿看了一眼，卻沒有說話，默默向門外走去。

霍勝男跟著秦雨瞳送了出來，來到門外，秦雨瞳輕聲道：「姑娘請留步。」

霍勝男目光流露出幾分錯愕，此時方才知道原來秦雨瞳早已識破了自己女扮男裝的秘密，還好外面並沒有人在，不然只怕所有人都要知道了。

秦雨瞳向霍勝男點點頭道：「你不必奇怪，這張面具原本就是我送給他的。」

秦雨瞳離去之後，胡不為等人紛紛進來探望胡小天，胡小天這場病來得快去得也快，醒來之後馬上就跟好人一樣。眾人不禁暗暗好奇，唯有展鵬心中明白，這場病十有八九是因為安平公主所起，胡小天付出這麼大的代價方才換得她的平安，卻想不到最後竟是一個不辭而別的結局。

胡不為看到兒子沒事，也是倍感欣慰，等到眾人離去之後，父子兩人在房內坐了，胡小天將自己在天龍寺的經歷簡單說了一遍，對於其中的凶險全都略過不提，因為擔心老爹擔心，只是重點提起了楚扶風和虛凌空的名字，胡不為聽到胡小天說起這兩人的名字，表情也不禁變得凝重起來，他起身緩緩踱了幾步。

胡小天道：「爹，那虛凌空當真是我嫡親的外公嗎？」

胡不為道：「徐家的事情我也不清楚，我和你娘成親三十年，她只是說你外公早在四十年前就已經拋妻棄子離家出走，至今都杳無音訊，你說你老爺姓虛，我還從未聽說過呢。」

胡小天望著父親，心中將信將疑，老爹可不是個糊塗人物，跟老娘當了三十年的夫妻，居然不知道她到底姓什麼？這事兒必有蹊蹺，如果一切屬實，老娘也實在太不坦白了，對自己的丈夫居然都可以隱瞞三十年？這天下的女人還有一個可以信任嗎？

胡不為道：「天兒，這些事還是等你娘回來之後咱們再問清楚，你重病初癒千萬不要考慮太多的事情，一切都等你病好了再說。」

胡小天笑道：「本來也沒什麼大病，可能是在天龍寺過得實在太清苦，回到家裡反倒有些不適應了。」

胡不為拍了拍他的肩膀，輕聲道：「好好休息。」

「爹，您也回去休息吧，您不會再回水井兒胡同吧？」

胡不為道：「在那裡待久了，離開反倒睡不著，總覺得只有那裡才是我的家，你娘這兩天就會回來了，她肯定還是要先回那裡的。」

夜幕降臨，霍勝男輕輕敲了敲房門，送了一碗參湯進來。看到胡小天盤膝坐在床上調息靜養，於是沒有打擾他，悄悄將參湯放在桌上，準備退出去。

胡小天此時睜開了雙目道：「既然來了，何不陪我聊聊？」

霍勝男有些忸怩道：「算了，還是不耽誤你練功了。」

胡小天道：「我剛才只是在養神，並沒有練功，這會兒丹田氣海裡亂糟糟的，根本提不起內息。」

霍勝男走了過來，輕聲道：「既然練不成就不要勉強自己，你先喝了這碗參湯再說。」

胡小天笑道：「你親手熬的？」

霍勝男搖了搖頭，小聲道：「我可沒那樣的本事，我笨得很，除了上陣殺敵，其他的事情什麼都不會。」

胡小天道：「女人笨一些才可愛。」他這句話是有感而發，想起自己認識的這一位位紅顏知己，哪個不是聰明絕頂心機深沉，就連他一向認為最單純最善良的龍曦月也居然有事瞞著自己。可以說龍曦月的不辭而別對胡小天的打擊是巨大的，他到現在都沒能從這件事中解脫出來。

霍勝男在他身邊坐下，輕聲道：「是不是在想安平公主？」

胡小天唇角露出一絲苦澀的笑意：「你怎麼知道？」

霍勝男道：「其實我在雍都的時候，就看出你們的關係不太正常。」

「這麼厲害？」

霍勝男道：「只是那時我以為你是個太監，所以才沒有懷疑。」

胡小天道：「過去的事情就不用再提了。」

霍勝男低下頭去想了想，終於下定決心道：「我本不想跟你說，可是我思來想去還是要跟你道別，明兒我準備離開康都了。」

「為什麼？」胡小天滿臉錯愕。

霍勝男道：「天下無不散的宴席，我在這裡也叨擾了你那麼久，而且……」她的右手落在自己的面頰之上，隔著人皮面具的感覺有些麻木：「我不想一輩子都戴

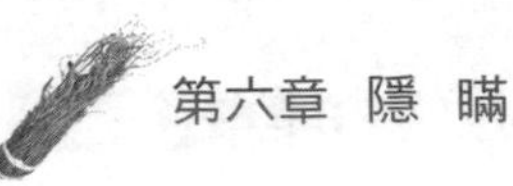

著面具生活。」

胡小天伸出手去輕輕撫摸著她的面頰，然後幫助她將面具摘了下來，低聲道：「是不是因為秦雨瞳看穿了你的偽裝？」面具是從秦雨瞳那裡得到的，秦雨瞳當然能夠看出其中的玄機。

霍勝男搖了搖頭，不僅僅因為這件事，真正讓她決定離開的原因還是胡小天，她發現自己對胡小天變得越來越沒有抵抗力，這樣下去，她甚至不敢想像明天會變成什麼樣子。

胡小天猜到了霍勝男的心意，他不知應該怎樣去挽留她，忽然感覺丹田處一陣刺痛，沉寂許久的內息瞬間變得波濤洶湧，慌忙捂住小腹。

霍勝男看到他的樣子不由慌張了起來：「你怎麼了？」

胡小天道：「沒事，就是突然好像岔氣了。」他閉上雙目盤膝調息，試圖將體內翻騰奔湧的內息鎮住。

霍勝男慌忙在他身後盤膝坐下，潛運內力雙掌抵住胡小天的後心，想要幫助胡小天將內息平復下去，可是她的內力剛一注入胡小天的內息，就感覺到一股強大的吸引力將自己的內息從體內抽吸過去。

霍勝男從未遇到過這種詭異的事情，她的內力在同齡人中雖然已經算不錯，可是和胡小天相比根本如同溪流之於大海，胡小天壓根也沒想吸取霍勝男的內力，只是沒想到霍勝男會用這種方式幫他，他想要擺脫開霍勝男的手臂，停止從她的體內吸取內力，可是丹田氣海卻似乎根本不受他的控制。

霍勝男那點兒內力還不夠此時的胡小天塞牙縫的，一會兒功夫，就被他吸了個乾乾淨淨，霍勝男短時間內失去了那麼多的內力，整個人完全虛脫，暈倒在胡小天的床上。

胡小天是真沒打算吸她的內力，可不吸也都吸完了，奇怪的是霍勝男的內力到他體內之後，馬上丹田氣海那種翻江倒海的感覺就平復了下去，此時的胡小天如同體內住進了一隻魔鬼，剛才鬧騰是因為餓肚子了，必須要內力才能填飽它的肚子，讓它的情緒穩定下去。

再看霍勝男臉色蒼白牙關緊閉，不知是死是活，胡小天摸了摸她的脈門發現脈搏還在，這才放下心來，低下頭去準備給她來個人工呼吸，卻不想霍勝男此時睜開了雙目：「你想幹什麼？」

胡小天苦笑道：「想救你。」

霍勝男掙扎著想從他的床上下去，卻感覺兩條腿軟綿綿沒有任何力道，膝蓋一軟差點跪倒在地上。幸虧胡小天一把將她抱住。

霍勝男道：「你別碰我。」

胡小天以為她是被自己吸走了內力而生氣，慌忙解釋道：「我也不想啊，可我根本控制不住自己，大不了我想個辦法將內力還給你就是。」

霍勝男皺了皺眉頭，知道他誤會了自己的意思，其實衝著胡小天曾經為自己做過的一切，別說是內力，就算是性命給了他，自己也不會說一個不字。她何嘗不是誤會了胡小天，以為他又要趁火打劫占自己便宜，現在他若是生出什麼壞心眼兒，只怕自己連抵抗的能力都沒有了。霍勝男喘了口氣道：「你送我回房。」

胡小天應了一聲，本想扶著霍勝男回去，可霍勝男兩條腿根本沒有任何力量，軟綿綿如同踩在棉花上一樣，乾脆將她橫抱在懷中，來到對門的房間內，將霍勝男放在床上，又一瘸一拐的來到桌前點燃燭火。

看到霍勝男蜷曲在床上瑟瑟發抖，牙關不住打顫，回到她身邊關切道：「你冷啊？」

霍勝男點了點頭，胡小天拉開床上的被子為她蓋上，卻從中現出一張薄絹，正是胡小天留給霍勝男翻譯的《射日真經》。想不到霍勝男留這東西在床上觀摩，每天看這東西不思春才怪。

霍勝男看到那薄絹被胡小天發現了，不禁羞得捂住雙眼，低聲道：「你別誤會，你走了之後我方才發現那上面果然記載的是一套箭法，我按照上面的方法練習了一下，居然可以達到將內力貫注箭矢之中，這一個月的修煉已經可以初步實現用內力改變羽箭飛行的方向。」

「這麼厲害？」胡小天拿起那薄絹對著燈光看了看，沒有用燭火烘烤之前，上面的圖案仍然是合歡圖。

霍勝男看到他盯著那薄絹看，羞得恨不能找個地縫鑽進去，小聲道：「可能是報應吧，我的內力被你吸得乾乾淨淨，以後這東西對我也沒有什麼用處了。」

胡小天道：「怎麼會沒用？一定有用。」

霍勝男喘息道：「你到底練了什麼功夫，這麼古怪？」

胡小天道：「此事一言難盡，我也是剛剛才知道自己練的究竟是什麼勞什子武功，原來是虛空大法。」

霍勝男並沒有聽說過虛空大法的名字，眨了眨眼睛道：「是不是很厲害？」

胡小天道：「應該說是天下最邪門的武功了，你還記不記得咱們潛入紅山會館鴻雁樓的時候，遭遇黑白雙屍，差點被他們給弄死。最後是我把黑屍的內力給吸乾淨，所以才躲過了一劫。」

霍勝男點了點頭，她當然記得，那天的情形危急萬分，如果不是胡小天將黑屍擊敗，恐怕他們全都要死在紅山會館。

胡小天道：「我讓人給坑了，當初他教我這套內功的時候，說是可以幫助我化解體內的異種真氣，以防以後我走火入魔，可我萬萬沒想到他教給我的根本就是個邪門功夫，練得越深，距離走火入魔也就越近，這次我去天龍寺，稀裡糊塗地又吸了不少內力，現在我體內的內力加起來恐怕在天下間能夠排到前三了，可是這對我來說不是什麼好事，吸得內力越多，體內積蓄的內力越渾厚，距離我走火入魔也就越近。」

霍勝男聽到這裡，不由得緊張地握住了胡小天的手臂：「那該如何是好？既然如此你就不要再修煉這邪門的功夫了，以免越陷越深無法收拾。」

胡小天緩緩搖了搖頭道：「太晚了，我現在已經是積重難返，天龍寺的高僧也斷言，如果我控制不了丹田中龐大駁雜的內力，最多我只剩下半年的性命。」

霍勝男聽他這樣說不禁花容失色，她從未想到過胡小天所面臨的狀況居然會如此嚴重：「那該怎麼辦？不如去找秦姑娘，也許她會有辦法。」

胡小天搖了搖頭，連不悟都解決不了的問題，秦雨瞳又怎麼可能解決。他低聲道：「辦法也不是沒有，一是我將內力全都控制住，還有一種辦法就是將體內的功力全都散去。」

霍勝男道：「散去武功應該不難吧？如果能夠保全性命，就算不會武功也沒什麼。」

胡小天道：「我也考慮過，對普通人來說散功也許不難，可是對我來說散功卻很可能連性命都送掉。別人都想盡辦法如何將內力修煉到更強，我卻要想盡辦法將自己的內力儘量減弱，不停增加的內力一旦超出我丹田氣海的承受能力，我整個人就可能會爆掉，真是天意弄人！」

霍勝男咬了咬櫻唇，也為胡小天的狀況憂心不已，她忽然想起了一件事，小聲道：「其實應該還是有辦法的……」

胡小天搖了搖頭道：「哪有什麼辦法。」

霍勝男顯得極其猶豫，過了好一會兒方才鼓足勇氣道：「這圖上面就有記著一個法子。」

「什麼法子？」胡小天將那薄絹再度展開，上面除了合歡圖根本沒有字跡，想看到字跡必須用火烘烤，其實就算看到字跡他也不認識，上面全都是黑胡文字。

霍勝男道：「這射日真經其實最早是個女子所寫，她從手無縛雞之力的弱女子成為傲視天下的高手僅僅用了十年的時間。」

胡小天驚歎道：「這麼厲害？難道她也修煉了虛空大法？」

霍勝男搖了搖頭，有些難為情道：「她修煉的功法叫做以陰盜陽。」

胡小天一聽就明白了，可故意揣著明白裝糊塗道：「什麼叫做以陰盜陽？」

霍勝男黑長的睫毛垂落下去，不敢直視胡小天的眼神，尷尬道：「就是……就是她用美色勾引武功高強的男子，然後偷走他們的內力，納為己用。」

胡小天道：「可她如何偷走人家的內力？不是用虛空大法又是通過什麼方法呢？」

霍勝男羞不自勝指了指胡小天手中薄絹。

胡小天明知故問：「就是利用這上面的方法？」

霍勝男啐道：「你明明知道何必要問出來？」

胡小天道：「你不說我怎麼會知道？」

霍勝男掙扎著從床上坐了起來，大羞道：「我走了，不跟你胡說八道。」

胡小天卻一把將她抱住，暖玉溫香抱了個滿懷：「這是你的房間啊。」

霍勝男羞不自勝，明明是她的房間，要走也應該是胡小天。

胡小天道：「不如咱們嘗試一下如何？」

霍勝男用力搖搖頭，胡小天伸出手去輕輕挑起她的下頷，霍勝男緊閉雙眸，這位曾縱橫沙場縱然面對百萬兵馬都不會皺一下眉頭的巾幗英雄，此時卻完全淪為一個嬌羞難耐的小女孩，一頭扎進了胡小天懷中，低聲道：「你就是會欺負我。」

胡小天深情道：「勝男，救我一次！」

霍勝男嬌嗔道：「我救不了你。」

胡小天道：「就算有一絲一毫的希望咱們也得嘗試一下，你說對不對？」

霍勝男道：「可是那上面記載的根本是邪魔外道……」

胡小天吻住她的櫻唇不讓她將話繼續說下去，過了一會兒方聽到霍勝男急促的喘息聲，胡小天道：「偏方治大病，也許可以解決我的麻煩呢。」

「你起來，壓得我就快透不過氣來了。」

「那是因為你衣物束得太緊，我幫你解開就是。」

旋即聽到霍勝男的驚呼聲，床前的帷幔落了下去，桌上的紅燭，火苗開始急促跳動了起來。

桌上的紅燭即將燃盡，突突突急劇跳動起來，終於火苗熄滅，一切歸於黑暗。

月光下的花園內一朵牡丹花悄然綻放，沐浴在溫柔如水的月光中，皎潔的明月似乎聽到了來自房間內的動靜，有些害羞地藏入了雲層之中，夜風卻在瞬間變大，牡丹花隨風搖曳，一道閃電撕裂了雲層，將整個天地映照得宛如白晝，那朵牡丹花在勁風和閃電中呈現出前所未有的美麗。雷聲過後，一場甘霖如期而至，滴滴晶瑩的雨水從天而降，滴落在牡丹花上，花瓣發出一陣陣的戰慄。

清晨在不知不覺中到來，雲消雨散，遍地落紅，整個花園被一夜喜雨衝刷得鮮麗非常。

帷幔輕動，胡小天一顆光禿禿的頭顱從裡面冒了出來，臉上還留著不少胭脂的印記。這貨轉身看了看身邊仍然熟睡的霍勝男，卻見她雲鬢散亂，俏臉之上帶著慵懶的嬌態，當真是美得動人心魄。

胡小天穿上衣服，擔心吵醒了霍勝男，躡手躡腳走下床去。

不曾想霍勝男一隻美眸微微睜開，小聲道：「你這就走了嗎？」

胡小天眉開眼笑道：「只是想讓你多睡一會兒。」

霍勝男嬌嗔道：「你昨晚為何不讓我睡？」

胡小天笑道：「我倒是想，可有人不肯，不讓我停下呢。」

霍勝男俏臉羞得緋紅，抓起繡花鞋照著胡小天丟了過去：「滾！」

胡小天一貓腰躲過，繡花鞋從他的頭頂掠過。他一轉身又飛回床邊，抓住霍勝男的雙臂，將她重新壓在身下：「是你惹我的！所有後果你自己承擔！」

霍勝男眨了眨美眸，一副期期艾艾的樣子：「你好凶，人家好怕……」女人的蛻變就在一夜之間，雖說霍將軍不懂風情？胡小天心頭一熱，又開始蠢蠢欲動。

此時忽然聽到院外傳來梁大壯的聲音：「少爺醒了嗎？」

胡小天心中暗罵，梁大壯，就不能讓老子消停一天，看來以後一定要給他立個規矩，沒事別來打擾自己的好夢。要說這廝還真會挑選時候，每次到了關鍵時刻就過來打斷自己，老子上輩子跟你是仇家嗎？

霍勝男俏臉上露出一抹笑意，似乎在嘲笑胡小天無法稱心如意。

胡小天的身影飄到了門外。胡小天低聲道：「看我回頭怎麼懲罰你。」

霍勝男嬌羞道：「誰怕誰？」

這廝穿好衣服出了房門，用力吸了一口清新的空氣，感覺神清氣爽通體舒泰。原來做這種事情減壓的效果如此明顯，什麼不開心的事情全都一瀉了之。

不過什麼以陰盜陽他們卻未修煉成功，應該說昨晚壓根就沒想過練功那件事，霍勝男倒是記得，提醒過胡小天一次，胡小天只說不管練什麼功夫也得從基礎打起，射日真經的基礎功夫當然是要練習動作，只有先將動作練好配合默契，然後才能考慮練功進階的事情，想起昨晚說的那番話，連胡小天自己都感到好笑。

霍勝男肯定不會相信，可是無論她信與不信還是從了自己，想起她對自己的諸般好處，胡小天心中一陣感動，如果不是深愛，怎會做出如此奉獻，自己以後絕不會辜負她對自己的這番情義。

梁大壯的聲音再度響起：「少爺……」

胡小天道：「你有毛病啊！大清早的鬼嚎什麼？你不知道我生病了需要多多休養？」這廝心中的積怨和火氣一股腦全都爆發出來，揚起拳頭，對梁大壯怒目而視，一副要將他狠揍一頓的架勢。

梁大壯道：「少爺……不是奴才有意打擾您，外面來了個叫花子找您，口口聲聲說是你的朋友，我打發不走他，只能過來跟你說一聲。」

胡小天道：「什麼人啊？」

「他說他叫楊令奇！」

胡小天聞言一怔，原來是楊令奇，自己曾經讓他在天波城等著自己，可是他在大雍完成任務之後，就和霍勝男選擇了另外一條道路，並沒有從天波城經過，所以爽約了，胡小天慌忙道：「你去告訴他，我馬上過去見他。」

楊令奇在花廳靜靜坐著，幾個月不見，他顯得越發潦倒了，一身衣服破破爛爛，頭髮也是亂蓬蓬一團，人瘦了很多，臉上還青一塊紫一塊，從受傷的樣子來看應該是被人打了，雙腳的草鞋上沾滿泥濘，整個人顯得狼狽不堪，也難怪梁大壯把他認成了一個叫花子，他的身上哪還有絲毫的書生氣。

胡小天頂著一顆光禿禿的腦袋就直接過來見楊令奇，腿傷好了許多，不過走路還是有些不太方便，一瘸一拐的，看到楊令奇，他驚喜萬分道：「楊大哥！」

楊令奇慌忙起身，滿臉慚色道：「胡大人！」在這種窮困潦倒的情況下來登門求助，實在是讓素來清高的他感到難堪。

胡小天哈哈大笑，上前一把將楊令奇的雙手握住：「我正要讓人去天波城請你，可巧你就來了。」

楊令奇道：「難得胡大人還記得在下。」他尷尬地都不敢正眼看胡小天。

胡小天歎了口氣道：「本來我答應了楊兄要從天波城經過，跟楊兄重聚的，可是途中發生了一些狀況，不得不繞過天波城，回到京城又被皇上叫去天龍寺，在天龍寺熬了一個月，這才剛剛回來。說起來是我沒有信守承諾，讓楊兄失望了。」

楊令奇道：「我也是聽到公子平安返回京城的消息，所以過來投奔公子了。」

胡小天倍感欣慰道：「來了就好，以後楊大哥一定要多多幫我。」

楊令奇歎了口氣道：「潦倒之人身無長物，還望胡大人不要嫌棄才好。」看到胡小天對自己如此熱情，絲毫沒有嫌棄之意，心中也變得坦然了許多。

胡小天笑道：「這是什麼話，吃飯了沒有？」

楊令奇搖了搖頭，其實他已經有三天沒吃過一點東西了，如果不是貧困潦倒走投無路，以他清高的性情也不會前來投奔。

胡小天讓粱大壯吩咐廚房趕緊準備吃的，又讓人準備熱水和替換衣服，給楊令奇換上。

霍勝男收拾乾淨之後，來到前院找胡小天，方才聽說有位叫花子朋友過來找胡小天，現在胡小天正在陪他吃早點呢。

霍勝男找到他們，正看到胡小天和一位衣衫襤褸的青年對面坐著，那青年狼吞虎嚥地吃著早餐，胡小天笑瞇瞇看著他，看到霍勝男過來，胡小天向她招了招手道：「飛鴻兄，我為你介紹一位朋友。」

楊令奇聽到有人來了，慌忙停下吃飯，卻不小心噎著了，滿臉通紅，端起那碗羹湯大口喝下，可羹湯又太燙，燙得楊令奇把舌頭都伸出來了，霍勝男看到他的窘態忍不住笑了起來。

胡小天笑道：「楊兄不要慌張，這位飛鴻兄是我的師兄，都是自己人。」

第七章

真面目

胡小天心中對李雲聰恨得牙癢癢，
這老東西口口聲聲教給自己的是什麼無相神功，
可到頭來居然是用虛空大法來糊弄自己，
李雲聰啊李雲聰，別人不知你的底細，我還能不清楚，
你坑我的一切，以後我要在你身上加倍討還回來。

楊令奇暗自慚愧，自己今天的行為真是有辱斯文了，這會兒也基本上填飽了肚子，起身向霍勝男施禮道：「在下楊令奇見過飛鴻兄。」

霍勝男瞪了胡小天一眼，自己怎麼莫名其妙就成為黃飛鴻了，不知他為什麼要給自己起這樣一個古怪的名字。她笑道：「見過楊大哥！」兩人敘了敘生辰八字，楊令奇和霍勝男同年，不過月份要比她大。

此時梁大壯也將洗澡水準備好，請楊令奇過去沐浴更衣。

他們離去之後，霍勝男來到胡小天身邊，輕聲道：「這位楊大哥什麼人？」

胡小天將自己和楊令奇相識的經歷向霍勝男說了一遍，頗有感觸道：「楊大哥這個人命運多舛，別看他現在淪落成了這個樣子，卻是不折不扣的才子，尤其是一手丹青絕藝絕對可以躋身宗師境界。」

霍勝男道：「他的手好像已經廢了。」楊令奇左手被人斬斷，右手也因為肌腱斷裂處於半殘廢的狀態，霍勝男一進來就已經留意到這個細節。

胡小天感歎道：「說起來他還真是不幸，我需要想個辦法將他的右手治好。」

霍勝男眨了眨眼睛：「他的右手已經變成了那個樣子，還能治好？」

胡小天道：「應該可以改善，我可以開刀將他斷裂的肌腱重新進行清理縫合，輔之以一定的功能訓練，應該可以改善他右手的功能狀況。」

霍勝男道：「既然能夠幫到他，就盡力去做。」

胡小天笑道：「你感覺怎樣？」

霍勝男俏臉一熱，還好戴著面具沒被他看到自己的窘態，咬了咬櫻唇，向周圍看了看，確信無人方才小聲道：「你真是個混蛋，弄得人家到現在走路都疼呢。」

胡小天低聲道：「凡事都有第一次，今天晚上再做就不會痛了。」

霍勝男搖了搖頭：「才不理你呢。」

胡小天道：「你別忘了，咱們好像沒練功呢。」

霍勝男瞪了他一眼：「騙子！你就是個不折不扣的大騙子！」嘴上罵著胡小天，心中卻暖融融的全是滿滿情意。心中想起昨晚從頭到尾壓根也沒提起練功的事情，自己稀裡糊塗地就把這身子交給了他，要說也不是糊塗，自己可是一丁點的後悔感覺都沒有。

聽到外面的腳步聲響起，胡小天馬上正襟危坐。

楊令奇沐浴之後換上一身青色儒衫走了進來，整個人雖說不是發生了脫胎換骨的變化，可是也顯得斯文了許多，誰也不會將他和乞丐聯繫在一起，果真是人要衣裝佛要金裝。

霍勝男向楊令奇笑了笑，起身走了，梁大壯也沒有打擾他們。

楊令奇重新回到胡小天對面坐下，頓時變得拘謹了許多，有些尷尬道：「我這次冒昧登門，失禮之處還望胡大人多多見諒。」

胡小天笑了起來：「楊大哥何必那麼客套，說起來我一定要好好謝謝你，這次前往雍都，幸虧是你的那幅畫幫我解決了大問題呢。」其實楊令奇的畫雖然很好，但是並沒有起到幫助他的太大作用，胡小天之所以這樣說，是想讓楊令奇認為有恩於自己，才不至於如此拘謹和靦腆，雖然和楊令奇接觸的時間不多，胡小天已經發現楊令奇骨子裡卻是一個非常自卑之人，這樣的人需要讓他儘快找到自信，讓他充分認識到他自己的價值。

楊令奇道：「我可沒幫上什麼忙。」

胡小天道：「如不是楊大哥的那幅畫，燕王不會對我青眼有加，更不會跟我結拜為兄弟，我在雍都受到了不少刁難，如果不是他這位大哥，還真是很麻煩呢。」

楊令奇道：「那是胡大人自己的造化，跟我可沒有什麼關係。」

胡小天讓人送上一壺清茶，楊令奇填飽了肚子，整個人就變得矜持了許多，只是他現在只剩下一隻右手，而且右手半殘，連端起一杯茶這麼簡單的動作都顯得異常艱難。

胡小天瞄了楊令奇一眼，端起茶盞抿了口茶道：「楊大哥以後有什麼打算？」

聽到胡小天這句話，楊令奇的目光頓時變得迷惘，他低聲道：「不瞞胡大人，在下沒什麼打算，我現在只是一個廢人罷了，連擺攤賣字這麼簡單的事情都做不成了，多謝胡大人盛情款待，這份情義令奇沒齒難忘。」

胡小天聽他這麼說，就知道楊令奇一定誤會了自己的意思，人越是在窮困潦倒走投無路的時候，越是敏感，越是害怕別人看不起自己，別人普普通通的一句話都會被他解讀為特別的含義。

胡小天本想解釋，可想了想還是算了，輕聲道：「楊大哥對如今的時局怎麼看？」

楊令奇哆哆嗦嗦將茶盞放下，雙眉皺起道：「在下豈敢妄論天下時局。」

胡小天道：「楊大哥活著又是為了什麼？」

楊令奇因胡小天的這句話雙目中陡然迸射出憤怒的火焰，胡小天當然明白楊令奇的仇恨和憤怒因何而起，他大仇未報，能夠苟活至今支撐他的信念就是復仇。

楊令奇的目光很快就變得黯然：「連我自己都不知道是為了什麼！」在世間顛沛流離，楊令奇對世間的殘酷多一份認識，心中的希望就減弱一分，他甚至認為自己這輩子或許復仇無望了。

胡小天道：「過去我最想要的生活就是安安穩穩平平淡淡，可是後來我方才發現，說來容易做起來並不簡單，人活一世，多數時候都是要被人操縱的，想要不被人操縱就要操縱別人，想要掌握自己的命運，首先就要剷除那些想要掌控你的人。」

楊令奇目光一亮。

胡小天道：「我小時候曾經想要舉起一塊磚，可是幾番努力都未嘗成功，那時候覺得那塊磚已經是我不可逾越的鴻溝，等我長大一些，我單手就可以做到，那塊磚的份量未變，而我在變強，人生的很多事情都是如此，未必要改變對手，首先想到的是改變自己，當自己變得足夠強大，那麼對手就會變得不堪一擊。」

楊令奇向胡小天深深一躬，以他的智慧當然明白胡小天在提醒自己什麼。

胡小天道：「楊大哥對當今的時局怎麼看？」第二次問起一個同樣的問題。

楊令奇緩緩站起身來，目光望著門外，輕聲道：「令奇瞭解到的事情並不完善，可是從我經歷和看到的事情，天下必亂。」

胡小天道：「很多人都這樣說。」

楊令奇道：「西川李氏和沙迦聯姻，新近又和南越結盟，雖然大康朝廷風雲突變，太上皇重新坐上皇位，可是西川李氏絕不會再俯首稱臣。大雍和大康聯姻破裂，大康周邊處處風聲鶴唳，加上連年災害，國內饑荒連連，哀鴻遍野，昔日最為強大的帝國如今已經淪落到人人得而欺之的地步。」

胡小天道：「照你看，大康還有沒有中興的可能？」

楊令奇點了點頭道：「有！大康想要中興唯有依靠海路，大康國內饑荒，周邊列國對大康實行封鎖政策，大康即便是付出再高的代價也無法從周邊列國換回糧食，民以食為天，若是百姓填不飽肚子，就算不要他國前來進攻，大康就會從國內崩塌。對大康而言當務之急，就是要打通一條貿易之路，將糧草源源不斷地運入國內，也唯有此才能讓大康熬過這段非常時期。」

胡小天道：「說得容易，可做成這件事卻並不容易。」

楊令奇道：「誰能幫助大康度過眼前的難關，誰就是大康的功臣，誰就能主宰大康未來的命運。」

胡小天內心一震，忽然覺得他的這番話意有所指。

胡小天道：「就怕忙到最後只是為他人做嫁衣裳罷了。」

楊令奇道：「如果量體裁衣，這嫁衣只是為自己量身而做，任何人穿上也不會合適。」

胡小天緩緩點了點頭，本想討教楊令奇一些具體的事情，此時梁大壯又進來通報，卻是宮裡來人了，聽說他生病特地前來探望，問過之後方才知道，來人居然是李雲聰。

胡小天回來這兩日還沒有來得及去見他，想不到李雲聰居然主動登門過來探望自己了，他讓梁大壯為楊令奇安排地方去休息，自己則來到前廳相見。

李雲聰打著專程探望胡小天病情的旗號過來，看到胡小天一瘸一拐地走近了前廳，笑瞇瞇站起身來：「胡統領，別來無恙？」

胡小天現在已經知道了這廝的真正面目，心中對李雲聰恨得牙癢癢，這老東西口口聲聲教給自己的是什麼無相神功，可到頭來居然是用虛空大法來糊弄自己，李雲聰啊李雲聰，別人不知你的底細，我還能不清楚，你坑我的一切，以後我要在你身上加倍討還回來。

李雲聰並沒有空手前來，特地帶來了一盒千年老參，一盒極品官燕。笑瞇瞇道：「聽說胡公公從天龍寺回來就大病一場，咱家好不擔心，一早就過來探望，看到你沒事，咱家就放心了。」

胡小天在他身邊坐下，歎了口氣道：「李公公，誰說我沒事，我這次麻煩大了！」

李雲聰笑道：「還有什麼你解決不了的麻煩嗎？」

胡小天端起茶盞慢條斯理地抿了一口茶道：「李公公答應我的事情怎樣了？」前往天龍寺之前，他和李雲聰曾經達成了協定，他為李雲聰辦事，李雲聰幫他救回葆葆，再幫忙打聽慕容飛煙的下落，現在兩樣事情也一樣都沒有眉目，李雲聰休想從他的嘴裡套出消息。

李雲聰桀桀奸笑了起來：「你不說，咱家險些都忘了，慕容飛煙就在康都，奉了皇上的命令在皇陵監工。」

「什麼？」胡小天表情愕然，慕容飛煙就在康都，既然如此她應該已經得到了自己前來的消息，為何至今沒有前來和自己相見？

李雲聰道：「皇陵正在日夜趕工，距離康都二百三十里，在皇陵的範圍內有軍隊駐紮，除了勞工之外，任何人是不准靠近其中的，皇陵總指揮使乃是姜少離，此人也是慕容展的得意弟子。」

胡小天聞言頓時明白了慕容飛煙至今無法和自己相見的原因，應該是慕容展在暗中作梗，將慕容飛煙困在了那裡。內心中湧現出強烈的渴望，恨不能生出雙翅，即刻就飛到慕容飛煙的身邊。

李雲聰道：「皇上自知大限將至，自從重新登基以來，便督促皇陵那邊加快進度，對皇陵極其重視，如果誰敢去干擾皇陵那邊的事，恐怕就是跟皇上過不去。」

胡小天心中暗歎，慕容展果然夠歹毒，將女兒派到了那裡，就是為了提防自己見她。如果自己光明正大地前去，十有八九慕容展會在這件事情上做文章，搞不好會誣陷自己意圖破壞皇陵，這樣的罪名自己可承擔不起。不過慕容展應該沒有想到自己已經練成了改頭換面易筋錯骨的本事，如果自己想要潛入皇陵應該能夠做到神不知鬼不覺，只是自己目前腿傷未癒，想要和慕容飛煙相會，只怕還要忍耐兩日。

「葆葆呢？」

李雲聰道：「她在天機局負責狐組，深得洪北漠的器重，還是他的乾女兒，你想見她隨時可以去天機局見到，你讓我將她帶回你的身邊，咱家現在是有心無力，腳長在她自己腿上，若是想來找你，此前早就來了。」

胡小天皺了皺眉頭，經歷了龍曦月不辭而別的事件之後，他對發生任何事都已經不再感到驚奇，葆葆和他相識於宮中，從一開始兩人就是各有目的，雖然相處之中生出私情，可是如今兩人都已經可以光明正大地做回自己，重新找到了自己的生活軌跡，心境未免不會發生變化。李雲聰這句話並沒有說錯，腳長在葆葆自己腿上，她想過來找自己，早就來了。

李雲聰道：「自古多情空餘恨，人太多情可不是什麼好事。」

胡小天淡然笑道：「人太絕情也不是什麼好事，李公公家裡可有什麼親人？」

李雲聰道：「只有一個外甥，你認識啊，御馬監的樊宗喜。」

胡小天心中暗忖，你十有八九就是穆雨明，哪會有什麼外甥，這樊宗喜十有八九跟你沒半點兒血緣關係。胡小天道：「李公公對我不夠坦誠啊！」

李雲聰內心一驚，不知胡小天這話究竟是什麼意思，表面上仍然風波不驚，平靜注視著胡小天。

胡小天向他湊近了一些，壓低聲音道：「你難道不清楚去天龍寺的根本就是個假皇帝？」

李雲聰此時方才知道胡小天這句話的真正意思，啞然失笑道：「咱家也是在你們離開之後方才得知這件事，皇上和洪北漠將我等全都騙過了。」他將手中的茶盞緩緩落下，低聲道：「這段時間在天龍寺究竟發生了什麼事情？」

胡小天道：「洪北漠想要借著這次的機會將我幹掉，只可惜他派去的手下太過膿包，非但沒有將我害死，反而被我……」說到這裡，胡小天故意停頓了一下，然後盯住李雲聰的雙目道：「被我吸去了內力。」

李雲聰唇角的肌肉抽搐了一下，他開始意識到自己長期以來編制的騙局已經被胡小天發現了。

胡小天道：「李公公現在可以解釋一下，當初因何要教給我這套《無相神功》嗎？」

李雲聰道：「如果咱家不教你這套功夫，你如何化解權德安送給你的十年內力？」

胡小天呵呵笑道：「李公公偷樑換柱的功夫天下第一，在下忽然有種被人賣了還要幫人數錢的感覺。」

李雲聰道：「你若是這麼想，咱家也沒有辦法，只是在咱家看來，我從未做過坑害你的事情。」

胡小天道：「難道你不清楚修煉這門功夫的害處？」

兩人雖然都沒有點破這門功夫是虛空大法，可是彼此心中已經完全明白。

李雲聰道：「害處也是因人而異，如果一個人只剩下三天的生命，給他一種毒藥吃下去可以多活一年，你說他會不會吃？」

胡小天道：「既然如此，為什麼當初不告訴我真相？卻要用謊言騙我？」

李雲聰淡然笑道：「如果當初咱家告訴你，我教你的是虛空大法，根本不是什麼無相神功，你會不會修煉？」

胡小天道：「不練就得死，我有選擇嗎？」

「既然如此，你又何必糾結呢？」

胡小天道：「我最討厭別人騙我。」

李雲聰道：「看來你在天龍寺一定遇到了不少的事情。」深邃的雙目盯著胡小天，靜靜等待著他的下文。

胡小天道：「沒什麼事，你所說的什麼《般若波羅密多心經》我倒是問了，人家說那本經書根本就在皇宮。」

李雲聰點了點頭，心中明白想要從這小子嘴裡套出實話只怕沒那麼容易。既然這樣還是不要白費唇舌，正準備離去的時候，胡小天卻又道：「你有沒有聽說過《乾坤開物》這本書？」

李雲聰皺了皺眉頭道：「你說的是楚扶風所著的《乾坤開物》，那套書在藏書閣中就有收藏。」

胡小天道：「既然有收藏，洪北漠又為何派人去天龍寺找這套書？」

李雲聰道：「藏書閣中雖有收錄，可是那套書並不是全本，尚且少了一本《丹鼎篇》，我想他們想找的就是這篇東西。」

胡小天道：「據說《乾坤開物》在世間流傳的版本不少，應該算不上稀罕，又不是什麼武功秘笈，為什麼會讓天機局如此煞費心機？」

李雲聰道：「只因那《乾坤開物》乃是天機門的創始人楚扶風所著，楚扶風乃是百年來難得一遇的奇才，天文地理，術數星相無所不通，根據傳言，楚扶風離世之前正在研究丹鼎之術，要冶煉延年益壽的靈丹，這丹鼎篇中記載的就是他在這方面的畢生心得。」

胡小天不屑笑道：「這世上怎麼可能有長生不老之術呢。」

李雲聰微笑道：「你信不信並不重要，重要的是皇上相信。」他從胡小天的這番話裡覺察到了什麼，低聲道：「他們在天龍寺內可有什麼發現？」

胡小天搖了搖頭道：「一無所獲。」

李雲聰道：「可是據咱家所知，這次天機局損失不小，派往天龍寺的高手有不少人失蹤呢。」陰測測的目光盯住胡小天，心中已經認定胡小天沒對自己說實話。

胡小天道：「天機局的事情李公公應當直接去問洪北漠，相信在他面前，你比我更有面子。」

李雲聰道：「不願說就算了，只是有件事咱家不得不提醒你，和洪北漠為敵並不明智，皇上這次之所以能夠重登大寶，洪北漠勞苦功高，皇上心底對他也非常的倚重，你雖然得到永陽公主的器重，可是想要和天機局對抗只怕還是螳臂當車。」在李雲聰眼中，目前的胡小天和洪北漠根本沒有一戰的能力，如果盲目選擇和洪北漠對抗，無異於以卵擊石。

胡小天道：「李公公這話的意思是想幫我？」

李雲聰意味深長道：「你我雖無師徒之名，卻有授業之實，咱家也不想你遇到麻煩，未來何去何從，還要看你的誠意了。」李雲聰等於將話挑明了，你小子對我隱瞞的事情太多，不夠坦誠，若是這樣，就算你死了，老子也不會伸出一根手指頭幫你。

胡小天道：「李公公能夠化解我體內的異種真氣嗎？」

李雲聰聞言不覺微微一怔，虛空大法的弊端他可沒有辦法化解，可是若是直接說出來就等於失去了一個控制胡小天的機會，心念及此淡然笑道：「咱家不是說過，要看你的誠意了。」

胡小天心中暗罵李雲聰，你到現在還敢蒙我，連緣空、不悟這樣的強人都沒辦法化解虛空大法，你會化解？根本是想借機穩住我，還想對我繼續利用下去。不過你既然能夠利用我，我就能利用你，胡小天道：「李公公打算如何幫我？」

李雲聰算是看出來了，這小子是吃一塹長一智，這次是不見兔子不撒鷹，如果自己不給他一點甜頭，這廝無論如何不會將實情告訴自己了。想了想終於道：「咱家幫你把把脈如何？」

胡小天呵呵笑了一聲，他的目光和李雲聰交織在一起，李雲聰的唇角露出一絲意味深長的笑意，一直以來他們雖然不是敵人，可是也絕對談不上朋友，只是彼此相互利用的關係。提出為胡小天把脈，一是為了探察一下他現在體內的真實狀況，還有一個原因就是借此來考驗一下胡小天的膽色。

胡小天心中還是稍稍猶豫了一下，自己將脈門交給他豈不是等於將性命交到他的手中，這老太監要是陰我怎麼辦？可轉念一想，李雲聰還不至於猖狂到如此明目張膽的地步，於是將左手翻腕放在茶几之上，微笑道：「李公公請便。」

李雲聰暗暗佩服胡小天的膽色，這小子應該是料定了自己不會害他。李雲聰撩起衣袖，右手的中指輕輕搭在胡小天的脈門之上，他並沒有像別人那樣利用內力來探察胡小天體內的經脈狀況，沒有人比李雲聰更清楚虛空大法的可怕，稍有不慎只怕要將自己這幾十年的功力全都搭進去，單憑胡小天的脈象來判斷，這小子的狀況比起過去應該更加複雜了，李雲聰不僅皺起了眉頭，花白的眉毛一撅一撅。

胡小天道：「天龍寺有位高僧曾經告訴我，我最多只能活半年了。」

李雲聰的手指緩緩移開胡小天的脈門，低聲道：「他還說什麼？」

胡小天道：「他說我體內的異種真氣越多，走火入魔的可能性就越大，除非修煉無相神功，只怕天下間再也沒有能夠解救我的辦法。」

李雲聽道：「他也是一知半解，無相神功雖然厲害，卻無法解決所有的麻煩，真正麻煩的是異種真氣多了之後，彼此之間會產生相互排斥，你的經脈無法承受這些真氣日復一日的衝擊，一旦你的承受能力超過了極限，那麼就會發生走火入魔的狀況。」

「那該如何解決呢？」

李雲聽道：「有三個辦法，一是利用某種方法將這些異種真氣馴服之後納為己用，還有一種方法就是利用某種方法一點點化去你體內的內力，第三種方法就是要不斷錘煉你的經脈，讓你的經脈變得足夠強大，可以承受來自異種真氣的壓力。」

他所說的三種方法無非是兩個重點，一是減壓，二是壯大自身經脈，這和不悟此前的分析不謀而合。

胡小天道：「這三種方法哪種更為可行呢？」

李雲聽道：「你體內的異種真氣積累不少，想要將之馴服絕非一日之功，短期內是無法完成的，若是化去你體內的內力，最直接的方法就是廢去你的武功，對一般的武者可行，就算是廢掉他的內力也不至於影響到他的性命，可是對修煉虛空大法的人卻沒有任何的可能，因為當初創立這功法的前輩就曾經考慮過這方面的事情，對於別人想要廢掉或者反制吸取內力會自然產生一種抗拒力，這就是虛空大法最為強大的地方，一個掌握虛空大法的弱者甚至可以吸取一個強於他數倍高手的內力，類似的鯨吞大法之類的武功卻做不到以弱勝強。」

胡小天道：「那就是說我沒治了？」心想你說了半天不是等於沒說。

李雲聰道：「最可行最穩妥的辦法，就是錘煉你的經脈，讓你的經脈承受壓力的能力更強，可以抵禦異種真氣的衝擊，如果你的經脈可以修煉到如同銅牆鐵壁，那麼再強大的真氣也無法導致你經脈寸斷，走火入魔。」

胡小天點了點頭道：「聽起來的確有些道理，可是又應該如何鍛煉強大我的經脈呢？」

李雲聰呵呵笑了一聲，臉上露出一絲得色，這神情分明是告訴胡小天，我有辦法。

胡小天道：「解鈴還須繫鈴人，我就知道李公公有辦法。」

李雲聰道：「辦法的確是有一些，可是咱家現在有些猶豫了，不知自己是不是養虎為患呢。」

胡小天道：「李公公年紀這麼大了，應該對這世上的事情看開一些了，此次小天前往天龍寺倒是有不少的心得體會呢。」

「喔？」李雲聰饒有興致道。

胡小天道：「佛祖都有割肉餵鷹捨生取義的精神，李公公難道沒有以身飼虎的

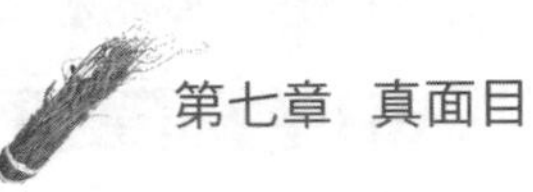

膽色？」

李雲聰不禁莞爾：「咱家現在有種騎虎難下的感覺了。」

胡小天道：「其實在我眼中，公公才是一隻老虎呢。」

李雲聰道：「咱家沒什麼雄心壯志，更無害人之心，天下哪有這樣的老虎。」

「李公公覺得洪北漠是不是一隻老虎呢？」

李雲聰歎了口氣道：「一山不容二虎！」

胡小天道：「我也沒什麼雄心壯志，也從未想過去害別人，說起來我和李公公的共同點還是蠻多的。如果想不被老虎吃掉，咱們好像應該好好合作呢。」

李雲聰道：「你總算開竅了。」

胡小天道：「我被人坑了那麼多次，總得長點記性，您說是不是？」

李雲聰眉開眼笑道：「是啊是啊！」

胡小天道：「反正今天我也沒什麼事，不如李公公交給我一些強大經脈的法門，我也順便將天龍寺發生的事情跟您說說，您老意下如何？」

李雲聰笑道：「好啊好啊！」捨不得孩子套不得狼，這小子變得越來越難對付，想要從他這裡得到情報，看來必須要付出一些血本了，至少在目前胡小天對他仍然大有用處，若是任由這廝自生自滅，實在是有些可惜了。

李雲聰道：「我就教你一個坐禪的方法吧。」

胡小天道：「僅僅依靠坐禪就能壯大經脈嗎？」

李雲聰道：「咱家教你的這套坐禪觀想之法，乃是天龍寺不傳之秘，就算是天龍寺僧人真正掌握這法門的也沒幾個，可說這坐禪法是天龍寺一切武功的基礎。」

胡小天不由得想起藏經閣丟失的三本書，一是《大手印》二是《虛空大法》還有一個就是《菩提無心禪》，難道李雲聰交給自己的正是最後一樣？

李雲聰道：「咱家可以將這套功法教給你，但你需得先答應咱家一個條件。」

「什麼條件？」

「拜我為師！」

胡小天心中一怔，李雲聰還是第一次提起要收他當徒弟的事情，自己跟他們兄弟兩個還真是有緣分，不悟先收自己當徒弟，現在李雲聰又要收，看來自己果然是一塊不可多得的璞玉，此等高手都爭先恐後地要當自己的師父。

胡小天道：「我要是拜你為師，你以後不能再害我。」

李雲聰笑道：「咱家何時害過你？」

「你要將自己所學的一切武功全都毫不保留地傳授給我，不得有任何隱瞞，否則天打雷劈不得好死！」

李雲聰不禁皺了皺眉頭，這小子好不歹毒，居然這樣惡毒詛咒自己，他嘿嘿冷笑道：「咱家是在幫你又不是在害你，天下間哪有你這種徒弟，拜師學藝先要詛咒自己的師父。」

胡小天道：「你教給我武功又不是毫無條件，咱們之間其實是相互交換。」

李雲聰道：「你拜我為師，以後你也不得對我生出加害之心，否則斷子絕孫，孤獨終老。」

胡小天倒吸了一口冷氣：「你好毒！」

李雲聰微笑道：「彼此彼此！」

胡小天道：「需要我給你磕頭嗎？」

李雲聰道：「既然你都說咱們是相互交換，又何必多此一舉，咱家改主意了，你不用拜我為師，我將坐禪的方法教給你就是，不過你必須要答應我，以後對任何人都不能洩露，這功法是從我這裡學來的。」當下他將菩提無心禪教給了胡小天。

胡小天聽得仔細，學了一個時辰就已經將坐禪的方法學會，其實這菩提無心禪法最重要的還是在修煉中領悟，李雲聰告訴他法門，至於以後能夠修行到什麼程度要靠胡小天自己了。

胡小天也沒白學他的東西，低聲道：「其實這次在天龍寺發生了一件大事。」

李雲聰眉峰一動：「什麼大事？」

胡小天道：「假皇帝去天龍寺真正的目的，是尋找《乾坤開物》。」他將天龍寺的事情避重就輕，掐頭去尾，半真半假地說了一遍，這其中當然不涉及他和不悟的事情，只是將不悟描繪成一個劫持假皇帝的怪人。

李雲聰越聽面色越是凝重，當聽到不悟以假皇帝為人質要脅天龍寺方丈的時候，不由得驚聲道：「他都問了什麼？」

胡小天道：「他問三十年前藏經閣失竊到底丟了什麼書。」

李雲聰道：「那通元方丈究竟是怎樣回答？」

胡小天道：「我記得清清楚楚，一本《大手印》、一本《菩提無心禪》，還有一本就是《虛空大法》的上半部。」

李雲聰聞言內心不由得一沉：「然後呢？」

胡小天道：「然後那怪人就一巴掌拍死了假皇帝，鳥一樣飛走了。」他故意向李雲聰道：「他們丟失的《虛空大法》，難道就是您老教給我的那部？」

李雲聰臉色陰沉，獨目靜靜望著胡小天，隱然流露出一絲寒意。

胡小天微笑道：「您老不是想殺我滅口吧？」

李雲聰道：「這世上沒有什麼秘密可以永遠守得住，咱家現在早已將一切看淡了。」他右手攥起堵在嘴唇之上，發出一連串的乾咳。

龍宣恩重新上位之後，洪北漠儼然成為此次復辟的第一功臣，他所統領的天機局短時間內已經恢復了昔日的輝煌，甚至猶有過之。

胡小天過去也曾經不止一次經過天機局的大門，可是從未進去過，今天前來乃是為了尋找葆葆，不過他所打的旗號卻是求見洪北漠，胡小天和洪北漠並沒有打過交道，雖然已經有過幾度交鋒，不過都是在暗處。

今天胡小天前來，還專門帶來了兩盒茶葉。

洪北漠聽說胡小天主動求見，不覺有些詫異，對這個小子他心中也是充滿了好奇，自從天龍寺胡小天幹掉了自己的多名手下之後，洪北漠方才對他提起了足夠的重視。

洪北漠讓人將胡小天請到觀星台，胡小天來到這座天機局最高的地方，看到洪北漠正在觀星亭內親手煮茶。單從外表來看，這個相貌清臒的中年人身上並沒有帶有一絲一毫的霸氣，反而讓人感覺到君子溫潤如玉的翩翩風采。

洪北漠微笑道：「胡統領請坐。」

胡小天笑了笑，將手中的兩盒茶葉放下：「初次登門，小小禮物不成敬意。」

洪北漠淡然笑道：「胡統領還真是客氣。」

他將烹好的茶湯倒入青花瓷茶盞，茶色澄黃賞心悅目，一股茶香悄然彌散在觀星亭內，讓人聞之神清氣爽。

洪北漠將其中一盞茶雙手送到胡小天的面前，以他今時今日的身分和地位，這樣做已經表現出對胡小天的足夠禮遇和重視，胡小天慌忙伸手接了過去，嗅了嗅茶香，有些陶醉地閉上了雙目道：「好茶！」

洪北漠道：「好茶要觀其色，嗅其味，最關鍵的還是入口品嘗，如果前兩者都已經做到，讓品茶者的期望值太高，可入喉之後卻不過如此，一定會大失所望。」

胡小天品了一口茶，入喉一股淡淡的馨香就悄然浸潤開來，到喉頭香氣徹底揮發到極致，感覺五臟六腑都浸潤在這茶濃郁的香氣之中，舒服得周身的毛孔都彷彿打開了，胡小天不得不承認，他這輩子沒有喝過這麼好喝的茶，品味良久方才又讚了一聲：「好茶！」

洪北漠的唇角露出一絲淡淡的笑意，即便是處在相對的立場上也想聽到一聲讚譽，有些時候，敵人的讚譽要比朋友的讚譽可信度更高。

胡小天睜開雙目道：「洪先生的茶藝是小天生平見過的第一人。」

洪北漠道：「天下間哪有什麼第一？這世上的事情紛繁複雜，無窮無境，咱們看到的地方絕不代表世界的全部，坐在觀星亭內，咱們只看到彼此，可是除了你我之外這世上仍然有千千萬萬的人，不是他們不存在，而是因為你我的目光所及有限罷了。」

胡小天點了點頭道：「洪先生句句禪機，聽先生一言勝讀十年聖賢書。」

洪北漠道：「胡統領高抬老夫了。」緩緩將茶盞落下，平靜無波道：「胡統領今次登門，有什麼請教呢？」

胡小天欲言又止。

洪北漠微笑道：「不妨事，你我同殿為臣，有什麼話只管直接說出來。」

胡小天道：「洪先生可不可以讓我見見葆葆？」對洪北漠這種聰明人，有什麼想法還是直截了當地提出來好。

洪北漠道：「好啊！」隨即揚聲道：「去將葆葆找過來。」

胡小天並沒有想到洪北漠會答應得如此痛快，心中頗有些意外，不過想起就可以見到闊別已久的葆葆，不由得有些激動起來。

洪北漠漫不經心道：「前兩天永陽公主過來找我，說了一些事，洪某到現在都是一頭霧水。」

「什麼事？」

洪北漠道：「公主殿下指責我派人設計暗殺胡統領。」

應該說和洪北漠的這次見面還是頗感意外的，胡小天本以為洪北漠會迴避這方面的事，畢竟暗殺是他所籌畫，應該心虛主動迴避才對，卻想不到洪北漠居然主動提起了這件事。

胡小天笑道：「倒是有過這樣的事，有幾個人想要設計害我，幸虧被我發覺，不然只怕小天這輩子沒機會跟洪先生坐在一起喝茶了，不知他們是不是受了洪先生的指使呢？」

洪北漠微笑望著胡小天道：「此事說來話長，他們的確是我派去的，也的確是我下令讓他們將你剷除。」

胡小天真是有些意外了，想不到洪北漠居然敢當著自己的面承認，他點了點頭，臉上不見絲毫的怒意：「洪先生為何要這樣做呢？」好像談論的是一個跟自己毫無關聯的人一樣，經歷了這麼多的風浪，胡小天變得越發沉穩了。

洪北漠暗讚，這小子很不一般呢。他不慌不忙，為胡小天續上茶水，自己又倒了一杯，飲了一口茶方才道：「因為過去我並沒有充分認識到胡統領的重要，認為你只是一個可有可無的人物。」

這個理由再次出乎胡小天意料之外，洪北漠還真是一個能給人製造驚奇的人。

胡小天道：「就因為這個理由，你就要殺我？」

洪北漠道：「你此番出使大雍雖然得到皇上的封賞，但是這次的出使到底成不成功你自己應該知道，雖然保護安平公主抵達雍都，可是途中死傷慘重，連文太師的寶貝兒子也折在了庸江之中，這些事你多少應該承擔一些責任。抵達雍都你的所作所為自以為可以瞞過天下人嗎？先為大雍太后醫病，又治好了大雍皇帝薛勝康的急症，如果不是你出手，恐怕薛勝康凶多吉少吧？如果他死了，大雍國內必亂，短時間內是不會危及到大康北方邊境的，你這麼做等於損害了大康的利益。」

胡小天道：「洪先生這麼認為，我也沒有辦法。」心想老皇帝都沒怪我，你算根球毛？不過這件事這麼快就傳到了大康國內，證明十有八九就是大雍方面洩露了消息，他們想要借著大康之手來剷除自己。

洪北漠道：「至於後來公主遇害更是你的責任了，雖然你可以推給大雍，可是你以為皇上當真會這麼糊塗嗎？」

胡小天歎了口氣道：「照洪先生這麼說，我實在是死有餘辜，既然如此你何不上奏皇上，直接讓皇上下令將我賜死就是，何必要採用這樣見不得光的手段？」

洪北漠道：「請恕老夫直言，你還沒到足以提起皇上關注的地步。」

胡小天因這句話臉皮有些發熱了，洪北漠啊洪北漠，老子坑你就坑對了，你實在太囂張了。

洪北漠道：「我剛才說的這些事，無論哪件事都足以定你的死罪，如果不是永陽公主出面保你，你以為自己可以逍遙自在地當你的御前侍衛副統領嗎？」

胡小天道：「在洪先生眼中，在下就是個一無可取之處的混混。」

洪北漠微笑道：「過去曾經這樣想，可現在……」他搖了搖頭道：「不得不說胡統領給我製造了許許多多的驚喜啊！」

胡小天道：「讓暹飛星假扮皇上，這是不是欺君之罪？」

洪北漠笑道：「皇上若是不點頭，我又怎敢那麼做？」

胡小天道：「皇上不會知道你派人在天龍寺到處尋找《乾坤開物》的事吧？」

洪北漠道：「看來你對老夫並不瞭解，天機局的存在就是為了保護大康王朝的利益，洪某對皇上忠心耿耿絕無二心，洪某所做的一切事都會事先稟明皇上。」

「包括殺我在內？」

洪北漠深邃的目光注視著胡小天道：「你當真不知道，金陵徐家已經拒絕了皇上的要求？」

胡小天內心一怔，他並不知道這件事，一直以來龍宣恩都希望金陵徐家在大康王朝生死存亡之際對他們施以援手，將海外商路借給皇家使用，通過海外貿易的方式來緩解大康糧荒。如果洪北漠所說屬實，那麼外婆無疑已經拒絕了皇上的請求，是誰給她這麼大的底氣？她難道沒想過拒絕皇上的後果？她難道沒有想過她的女兒女婿外孫的性命？一時間胡小天心亂如麻，這個素未謀面的老太太竟如此的冷血？

洪北漠歎了口氣道：「依著皇上的意思，你父子二人現在都應該人頭落地。」

胡小天面色不變，心中暗忖，這麼大的事情緣何七七沒有跟自己說過？是她不知道，還是根本就沒有發生過？洪北漠難道是危言聳聽，故意恐嚇自己？想到這裡他微笑道：「所以洪先生就上演了一齣暗殺的好戲？」

洪北漠道：「總得要給不聽話的那些人一些警告，只是我沒有想到胡統領的武功居然修煉到了這種地步，還真是讓人意外呢。」

胡小天道：「洪先生現在依然想殺我嗎？」

洪北漠搖了搖頭道：「皇上又改了主意。」雖然他沒有直接否認，可是每句話中都捎帶著皇上，等於告訴胡小天想殺你的人不是我，現在不殺你的人也不是我。

胡小天道：「那我還真是要謝謝洪先生了。」

洪北漠撫鬚笑道：「洪某一直都想找一個釋清誤會的機會，想不到這麼快就來了。」他緩緩站起身來：「葆葆來了，你們聊！」

第八章

選邊站

七七道：「如果朝廷和徐家發生衝突，你站在哪一邊？」
胡小天毫不猶豫道：「我站在公主的這一邊。」
言外之意就是，不論朝廷和徐家發生衝突，
還是你跟老皇帝發生衝突，最後我都會站在你這一邊。

葆葆選位真是精準，一擰之下胡小天慾念全消，額頭上冷汗直冒。葆葆也知道自己沒這麼大威力，看到胡小天淒慘的模樣方才意識到有些不妙，關切道：「怎麼了？這麼痛？」

胡小天絲絲吸著冷氣：「丫頭啊，我這兒被人射了一箭，還沒痊癒呢，你倒是真捨得下手。」

葆葆歉然道：「你又沒告訴我，我怎麼知道你這裡受傷？」

胡小天道：「我總不能一見面就脫褲子給你看這裡吧？」

葆葆紅著臉道：「那倒是！痛不痛？」

胡小天點了點頭道：「要不要我脫下來給你看？」

葆葆搖了搖頭道：「還是不要了。」

胡小天道：「我該走了，今天還得去見永陽公主呢。」

葆葆道：「那個七七？」

胡小天點了點頭。

葆葆道：「你跟她究竟是什麼關係？是不是背著我早已勾搭在了一起？」

胡小天苦笑道：「丫頭，人家還是個未成年的小姑娘，你這腦子忒不純潔了。」

葆葆美眸圓睜惡狠狠望著胡小天，咬牙切齒來了一句：「禽獸，連小姑娘你都不放過。」

胡小天哭笑不得：「我是那種人嗎？」

「不是才怪！」

胡小天抬頭看了看日頭：「真得走了，她現在可是我的衣食父母，若是我晚了，說不定她一怒之下會砍了我的腦袋。」

葆葆道：「去吧！」

胡小天站起身忽然又想起了一件事：「對了，那個林菀現在何處？」

葆葆眼睛轉了轉，充滿狐疑道：「莫非你跟她也有一腿？」

胡小天笑道：「你把我想成什麼人了？是女人就要勾搭嗎？」

葆葆道：「她活得比我自在。」

兩人約好下次相見之日，胡小天這才離開，本想和洪北漠當面道別，卻聽說洪北漠已經去休息了，胡小天知道人家八成是在迴避自己，於是悄然離開了天機局，乘著自己的馬車向神策府的舊址而去。

葆葆送走了胡小天之後，來到位於觀星台下方的星影齋，洪北漠正伏在書案上畫圖，聽到葆葆的腳步聲，他將手中狼毫擱在筆架之上，拿起桌上的白色面巾擦了擦手，微笑道：「葆葆來了！」

「乾爹！胡小天已經走了。」

洪北漠點了點頭，目光打量了一下葆葆的俏臉，他擅長從細微的變化舉動來捕捉對方的心理，對這個乾女兒他非常的瞭解，葆葆的心思瞞不過他老辣的眼睛。

葆葆黑長的睫毛垂落下去。

洪北漠道：「你喜歡他？」

葆葆沒說話，螓首垂得更低，在洪北漠眼中無異於是一種默認。洪北漠歎了口氣道：「問世間情是何物，直教人生死相許，若是你想跟他離去，我也不會阻止，還會將解藥給你，成全你們。」

葆葆道：「女兒的身分配不上人家。」

洪北漠淡然笑道：「你嘴上這樣說心裡卻未必這麼想，胡小天的確是個出色的年輕人。」

葆葆小心翼翼道：「乾爹，您不恨他？」

洪北漠搖了搖頭道：「我的出發點是為了大康皇朝的利益，他的出發點是為了保全性命，我和他之間談不上什麼私怨。」他微笑望著葆葆道：「你不用擔心我會干涉你們的交往，乾爹不會將自己的意願強加給你，只不過……」

葆葆道：「不過什麼？」

洪北漠道：「永陽公主對他好像與眾不同呢。」

葆葆點了點頭道：「的確對他不錯。」

洪北漠道：「公主就快十四歲了吧，正是情竇初開的時候。」

葆葆聽出他的言外之意，咬了咬櫻唇並未說話。

洪北漠道：「你一直都是個聰明的孩子，什麼事情該做什麼事情不該做，應該不用我來提醒你。」

葆葆小聲道：「乾爹放心，葆葆絕不會將天機局內部的事情洩露給他。」

洪北漠微笑道：「說了也沒什麼關係，天機局本身也沒有多少的秘密。」

再次來到神策府，胡小天差點沒能認出這裡，發現近百名工匠正在忙著修葺這裡，門前神策府的匾額早已不見，走入院落中，看到荒草落葉也已經被清掃乾淨。

七七正在權德安的陪同下視察工程的進展情況，看到胡小天來了，七七笑著朝他招了招手道：「小鬍子，你過來！」

當著這麼多人被七七稱呼為小鬍子，胡小天多少有些不適應，緩步走了過去，倒不是他有意怠慢，而是因為大腿根傷勢未癒。

七七發現他一瘸一拐的樣子，不由得皺了皺眉頭：「受傷了？」

胡小天道：「不小心扭到了腳踝，本來應該好好在家裡臥床休息，可聽說公主召喚，於是忍著痛就來了。」

七七道：「你對我好像有些怨氣呢，是說本宮不該將你叫來了。」

胡小天陪笑道：「那倒不是。」

權德安一旁露出笑意，悄然退到了一邊。

七七道：「聽說你從天龍寺回來突然生了急病，當場暈了過去。」

胡小天點頭道：「多謝公主關心，的確有這件事，不過還好現在已沒事了。」

七七道：「你平時壯得跟頭牛犢子似的，想不到也有生病的時候。」

「人吃五穀雜糧，誰能沒病沒災，說起來可能是在天龍寺待的這段時間有些辛苦，乍一放鬆反倒不適應了。」

七七笑道：「我就說你是閑的，你這種人就不能有一刻閑著，不然肯定會悶出病來。」

胡小天聽她的話音好像是要給自己找事情做，慌忙道：「最近也的確累了一些，是時候好好調養調養身體了。」

七七白了他一眼，這廝真是狡詐啊，自己還沒說什麼事情，他就已經聽出了苗頭，趕緊將自己的話給封住，真是豈有此理。她輕聲道：「聽說胡夫人這兩天就要回來了。」

胡小天點了點頭道：「就是這兩天的事情。」

「等胡夫人回來，你安排一下，我要親自去府上拜會她。」

胡小天嘴上道：「那如何使得，還是我帶我娘去拜會公主殿下。」心中卻明白七七想見自己的老娘，其目的十有八九還是為了金陵徐氏，剛才洪北漠說老太太已經拒絕了朝廷的要求，不知這件事是否屬實，如果是真的，只怕有些麻煩，說不定會觸怒皇上，老皇帝就算奈何不了徐家，可是他們一家三口卻在老皇帝的掌控之中。萬一老皇帝來一個殺雞儆猴，拿他們開刀豈不是冤枉。

七七道：「徐夫人是我的長輩，咱們又是朋友，我登門拜會也是理所當然。」

胡小天道：「不瞞公主殿下，剛才我去了趟天機局。」

七七的表情顯得有些錯愕：「你去見洪北漠？」

胡小天點點頭道：「跟他見了一面，他說天龍寺發生的一切全是皇上授意。」

七七柳眉倒豎道：「這老東西當真狂妄，竟然敢將所有責任推到陛下身上。」

胡小天道：「他還跟我說了一件事，說皇上的要求被金陵徐氏拒絕了。」

七七道：「原來你已經知道了。」

胡小天內心不由得一沉，剛才洪北漠說起這件事他還不相信，可是七七既然這樣說，想來不會有錯，金陵徐氏何其大膽，竟然拒絕了皇上的要求，自己的這位外婆何其無情，這麼做豈不是等於將他們一家三口重新推入水火之中，老皇帝不遷怒在他們身上才怪，想到此事可能引發的後果，胡小天內心不禁忐忑起來。

七七道：「你不用擔心，陛下不會因為這件事而遷怒到你們胡家身上，你們父子為大康所做的一切，陛下看得到，更何況他現在已經將這件事全權交給我來處理，我清楚這件事跟你們沒有關係。」

胡小天聽七七這樣說，頓時心中安穩了不少，恭敬道：「殿下英明。」

七七道：「只是我希望徐氏還是能以大局為重，值此國家存亡之際，若是徐家堅持袖手旁觀，本宮也不會毫無動作。就算他們是你的親人，我也不會留情。」

胡小天知道這小妮子生性絕情冷血，心頭不由一凜，低聲道：「此事稍安勿躁，我看還是等我娘回來問清楚究竟是什麼情況，到時咱們再考慮應對之策。」

七七道：「如果朝廷和徐家發生衝突，你站在哪一邊？」

胡小天毫不猶豫道：「我站在公主的這一邊。」言外之意就是，不論朝廷和徐家發生衝突，還是你跟老皇帝發生衝突，最後我都會站在你這一邊。他已經下定決心，在目前的狀況下唯有抱緊七七的大腿，事實證明別人都不可靠，洪北漠和他因天龍寺結怨自不必說，李雲聰為人陰險狡詐，從來都是坑他沒商量，至於其他人似乎沒有和這三人抗衡的實力。

七七道：「這邊的事也要抓緊了，單靠我們可沒有和天機局抗衡的能力。」

胡小天道：「小天正在籌謀此事，手中也招攬了幾位能人異士。」

七七點了點頭，美眸生光道：「有機會讓我見見。」

胡小天趁機道：「剛才小天過來的路上，遇到有人抓丁，問過之後方才知道是抓他們去修皇陵的，最近時常聽到這方面的消息，皇上重新掌權不久，就大興土木，修建皇陵地宮，在民間引起了許許多多的不滿情緒，還望公主要多多留意這邊的事情。」

七七歎了口氣道：「這件事本宮也聽到不少人反映，這樣吧，我回頭就去找陛下跟他好好談談。」

胡夫人從金陵安然返回，護送她一路前往金陵的乃是姬飛花的馬夫吳忍興，回來的時候，吳忍興卻已不知所蹤，在中途徐鳳儀就已經收到兒子安然返回康都的消息，更是歸心似箭，恨不能即刻就見到自己的兒子，途中又聽說了兒子種種威風的事蹟，又聽說兒子只是假扮太監入宮，如今朝廷已經給他恢復了身分，還封他為御前侍衛副統領，徐鳳儀更是倍感欣慰。

車馬來到十五里亭，就看到前方一隊人馬在路旁恭候，徐鳳儀聽車夫通報，心中先是一驚，最近大康到處都是兵荒馬亂，莫非遇到強人了？可轉念一想，這裡已經臨近帝都，天子腳下，按說不會發生這樣的事情。

派去探察情況的隨從欣喜奔了回來，遠遠道：「夫人，是少爺來接您了！」

徐鳳儀心中倍感安慰，掀開車簾向外望去，卻見遠處那群人已經迎著自己而來，縱馬奔行在最前方的正是她日思夜想的寶貝兒子胡小天。徐鳳儀顫聲道：「停車！趕緊停車！」

車夫慌忙將馬車停下，徐鳳儀推開車門跳了下去。此時胡小天已經來到她的面前翻身從小灰的身上下來，雖然大腿根傷口還未痊癒，扯得仍然有些疼痛，這都無法和母子重逢的喜悅相比，三步並作兩行，快步來到母親面前，撲通一聲跪倒在地上，含淚道：「娘！不孝兒小天給您叩頭了！」

徐鳳儀雙目通紅，一把將兒子抱住，這些日子的牽掛和委屈全都化成了淚水滾滾而下，不一會兒功夫已經將胡小天肩頭的衣襟沾濕。

胡小天笑道：「娘！看到兒子好端端地回來，該開心才是，怎麼反倒哭了？」

徐鳳儀一邊抹淚一邊笑道：「娘是太開心，所以才流淚。」

胡小天道：「娘，您先別哭，我給您介紹我的幾位朋友。」

此時身後陪同他過來迎接的那些人方才趕到，一群人全都給胡夫人跪下：「我等參見胡夫人！願胡夫人吉祥！」

徐鳳儀看到眼前的陣仗慌忙道：「趕緊全都起來，這如何使得。」

胡小天笑著讓眾人起來，展鵬來到徐鳳儀面前行禮道：「侄兒展鵬參見胡伯母。」

徐鳳儀笑道：「見笑了。」她此前在水井兒胡同的時候就曾經和展鵬見過面，知道他和兒子有過命的交情。

胡小天又將後面的趙崇武、閆飛、楊令奇等一一介紹給母親認識，最後一個介紹到霍勝男的時候，霍勝男目光中現出一絲忸怩之色，自從和胡小天發生那件事之後，她已經成為胡小天的女人，今次見面等同於新媳婦見公婆，當然從心底感到羞澀，不過還好她現在是喬裝打扮，胡夫人並沒有產生疑心。

胡小天道：「他是我的好朋友黃飛鴻。」

徐鳳儀笑道：「飛紅，像個女孩的名字。」伸手握住霍勝男的手，入手柔軟細膩，猶若凝脂，霍勝男雖然改變了形容，卻改變不了肌膚的質地，徐鳳儀心中不覺一怔，再看霍勝男的目光竟然現出幾分羞澀，她畢竟是過來人，心中隱約感覺到有些不對。

霍勝男又不敢將手硬抽回去，輕聲道：「是鴻雁的鴻！」

徐鳳儀這才笑著放開了她的手：「看來是我誤會了。」還好她的注意力完全在兒子的身上：「小天，你爹呢？」

胡小天道：「他還在水井兒胡同，皇上已經將胡府還給了咱們，我請了他幾次，他都不願回來，倔強得很。」

徐鳳儀點了點頭道：「咱們先去看你爹！」

胡小天將坐騎交給了手下，上了馬車陪同母親同坐。

徐鳳儀抓著兒子的手，彷彿害怕一撒手就再也見不到他似的，目光不停打量著他，忍不住又落下淚來。

胡小天笑道：「娘，您要是再哭，就把眼睛哭成水蜜桃了，我爹看到您變成那副模樣，還不得生出外心啊？」

徐鳳儀破涕為笑在他手背上拍了一巴掌：「討打，借他一個膽子他也不敢。」

胡小天道：「娘這次去金陵見到我外婆了？」

徐鳳儀點了點頭，聽到這件事她臉上的笑容瞬間消失不見，輕聲歎了口氣道：「以後娘再也不回去了。」

胡小天看到母親的表情，知道她這次的省親之旅必然不順，輕輕拍了拍母親的手背以示安慰，微笑道：「嫁進胡家門你就是我們胡家人，那個家回不回去都無所謂，反正又沒有你的老公和兒子。」

徐鳳儀不禁莞爾，小聲道：「皇上找徐家借糧，卻被你外婆拒絕了，我擔心這件事會牽連到咱們。」

胡小天道：「娘還是不要擔心，這些事情孩兒自會處理。」

談話間已經來到京城南門，進入城門之後，胡小天向眾人道：「兄弟們先回去吧，我陪我娘去見我爹！」

辭別眾人，胡小天陪同母親來到了水井兒胡同，這些日子，胡不為仍然堅持住在這裡，每日還要前往戶部做事，胡不為雖然沒有官復原職，可是事實上他已經開始接管了戶部的多半事務，徐正英之流對他也是敬畏有加，將他當成戶部尚書一樣伺候著。

大康目前的狀況並不是他能夠解決，換成任何人也很難帶領大康走出困境，自從得知徐老太太拒絕了皇上借糧的要求，胡不為隱約覺得或許一場大禍又要臨頭了。和兒子的樂觀不同，胡不為卻有著深重的危機感，他並不相信一個十四歲的小丫頭能夠掌控大康的權柄。

妻子的歸來讓胡不為的臉上多少出現了一些難得的笑意，一家三口在經歷了一番波折之後總算有機會重聚了。胡不為現在最大的願望就是能夠解決一切麻煩，哪怕是失去榮華富貴，只要有那麼一間小小的院子，只要一家人能夠齊齊整整地在一起就已足夠。

兩夫妻三十年，即便是一個眼神就已經知道對方在想些什麼，胡不為微笑望著妻子道：「回來了就好。」

徐鳳儀道：「你好像又瘦了。」

胡不為道：「瘦些精神，也顯得年輕。」

胡小天一旁不禁笑了起來：「爹娘，要不我迴避一會兒，不妨礙你們親熱。」

胡不為老臉一熱，啐道：「混小子真是越大越不像話，有你這麼說話的嗎？」

徐鳳儀也是粉面通紅，一把揪住了胡小天的耳朵：「臭小子，信不信老娘將你的耳朵扯下來。」

胡小天連忙討饒，廂房內已經為她準備好了熱水，徐鳳儀起身去洗澡更衣。臨行之前卻又想起一件事，拿出一封信給胡不為道：「老太太讓我交給你的，說只能你親自開啟。」

胡不為接過那封信。

徐鳳儀離去之後，胡小天趁機道：「爹，您看娘都回來了，你們是不是跟我一起回家去住，這地方太小了，陽光又不好，夏天眼看就到了，又熱又潮。」

胡不為道：「那府邸是皇上賞賜給你的，我根本就沒打算回去。」

「你是我爹，何必跟我分得那麼清楚？」

胡不為搖了搖頭道：「不是要跟你分清楚，人無遠慮必有近憂，爹是不想被人家再從那裡趕出來。」

胡小天呵呵笑了起來：「誰敢？」

胡不為望著意氣風發的兒子，雖然欣慰他有現在的成就，可是仍然要提醒他一句：「小天，你知不知道你外婆已經拒絕了皇上。」

胡小天點頭道：「外婆眼中早已沒有咱們胡家，既然如此咱們又何必高攀？」

胡不為歎了口氣道：「這其中並不像你所看到的那麼簡單，我在戶部，大康目前的情況我最清楚不過，大康這兩年災害不斷，連年欠收，別說百姓，就算是大康各大糧倉的存糧都已經快用盡了，皇上雖然拿出了一部分錢，可是周邊列國沒有一個願意在此時賣給大康糧食，從現在各地的情況來看，今秋的收成也不理想，若是今秋繼續欠收，恐怕百姓就要先亂起來了。」

胡小天道：「所以皇上才想要通過徐氏從海外購入糧食。」

胡不為道：「皇上對這件事寄予很大的希望，正所謂希望越大失望越大，你外婆明確拒絕了皇上的要求，皇上震怒之下只怕……」他沒有將這番話說完，相信兒子應該明白了自己的意思。

胡小天道：「你是說，皇上想要報復到咱們的身上？」

胡不為點了點頭。

胡小天道：「不用擔心，我跟永陽公主說得很清楚，咱們和金陵徐家早已沒有了什麼牽扯。」

胡不為苦笑道：「你以為皇上會相信？」

胡小天對他手中的那封信頗為好奇，指了指那封信道：「爹不看看裡面寫了什麼？」

胡不為經他提醒，這才將那封信拆開，看完之後沉默了下去。

胡小天對信中的內容頗為好奇，不知老太太究竟在信裡寫了什麼。低聲道：

「爹，信裡寫的什麼？」

胡不為道：「你外婆果然有難言之隱，她若是借糧給大康，就會被周圍列國視為仇人，金陵徐氏就會成為列國高手爭先剷除的對象，公然拒絕皇上也是無奈之舉，不過她答應指給大康一條商路，只是這條商路卻要大康自己派人去聯絡。」

胡小天聞言心中也是踏實了許多，看來老太太心中還是有他們胡家的，想想她現在也的確是面臨著兩難的境地，若是公然幫助大康，必然會引起列國仇視，金陵徐家會成為眾矢之的，如果不幫大康，畢竟根基就在這裡，又怕遭到大康皇帝的報復，所以才想出這樣的辦法，為的就是掩人耳目。

胡不為道：「此事決不可讓你娘知道，免得她擔心。」

胡小天湊過看了看那封信，卻見信上根本沒有一個字，乃是一幅海圖。胡小天道：「爹，這件事您打算告訴皇上嗎？」

胡不為點了點頭道：「我這就入宮跟皇上說清楚。」自從徐老太太拒絕皇上的要求之後，胡不為始終處於不安的狀態，好不容易才重新找回的幸福，他更加不想失去，尤其不想自己的寶貝兒子會有任何的損失。

胡小天卻搖了搖頭道：「此事不可操之過急，皇上現在基本上不過問政事，幾乎將所有的事情全都交給了永陽公主，我看這件事還需先通報永陽公主更好。」

胡不為對永陽公主並沒有太深的瞭解，自然沒有兒子這樣的信心，他也並不認為一個未滿十四歲的小姑娘能夠挽救這岌岌可危的大康王朝於危難之中。

胡小天道：「爹，皇上身邊最相信的人只有兩個，一是天機局的洪北漠，還有一個就是永陽公主，咱們胡家想要保全自己，必須要在其中做出選擇。」

胡不為目光一亮，他本以為兒子只是一時意氣用事，卻沒有想到他已經經過了深思熟慮。他低聲道：「你想賣給永陽公主一個人情？」

胡小天搖了搖頭道：「不僅如此，爹，伴君如伴虎，皇上生性多疑，時常朝令夕改，他現在根本無心朝政，所有精力都放在皇陵和長生的事上了，洪北漠非但不勸他關注國事，反而助紂為虐，幫助他加緊皇陵的進度。大康百姓生活於水火之中，老百姓的耐性有限，一旦超出忍耐極限，那麼大康距離內亂也就不遠了。」

胡不為點了點頭道：「你想獲取永陽公主的信任，讓她幫助保住咱們胡家？」在他看來永陽公主絕不可能是洪北漠的對手。

胡小天道：「經歷了這麼多的事情難道爹還看不出來，依靠誰都沒有用處，大康皇室根本就自身難保，他們又有什麼能力保全咱們？遇到麻煩才會想起咱們父子，若是朝政穩固，大康中興，說不定第一批想要斬盡殺絕的就是咱們。」

胡不為黯然歎了一口氣，兒子的這番話說到了他的心坎上。難得這小子看得這麼透徹，只是不知道他心中對於未來到底是什麼想法？

胡小天道：「爹，照這樣下去，大康就是不被他國吞掉，早晚也會從內部土崩瓦解，咱們必須抓緊機會壯大自身的實力，掌握住大康的國運命脈，讓他們按照咱們的規則來做事。」

胡不為有些震驚地望著兒子，不愧是我胡不為的兒子，兒子心中原來早已有了宏圖壯志，顛覆朝廷，圖霸天下，連自己都不敢有這樣的想法。

胡小天也沒有圖霸天下的想法，只是命運在一步步逼迫他，他越來越發現，想要在亂世求生，掌控自己的命運，就必須要不斷壯大自己的實力，依靠任何人都沒有用處，唯有依靠自己才是最真實可行的。亂世之中，唯有強者可以生存，只要擁有足夠的實力，在任何地方都能夠自由自在的生存下去。

胡不為低聲道：「你想怎麼做？」

胡小天道：「大康缺糧，外婆表面上已經拒絕了他們，可背地裡卻拿這張圖給咱們，誰掌握了這條海路就能挽救大康垂危的國運，這條路必須牢牢控制在咱們胡家的手中。」

胡不為點了點頭道：「難道你想親自走這一趟？」

胡小天搖了搖頭道：「最合適的人選不是我，而是你。」

「我？」胡不為真正有些糊塗了。

胡小天道：「永陽公主現在對我極為倚重，又將組建神策府的事情交給我負責，我看她未必肯輕易放我離去，對孩兒來說，組建神策府也是一個絕好的機會，我可以借著這件事趁機發展壯大我的力量，爹前往打通這條商路，可以帶著我娘離開康都這個是非之地，如果此行結果並不如意，您和娘就可以趁機避禍於海外，你們平安無事，孩兒自然再無牽掛，想要從大康脫身絕非難事。如果一切順利，您掌握了這條商路，等於將大康皇朝的命脈牢牢掌握在咱們的手中，就算皇帝見到你也得陪著三分小心。」

胡不為道：「老皇上生性多疑，未必肯放我走。」

胡小天道：「此事不牢爹爹操心，孩兒自有辦法說服永陽公主，讓她出面來促成這件事。」

當天下午胡小天就前往紫蘭宮去見七七。

七七聽聞徐鳳儀已經回來了，臉上現出驚喜之色：「胡夫人回來了，也不早說，我跟你一起去接她。」

胡小天當然知道自己老娘沒那麼大的面子，她和七七過去素未謀面，七七之所以表現出如此親近還不是因為金陵徐家的關係，胡小天道：「怎敢勞公主大駕。」

七七聞言面孔頓時冷了下來：「你這話什麼意思？此前不是答應過本宮嗎？」

胡小天微笑道：「公主殿下千萬不要誤會，我娘今日剛剛回來旅途勞頓，所以卑職想讓她好好休息一下。」

「我是去迎接她又不是去折騰她，怎會耽擱她休息？」

胡小天道：「公主殿下是金枝玉葉，又是御賜親封的永陽王，我娘見到公主豈不是要誠惶誠恐，依著規矩，我娘還要給您行跪拜之禮呢。」

七七畢竟年幼沒有想到這一層，皺了皺眉頭道：「我去接她自然是以長輩之禮事之，怎會受她如此大禮，胡小天是你自己多心了。」

胡小天道：「其實小天明白，公主這麼急著想見我娘，無非是因為金陵徐家的關係。」

七七怒道：「在你心中，本宮做任何事都有目的。」

胡小天微笑道：「公主請恕在下直言，大康目前的境況並不樂觀，我也明白公主的苦衷。只是小天也想請公主體諒在下，我娘只是一個普普通通的婦道人家，她對朝廷的事情一無所知，我也不想給她增添心思，不想讓她擔驚受怕。」

七七冷哼一聲，轉身回到椅子上坐下，目光盯住胡小天道：「真看不出你還是個孝子。」

胡小天道：「不敢說自己是個孝子，可小天為了家人可以做任何的事情，誰要是膽敢傷害我的家人，我就算豁出性命也會討還一個公道。」

七七美麗的瞳孔驟然收縮：「你是在威脅本宮嗎？」

胡小天道：「不敢，公主對小天恩重如山，又怎會傷害我的家人？」

七七聽他這樣說，神情稍稍緩和，輕聲道：「你不用如此警惕，我之所以想見胡夫人，只是想詢問金陵徐家的真實態度，外界的傳言雖有很多，可是我始終不甚相信，金陵徐家乃是大康臣民，值此國家危亡之際，難道他們不肯為國出力？」

胡小天恭敬道：「國家興亡匹夫有責，連販夫走卒都知道的道理，徐家怎能不懂？只是現在這種狀況，換成是我也要有一些私心了。」

七七眨了眨雙眸：「你把話說明白一些。」

胡小天道：「公主應該清楚，大康目前的糧荒和國內天災不斷連年欠收有關，還有一個更重要的原因就是周邊鄰國無人願意和大康做生意，比如南越國乃是魚米之鄉，物產豐富，一直都北向大康稱臣，可是現在居然也不願和大康做糧食貿易，歸根結底是害怕將糧食提供給大康，得罪了大康周圍的強鄰。」

七七點了點頭，輕聲歎了口氣道：「據本宮所知，大雍已經派人威脅南越，若是南越膽敢提供糧食給大康，滅掉大康之後第一件事就是揮兵南進屠盡南越。」

胡小天道：「抱有這樣心思的人並不在少數，西川李天衡還不是一樣，他們都等著吞食大康的土地，當然不想大康恢復元氣。」

七七道：「胡小天，民乃國之根本，民以食為天，若是連飯都吃不飽了，還有誰能夠安心當我大康的子民，士兵餓著肚子又怎能為國效忠，若非面臨窘境，我堂堂皇室又豈肯低頭求助於一個商人？」

胡小天道：「公主殿下有沒有想過，連南越都不敢得罪的強國，一個普通商賈之家又怎敢這麼做，若是金陵徐氏敢為大康解決海路，只怕過不了多久的時間，徐氏子孫會盡遭屠戮，徐氏遍佈列國的產業也必然會被摧垮。」

七七淡然道：「皮之不存毛將焉附？若是大康完了，金陵徐氏還有什麼立足之地？」其實她心中明白，金陵徐氏貿易遍天下，就算脫離大康他們一樣能夠生存。

胡小天道：「能為大康國運憂心者唯有公主殿下了，小天倒是有個辦法。」

七七道：「你說！」

胡小天走上前去，將隨身帶來的航海圖在七七面前徐徐展開，用手指從康都到海州，然後入海畫出了一條線路：「求人不如求己，其實咱們完全可以自己解決這件事。」

七七美眸一亮，馬上就明白了這其中的緣由，徐老太太害怕公然為朝廷提供船隊和商路會為徐氏帶來一場大禍，所以才公開拒絕了皇上，背後卻悄悄通過胡家向朝廷示好，以一條商路來換取朝廷對徐家的諒解，只是這樣一來徐家是不會公開介入皇家的事情了。

七七道：「這條路線可不可靠？順利抵達羅宋後，他們肯不肯賣糧給咱們？」

胡小天道：「公主殿下若是懷疑，大可當小天什麼都沒說。」

七七道：「現在組織船隊，秋天之前應該可以回來，只要在今冬之前能夠將這條商路落實，糧食就可源源不斷地運入大康，就能度過這個難捱的冬天，只是……應該派什麼人過去呢？」

胡小天道：「卑職願意親自前往羅宋走一趟。」

七七的目光中充滿了懷疑，前往羅宋千里迢迢，胡小天主動請纓去做這件事只怕另有所圖，難道他想要利用這次出海的機會逃走？徹底擺脫皇室對他的控制？

胡小天從七七的遲疑中已經猜到她必然懷疑自己的企圖，這也是他臨來之前就已經意料到的事情，他就是要利用七七的疑心達到自己的目的。低聲道：「這條商路必須要由我親自走一趟，方才能夠落實。」

七七淡然道：「你急什麼？」她的目光落在那張航海圖之上，注視良久方才道：「讓我好好考慮一下。」

胡小天壓低聲音道：「此事關係重大，公主殿下千萬不可透露給其他人知道，包括皇上在內。」

七七點了點頭。

胡小天也沒有逼得太緊，告辭離開了皇宮，以他對七七的瞭解，七七絕不會讓自己親自前往羅宋走這一趟，這條商路乃是徐老太太提供，他也暗示七七，除了他們胡家人沒有人搞得定這件事，七七不讓自己去，剩下的選擇就只剩下老爹，只要老爹老娘利用這次機會前往羅宋，自己就再也沒有後顧之憂了。

胡小天並沒有直接返回尚書府，而是輾轉來到了寶豐堂，卻得到了一個讓他驚喜的消息，結拜大哥周默等人一起回來了。

周默見到胡小天滿面慚色，抱拳向胡小天深深一躬：「三弟，大哥對不住你！」胡小天慌忙上前一步扶住他的雙臂道：「大哥，自家兄弟您何須如此？」

周默歎了口氣，用力握了握胡小天的雙手，那邊高遠、梁英豪等人也一起過來見過胡小天。

寒暄過後，周默和胡小天兩人來到蕭天穆的書房，顯然是要向胡小天詳細交代龍曦月的事情，雖然此前展鵬已經向胡小天詳細解釋過，可是周默仍然從頭到尾又說了一遍，他為人注重承諾，當初答應了胡小天要幫他照顧好龍曦月，卻想不到最終發生了這樣的事情，心中的懊惱和歉疚實在難以用言語來形容。

胡小天安慰周默道：「離開是她自己的選擇，別說大哥，就算我在那裡仍然無法阻止她。」

周默道：「我們讓展鵬先回來報信，又留在海州尋找了幾日，一方面在海州內部四處尋找，一方面又去碼頭調查那幾日有無船隻出海遠航，經過排除之後，倒也找出了幾種可能。」

胡小天點了點頭，雖然他內心深處對龍曦月的下落極為關注，可是在周默面前並不能表現出來，表現得越是焦急，周默心底就會越發內疚，胡小天不想因為這件事讓他繼續自責，況且這件事根本不怪周默。

周默道：「一是她在海州潛伏起來等我們離去之後再走，還有一種可能就是她從海路離去，在她失蹤的當天，有一艘客船南下前往天香國，天香國雖然只是大康的一個屬國，可是天香國的皇后乃是大康昔日的長公主龍宣嬌，我懷疑她或有可能前往天香國投奔她的姑姑。三弟，你放心，只要大哥還有一口氣在，就一定把人給你找回來。」

胡小天淡然笑道：「兄弟如手足，妻子如衣服，不就是一個女人嘛，舊的不去新的不來。」一句話說得周默直瞪眼，他可不認同胡小天的這句話。

一旁旁聽的蕭天穆已經明白了胡小天的用意，他顯然是擔心周默因為這件事而自責，所以才表現出對龍曦月的出走無所謂的態度，其實胡小天對龍曦月的感情他們都明白，如果不是動了真情，又怎會冒著這麼大的風險做出瞞天過海偷樑換柱的事情，其中所付出的代價和心血實難想像，付出越大失落方才越大，蕭天穆知道龍曦月的不辭而別對胡小天的打擊必然極大，前兩天胡小天的突然病倒應該和這件事有著直接的關係。

周默道：「也許她此次不辭而別應該是有不得已的苦衷，三弟，我看她對你應該是有著很深感情的。」

蕭天穆道：「三弟這句話說得雖然有失偏頗，可是依我看，若是感情真的很深，又何須採取這樣的方式不辭而別？大丈夫何患無妻？三弟正當青春年少，理當志存高遠，創出一番驚天偉業，怎可糾纏於兒女情長？」

胡小天點了點頭道：「二哥說得是，我來這裡就是有要緊事跟你們商量，現在大哥他們既然回來了，自然最好不過。」

三兄弟一起來到桌前，胡小天將一幅航海圖拿了出來，蕭天穆雙目失明當然看不到圖上畫的是什麼，胡小天將此事的來龍去脈從頭到尾說了一遍，自己的計畫和想法也是毫無保留地告訴了兩位結拜兄長。

周默聽完低聲道：「這條商路不僅關係到大康的社稷存亡，也關係到萬千百姓的民生幸福，此事務必要慎重啊。」

胡小天道：「我已經向永陽公主提出，由我親自去打通這條商路，從羅宋國走海運將糧食運入大康，不過以她多疑的性情肯定不會讓我親自前往，而這條商路既然是我外婆提供，必須要由我們胡家人前往羅宋才能落實。」

蕭天穆低聲道：「你是說徐老太太會安排人在羅宋那邊進行接應？」

胡小天道：「她肯定會在暗中相助，不然即便是抵達羅宋，也無法解決這筆糧食貿易。」

蕭天穆道：「如你所說，永陽公主很可能不會放你離去，那麼她的選擇就只剩下了胡伯父，這條商路唯有胡伯父才能將之落實。」

胡小天點點頭道：「我就是要利用這次機會讓我爹娘脫離大康皇室的掌控。」

蕭天穆道：「的確是個機會，如果掌握了這條糧運通路，等於將大康王朝未來的命運掌控在手中，朝廷就算再猖狂，也不敢輕易動你們父子。」

胡小天道：「從康都到羅宋距離遙遠，單單是海上航程就要整整兩個月的時間，一來一回接近半年，我實在不忍心讓我爹長途勞頓，更何況已經開始進入夏季，海上颱風多發，此時若是流露出風聲，必然會有他國勢力從中阻撓，還不知要有多少不可預知的狀況發生。」

周默道：「三弟，不如我陪同胡伯父去這一趟。」

蕭天穆道：「還是我去！」

兩人都是微微一怔，胡小天本來的意思也是想周默保護父親前去，再加上展鵬那些人同往，應該可以高枕無憂，沒想到蕭天穆居然提出要去。

在胡小天看來，蕭天穆的心機和智慧全都是超人一等，可最大的遺憾就是蕭天穆雙目已盲，讓他出海遠航實在是有些於心不忍。

蕭天穆微笑道：「你們不要顧慮我的身體，我雖然眼睛看不到，可是我比任何有眼睛的人辨別方向都要準確，此次前往羅宋開拓商路，意義非同小可，咱們的寶豐堂剛好也可以隨同做些生意，這樣重要的事情，我不去還真是放心不下，小天既然做好了最壞的打算，大哥就必須要留在康都，萬一有事，以大哥的武功，你們可以有個照應。展鵬和高遠跟我走，再加上其他的好手，就算遇到任何的麻煩我們也足可以應付。」

周默點了點頭：「好！就按照二弟說的辦。」

此時高遠過來叫周默去吃飯，他們剛剛回來，連飯都沒顧得上吃呢。

周默離去之後，胡小天來到蕭天穆身邊拍了拍他的肩膀道：「多謝二哥了。」

蕭天穆微笑道：「你謝我什麼？」

胡小天道：「剛才的事情。」

蕭天穆道：「你剛才那樣說，只是不想大哥心中背負太重的負擔，其實我知道你對安平公主情根深種，沒那麼容易放下。」

胡小天歎了口氣道：「也許二哥說得對，咱們正當年輕，理當志存高遠，創出一番驚天偉業，怎可糾纏於兒女情長。」

蕭天穆道：「三弟當真想侍奉龍氏家族一輩子？」

胡小天道：「我對大康王朝早已喪失了希望，龍宣恩昏庸無道，大康都到了這種境地，他仍然想的只是自己的身後事，還幻想著長生不老，在這樣昏庸的國君統領下，大康距離亡國已經不遠了。」

蕭天穆道：「既然看到了結果，就要提前佈局，這次對你來說，可是一個絕佳機會。」

第九章

官逼民反

胡小天聽到這幫苦力要在今晚舉義的事情，
暗叫不妙，雖然來到皇陵工地不久，
他已經感受到這幫苦力受到的非人對待，
官逼民反，民不得不反！

皇陵位於康都東南二百三十里，坐落於棲霞山麓。此地風水絕佳，也是大康歷代帝王埋骨之處，周圍山勢此起彼伏，遠遠望去猶如一條條長龍首尾相連，這裡又被大康百姓稱之為臥龍嶺，因山形而得名。

胡小天抵達這裡的時候已經是黃昏，藏身密林之中從樹枝的縫隙中望去，卻見前方的黃土大道上，成千上萬名苦力正在那裡運送石材木料。期間不斷有苦力因身體不支而倒在地上，馬上就有兵衛衝上去揚起皮鞭棍棒就打。胡小天心中暗歎，大康國運真的已經走到了盡頭，百姓食不果腹，還要被迫來到這裡修建皇陵，一旦他們的忍耐達到了極限，就會爆發起一場不可預估的風暴。

胡小天來此的目的只為了慕容飛煙，這一帶都是丘陵地帶，並沒有什麼凶猛的野獸出沒，他拍了拍小灰的臀部，低聲道：「小灰，你就在這兒等著我，我去去就來。」他並沒有叫任何幫手前來，畢竟他來見慕容飛煙的事情不想讓其他人知道。

小灰打了個響鼻，明白了胡小天的話，邁著不慌不忙的步子去林中的草地吃草。

胡小天悄然將外袍脫掉，換上了事先準備好的破舊衣服，趁著薄暮籠罩，悄然混入搬運石材的隊伍之中，眾人用滾木墊在下方，推動一塊足有三丈見方的巨石往山坡上行進，前方有數十人牽拉，後方還有幾十人往上推動，依靠圓木的滾動將巨石一點點移動。

兩名兵衛環繞巨石不停走動，看到有人偷懶衝上去就是一鞭。一人罵道：「這幫賤民不打就是不行，耽誤了工期，皇上怪罪下來，你們全都要死。」

那幫苦力一個個目光中都要噴出火來，對這些殘暴的兵衛顯然怨恨到了極點。因為場面混亂，不斷有人倒下，有人上來替換，所以竟無人注意到胡小天的加入。

此時胡小天身邊一名瘦弱的中年人因為體力不支摔倒在地，剛剛倒下，就被兵衛發現，那兵衛兇神惡煞般衝了上來，揚起手中的皮鞭照著那中年人狠狠抽了過去，一道身影撲了上去，大呼道：「別打我爹！」

卻是一個年輕人及時衝上來擋在那中年人身前，皮鞭啪的一聲抽打在那年輕人身上，頓時將他後背的衣衫抽裂，露出後背肌肉，一道血紅色的鞭痕觸目驚心。

那兵衛怒道：「混帳，竟然敢擋！」重新揚起了鞭子，馬上第二鞭抽了出去。

胡小天皺了皺眉頭，他真是有些看不過去了。

此時另外一名兵衛也趕了過來，揚起手中的木棍照著那父子二人就打，年輕人不顧一切護住父親，後來的兵衛下手極重，木棍砸在那年輕人身上澎澎有聲。他似乎還覺得沒出心頭的惡氣，揚起木棍瞄準年輕人的腦袋砸了過去，若是這一棍落實，那年輕人至少也是個頭破血流的下場。

胡小天正準備出面阻止的時候，斜刺裡一隻粗壯的臂膀伸了出去，格擋住全力落下的木棍，喀嚓一聲，木棍從中斷裂。

眾人望去，卻見一名三十多歲的中年漢子及時擋住了木棍。

兵衛怒道：「娘的！羅石峰，你一個石匠也敢多管閒事？」原來那中年漢子是這裡的石匠頭領羅石峰，因為這塊巨岩難以運送，所以他和手下的一群石匠也被叫來幫忙。

羅石峰陪著笑道：「大人，這孩子不懂事，您大人不計小人過，犯不著跟他一般見識。」

那兵衛冷哼一聲：「滾開！你算什麼東西？有什麼資格在我面前說話？再敢攔著我，信不信我將你們全都抓起來？」

一個懶洋洋的聲音響起：「大人不妨將我們全都抓起來，可真要是這樣，誰來運這塊大石頭？難道大人親自來做？」

眾人舉目望去，卻見一個醜陋的年輕人在那裡說話，此人正是改頭換面的胡小天，他利用內力改變面部肌肉的形狀，周圍人雖然覺得他很陌生，不過大家都是來自四面八方，每天都有人死去，每天都會有新的苦力補充進來，不認識也是正常。

那兵衛握著半截木棍，惡狠狠盯住胡小天道：「你又是什麼東西？竟敢多管閒事？」

胡小天道：「小的只是一個苦力，當然入不得大人的法眼，大人別說將我們全都抓起，就算將我們全都殺了我們也不敢反抗，只是這樣一來難免會耽擱皇上的工期，皇上震怒之下掉腦袋的恐怕不僅僅是我們吧？」

兩名兵衛雖然殘暴，可是論到頭腦心計豈是胡小天的對手，聽到胡小天的這番話，心中不由得開始露怯，他們當然不是害怕這群苦工，可若真要是耽擱了皇上的工期，他們絕對擔待不起。

此時一名騎士向這邊飛奔而來，看服飾應該是個小頭目，遠遠喝道：「為何停下來了？耽誤了皇上的工期爾等擔待得起嗎？是不是不想要腦袋了？」

兩名兵衛慌忙眉開眼笑低頭哈腰地賠罪，轉向苦工卻是另外一副面孔，惡狠狠道：「還不趕緊幹活？」

眾人重新圍到巨石旁邊，胡小天恰巧和石匠羅石峰走在一處，兩人共同用力的時候，羅石峰低聲道：「這位小兄弟怎麼稱呼？」

胡小天道：「霍元甲！」

羅石峰道：「霍兄弟剛才仗義出頭，勇氣可嘉啊，可是這幫兵衛性情凶殘，得罪了他們以後不會有好果子吃。」

胡小天道：「這幫人全都是狐假虎威，有本事為何不去戰場殺敵？除了欺負咱們這些平民百姓還有什麼能耐？」

羅石峰歎了口氣道：「霍兄弟說得是，咱們老百姓太苦了。」

巨石緩緩移動已經接近工地，來回巡視的兵衛越來越多，羅石峰擔心被人看到他們交談，停下說話。此時夜幕漸漸降臨，周邊燃起篝火，將整個工地照亮，他們又艱難挪動了一個時辰，方才將那塊巨石運送到指定的位置。這群苦力都已經筋疲力盡，胡小天沒什麼感覺，他不停觀察周圍的情況，希望能夠發現慕容飛煙。

因為工期很緊，所以夜晚還會繼續開工，他們這群苦力被允許休息兩個時辰，苦力們前往吃飯，大康國內四處都在鬧糧荒，這裡也不例外。胡小天望著那碗清澈見底的白米粥，甚至連裡面有幾粒米都能夠查清楚，心中不由得暗歎，如此惡劣的生存條件還要完成如此艱苦的工作，這些民工的處境實在是太慘了。

剛才被打的那對父子坐在篝火旁，父親將手中的那碗米粥給了兒子：「春生，你吃！」

那叫春生的小夥子搖了搖頭道：「爹，我不餓，您吃吧！」

羅石峰歎了口氣，一群人都來到篝火旁坐下。

那個叫春生的小夥子低聲道：「羅師父，咱們再這樣下去，肯定要全都死在這裡，俺們村一共被抓來了六十七個，現在只剩下六個還活著。」

那幫苦力全都唉聲歎氣，顯然心中已經完全斷絕了希望。

羅石峰低聲道：「大家說話小心，萬一傳到那些官人耳朵裡，麻煩就大了。」

春生道：「我不怕什麼麻煩，留在這裡不是餓死就是累死，橫豎都是一死，還不如逃走呢。」

羅石峰警惕地向周圍張望，看到有兵衛正在觀察著這邊，慌忙提醒眾人不要說話，幾人都端起了飯碗裝成喝粥的樣子，等兵衛的注意力轉移到其他地方，羅石峰才敢說話，他低聲道：「你說得輕巧，逃到哪裡去？天下烏鴉一般黑，哪裡還不是一個樣子？」

眾人紛紛道：「羅大哥，你說怎麼辦？咱們都聽你的。」

胡小天坐在那裡聽著，總覺得今晚的氣氛有些不對，這些苦力已經被大康王朝壓榨到崩潰的邊緣，現在只差一把火，只要有人點火，必然形成一場燎原之火，其勢不可擋也，只有身在其中方才能夠真切感受到這些苦力對大康王朝的刻骨仇恨。

羅石峰又向周圍看了看，壓低聲音道：「一個人逃必然難免一死，可是咱們若是集中起來就不一樣了。」

胡小天內心一沉，羅石峰分明在策動這幫苦力造反，雖然胡小天同情這些苦力，可是他來此的目的絕不是要參與一場農民起義，而是要找到慕容飛煙，並將她帶出困境。

有人道：「羅師父，您就帶我們幹吧，與其留在這裡等死，不如咱們自己殺出一條血路逃出去。」

羅石峰此時目光投向胡小天道：「霍兄弟怎麼不說話？」

胡小天知道自己如果再不表示，必然會引起眾人疑心，他歎了口氣道：「我也不想待在這裡等死，只是我哥還在這裡，我若是逃了，他怎麼辦？」他又向周圍看了一眼道：「他們這麼多訓練有素的兵衛，咱們根本不可能是他們的對手。」

羅石峰道：「咱們有幾萬人，他們才有千餘人，就算一人一口唾沫也能將他們淹死。」

胡小天越聽越是心驚，羅石峰顯然籌謀造反已經不是一天兩天，但願他們定下來的舉義之日不是今天。

春生道：「羅師父，您只要招呼一聲，我第一個跟您幹！」

羅石峰笑道：「我哪有那個能力，不過……」

此時遠處一名兵衛指著他們的方向道：「你！出來！」

眾人都是一驚，順著那兵衛所指的方向望去，目光全都集中在了胡小天身上。

胡小天舉目望去，叫他的那名兵衛正是剛才被他頂撞的那個，胡小天指了指自己的鼻子道：「叫我？」

那兵衛點了點頭道：「就是你，長得最醜的那個！」

胡小天心中暗罵老子長得很醜嗎？這不是我的本來面目，若是以本來相貌示人，老子帥死你！他緩緩站起身來，羅石峰低聲提醒道：「霍兄弟小心！」

胡小天淡然笑道：「不妨事，我又沒做什麼傷天害理的事情。」他大步向那名兵衛走去。

那兵衛道：「你跟我過來！」

胡小天已經猜到這廝十有八九是想將自己引開，找個無人之處報復自己，對他來說，可謂是正中下懷，胡小天原本就想脫身離開，跟著那兵衛繞行到前方的材料場，兵衛指著地上的一摞青磚道：「撿起來幫我送到那邊。」

胡小天躬下身去，那兵衛閃電般抽出一根鐵棍照著胡小天的後腦狠狠擊落。

胡小天聽到腦後生風，知道這廝已經發動襲擊，身軀一晃反手抓住棍稍，用力一擰已經將鐵棍奪下，那兵衛根本想不到胡小天如此強悍，眼前虛影一晃，胡小天捂住了他的嘴巴，以鐵棍狠狠撞擊在著兵衛的軟肋之上，打得那兵衛悶哼一聲，跪倒在他的面前，胡小天冷笑道：「不開眼的東西，想要報復我嗎？」

那兵衛嚇得魂飛魄散，周身顫抖不已。

胡小天道：「你老實回答我的問題，如果敢有半句謊話，我敲碎你的腦殼。」鐵棍輕輕點著兵衛的額頭，那兵衛連連點頭，剛才的囂張跋扈早已沒了蹤影。

胡小天道：「慕容飛煙在什麼地方？」

那兵衛顫聲道：「你說的是慕容統領，她……她一直都在東南方向的營地，我等地位的是接近不了那邊的……」

胡小天點了點頭，忽然聽到遠處有輕微的腳步聲靠近，應該是有人來了，他揚起鐵棍照著那兵衛的腦殼就是一下，將兵衛砸暈了過去，然後騰空一躍，落在前方堆起足有三丈高度的巨石堆上。

身在高處俯瞰下方，只見有兩人悄然跟了過來，其中一人竟然是羅石峰。

羅石峰來到那兵衛倒地的地方，四處環顧並沒有看到胡小天的影蹤，羅石峰蹲下身去，伸手摸了摸那兵衛的頸部，斷定那兵衛仍然活著，低聲道：「霍兄弟，霍兄弟！」叫了兩聲周圍沒有人回應，身邊那人道：「大哥，我看他應該已經逃了。」

羅石峰從兵衛腰間抽出腰刀，然後抓住那兵衛的脖子用力一擰，只聽到喀嚓一聲，兵衛的頸椎已經被他折斷，連聲息都沒有發出就已經一命嗚呼。

胡小天看得清楚，想不到羅石峰竟然敢對這兵衛痛下殺手，羅石峰身邊的那名兄弟顯然也被嚇了一跳，低聲道：「大哥，你……」

羅石峰道：「今晚就是舉義之時，只等宋大哥一聲令下，咱們就揭竿而起。」他扒下那名兵衛的衣服換上，然後將屍體藏起，和那名兄弟一起離開了材料場。

胡小天無意中聽到這幫苦力要在今晚舉義的事，暗叫不妙，雖然來到皇陵工地不久，他已感受到這幫苦力受到的非人對待，官逼民反，民不得不反，即便是胡小天是大康官員，他對這些想要造反的貧苦百姓還是抱著同情心的。可是同情歸同情，至少胡小天不會加入他們，他有他的方式來解決問題。尤其是今晚，對他而言唯有儘快找到慕容飛煙，將她帶離這片險地，而且一定要搶在這些苦工起事之前。

按照那兵衛剛才的指點，胡小天向守衛駐紮的營地摸索而去，皇陵工程浩大，到處戒備森嚴，不過以胡小天現在的身手在其中潛行也遊刃有餘，他漸漸接近了指揮營。看到前方營寨相連，不知哪一個才是慕容飛煙的營帳，並不敢貿然進入。

就在胡小天準備尋找一名兵衛下手，逼問出慕容飛煙下落的時候，突然看到遠方一隊人馬向這邊而來，胡小天慌忙藏身在一堆沙石之中，那隊人馬走近，隊尾的一人手中拖著一條繩索，繩索的另外一端縛著一名男子，那男子被拖在地上滑行，身上的衣衫已經磨爛，渾身都是擦傷和血跡，不過那男子頗為硬氣，咬緊牙關一聲不吭。

此時從上方行營內有幾人聞訊走了出來，為首一名男子身材高大相貌英俊，正是慕容展的得意弟子姜少離，他也是這邊皇陵工地的護衛統領，看到眼前一幕，姜少離一雙劍眉擰結在了一起，冷冷道：「這是做什麼？」

那名牽著繩索的將領翻身從馬上下來，將繩索扔給手下人，大步來到姜少離面前拱手行禮道：「統領大人，剛才我們發現此人正在民工中鼓惑造反！」

姜少離冷哼一聲，大步來到那人的面前。兩名兵衛將那名男子反剪雙臂抓起，其中一人抓住他的髮髻，強迫他將頭抬起來。

姜少離陰測測道：「你要造反？」

那男子緊咬牙關就是不說話。

姜少離道：「把你的同夥招出來，我就饒了你的性命。」

那男子怒視姜少離道：「要殺要剮悉聽尊便，所有事情都是我一個人在做，和他人無關！」

姜少離冷笑道：「我倒要看看你的骨頭是不是和你的嘴巴一樣硬！」他從腰間緩緩抽出一把長約四尺的鋼刀，刀鋒慢慢湊近那男子的咽喉。

身後忽然響起一個清脆的聲音道：「且慢！」

姜少離手中鋼刀停滯在那裡，眉頭又習慣性地皺了皺，表情顯得有些為難。

胡小天聽到這聲音卻是心頭狂喜，想不到慕容飛煙來了。他偷偷向聲音傳出的方向望去，卻見慕容飛煙修長的倩影出現在他的視野中，依然英氣勃勃，身穿武士服，箭步如飛來到姜少離身邊。

慕容飛煙道：「豈可不問清楚就要人性命？」

姜少離道：「師妹……」

慕容飛煙怒道：「都說過多少次，我不是你師妹，我跟你也沒有任何的關係。」她指了指那滿身是血的男子道：「這些日子你們每天都在抓反賊，可曾有一個落實了證據？卻因為這件事害死了多少條性命，我看你們這樣在逼迫他們，只怕這些百姓當真要反了。」

姜少離道：「皇上下令加快工程進度，我們豈敢抗命。」

慕容飛煙道：「你說的容易，可是這些民工每天吃的是什麼，每天幹得是怎樣的苦工？為皇上一人修墓，卻要有多少無辜百姓陪葬？」她來到皇陵這些天，所看到的全都是百姓們苦不堪言的生活，心中升起無限同情，無奈她個人的力量畢竟有限，想要改變眼前的境況也是有心無力。

姜少離聽到慕容飛煙當眾說出如此大逆不道的話，頓時為之色變，他厲聲道：「不得對陛下不敬！」

慕容飛煙道：「怎麼？話我已經說了，你若是覺得我對陛下不敬，大可將我抓起送到朝廷治罪。」

姜少離的臉上露出一絲無奈的笑意，師父將他的女兒送到這裡，讓自己幫忙照顧，可真是給自己帶來了不少的麻煩，這位師妹性情倔強，根本聽不進去他的話，更讓姜少離頭疼的是，她終日和自己唱對台戲，對這些勞役的民工抱有同情心，還因為對民工的處置和自己發生了多次衝突。有些話絕不可以亂說，尤其是當著這麼多的兵衛面前，如果傳到皇上的耳朵裡，不但她會有麻煩，而且很可能會影響到她的父親。

姜少離並不想當眾和慕容飛煙發生爭執，手中鋼刀向前方又遞了一些，刀鋒割破那男子咽喉的肌膚，一縷鮮血沿著他的喉頭滑落。姜少離一字一句道：「我的耐性有限，你再不說，我就讓你命喪當場。」

那男子滿臉猙獰，笑容可怖，他哈哈狂笑道：「今日便是你們的忌日！」

就在此時，突然一道火箭拖著彗尾，以追風逐電之勢頭射向那男子的腹部，眾人都沒有想到會有誰在此時攻擊那名男子，卻見那支火箭準確無誤地射入那男子的腹部，只聽到蓬的一聲巨響，那男子的血肉之軀竟然爆炸開來，爆炸威力奇大，震得整個天地為之晃動，姜少離距離那男子最近，他第一時間反應過來身軀向後騰躍開來，可饒是如此仍然沒有完全躲開爆炸的波及，身體如同被秋風掃落葉一樣拋了出去，摔到地面之上，身上的衣服已經燃燒起來，他宛如一個火球般在地上拚命翻滾，幾名不及逃離的武士已經被這次的爆炸炸死在現場。

慕容飛煙距離雖然較遠，可是仍然還在爆炸可以波及的範圍內，嬌軀被一股強大的氣浪掀翻出去，胸口有若被重錘擊中，身體尚在半空之中，已經噗地噴出一口鮮血。

胡小天距離較遠，饒是如此也被這驚天動地的劇震震得立足不穩，險些摔倒在地上。他馬上就想明白了到底怎麼回事，那名男子顯然是故意被擒，唯有利用這種方式才能讓姜少離等人放鬆警惕將他帶到指揮營的核心區域。他在事先應該吞下了大量的爆裂彈之類的炸藥，那支火箭乃是他躲在暗處的同伴所射，以這樣的方式來剷除皇陵護衛隊的主力人馬。

漫山遍野，殺聲震天，一時間皇陵工地四處燃起熊熊火光，從指揮營內部，一隊人馬殺出，從這幫人的服飾來看，應該屬於皇陵衛隊，為首一人身軀魁梧騎在一匹黑色駿馬之上，手中長弓拉起如同十五滿月，覷定姜少離所在的位置，一箭射了出去，此人卻是皇陵衛隊副統領賈安雙，誰也想不到他居然會倒戈相向。

姜少離剛剛撲滅了身上的火焰，可是身體被燒傷多處，痛徹心扉，就在此時賈安雙的那追命一箭已經射到，姜少離避無可避，心中哀歎，吾命休矣，想不到我姜少離還未來得及在這世上做一番偉業，就稀裡糊塗地死在了這裡。

周圍兵衛都被剛才的爆炸震得昏頭昏腦，而且多半都已經受傷，自顧不暇，哪還顧得上他。危急關頭一柄短劍從一旁投了過來，正擊在箭桿之上，將志在必得的一箭磕飛。卻是慕容飛煙在生死存亡之際救了姜少離一命，雖然她嘴裡不認姜少離這個師兄，可是也不忍心看他就這樣死去，在自己也受傷的情況下投出短劍救了姜少離一命。

慕容飛煙的這次出手將叛軍的注意力全都吸引了過來，賈安雙冷哼一聲，雙腿一夾馬鐙，左手一提馬韁，胯下駿馬撒開四蹄向慕容飛煙衝去。長弓掛在鳥飾鉤之上，鏘地抽出背後斬馬刀，右手握刀四十五度角指向地面，轉瞬之間已經殺到慕容飛煙面前，揚起手中斬馬刀照著慕容飛煙就是一刀劈了下去。

慕容飛煙花容失色，如果在平時身體狀態良好的情況下，她尚有能力和賈安雙一戰，可是剛才爆炸掀起的氣浪已經傷到了她，扔出短劍將姜少離從死亡邊緣拉了

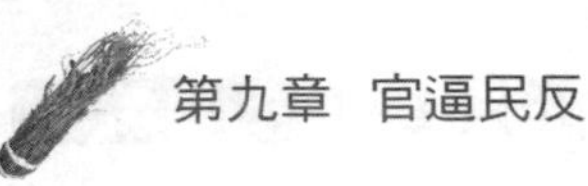

回來，只是這一擊又耗去了她不少的氣力，內息尚未穩固之際賈安雙已經殺到面前，賈安雙的武功原本就在慕容飛煙之上，他這一刀勢要將慕容飛煙斬殺於馬下。

慕容飛煙強忍著被氣浪衝擊的劇烈痛楚，竭力做出閃避，可是她在目前的狀況下行動遲緩了許多，心中雖然明白應該如何躲避，可是動作根本跟不上她的想法，凜冽的刀氣已經封住慕容飛煙可能選擇的一切退路，賈安雙眼中流露出殘忍的殺意，他之所以想殺慕容飛煙是因為慕容展，當初他曾經因犯錯而被慕容展懲戒，從那時起就懷恨在心，今天遇到這樣的機會，自然生出斬殺慕容飛煙報復慕容展的念頭。

就在慕容飛煙自認為劫數難逃的時候，一根鐵棍斜刺裡伸了出來，擋在慕容飛煙的前方，噹的一聲巨響，斬馬刀砍在鐵棍之上，將鐵棍砍出一道深痕，刀棍相交之處火星四射。

賈安雙被震得手臂發麻，虎口火辣辣疼痛，手中斬馬刀險些拿捏不住。舉目望去，卻見一個醜怪的男子出現在慕容飛煙前方，看他的樣子應該是修建皇陵的民工，不知他為何要幫助慕容飛煙，賈安雙怒道：「你瘋了？我是義軍！」

胡小天無心戀戰，轉身抓住慕容飛煙的手臂，以傳音入密道：「飛煙，是我，咱們走！」

慕容飛煙聽到胡小天的聲音方才知道他的身分，心中又驚又喜，如果不是胡小天發聲，她真想不到這個醜陋的傢伙居然是胡小天，更加沒有想到胡小天的武功突然就到了這種境界，竟然能夠擋住賈安雙的全力一擊。

賈安雙在短時間的錯愕之後，繼續催馬追了上去，怒道：「哪裡走？」不等他跟上來，胡小天手中的鐵棍已經轉身扔了過去，鐵棍又如標槍般直奔賈安雙胯下坐騎而來，胡小天全力一擲之下，那鐵棍有如強弓勁弩發射而出，噗的一聲從馬匹的額前鑽了進去，深深貫入顱腦之中，那匹駿馬連吭都沒來得及吭上一聲，就撲倒在地上，賈安雙慌忙從馬背上躍下。跟隨他前來的那數十名騎士慌忙上前接應，有人已經彎弓搭箭準備射擊。

胡小天將慕容飛煙背起，讓她摟緊自己的脖向前跨出一大步，雙膝微微一曲，身軀騰空而起，倏然飛掠到半空中四丈左右的高度，然後展開雙臂，強大的內息從丹田氣海充盈流淌入全身各大經脈，不悟教給他的這套馭翔術今晚才算真正有了用武之地，指揮營所處的位置本身就處在半山坡上，加上他們逃走的路線是順風。

胡小天展開雙臂，宛如一頭蒼鷹一般翱翔於夜空之中。

賈安雙的那幫手下瞄準空中紛紛射箭，可是他們的動作還是過慢，等他們施射的時候，胡小天背負慕容飛煙已經飛掠到他們的射程之外。

慕容飛煙趴在胡小天的背上，俯瞰著下方皇陵的情景，卻見皇陵到處都燃起火光，數萬名苦力再也無法忍受朝廷的盤剝和虐待，他們的怒火終於到了爆發的那一刻，火勢最大的地方就是正在建造的皇陵地宮。慕容飛煙的雙眸在火光的輝映下忽明忽暗，她忽然意識到這次只怕麻煩了，無論她內心深處是如何同情這幫苦力，可是這些人揭竿而起焚毀皇陵，所有的責任都要由他們皇陵護衛隊首當其衝進行承擔。而這裡的統領人選卻是父親親自舉薦，無論她承認與否，和生父之間的血脈親情是無法否認的，這場民亂只怕要連累到自己的父親。

胡小天利用地形這一次足足滑翔了三十丈有餘，方才將內息收納，緩緩落在地面上，足尖剛剛踩在實地之上，重新將丹田氣海的內息鼓蕩而起，背著慕容飛煙重新騰飛而起，然後繼續向山下俯衝。

慕容飛煙雖然輕功也不錯，可是她從未見過人可以飛行得那麼遠，更沒有想到背著自己一起飛的這個人竟然是過去那個手無縛雞之力的胡小天，這混小子，莫非一直都是在自己面前裝傻，其實他根本就是一個武功高手？

胡小天在空中觀察民工們的動向，隨時改變逃跑的路線，他並不想和這些揭竿而起的苦工們發生正面衝突，老百姓如果不是被逼得走投無路，也不會選擇造反，胡小天對這些起義的百姓還是深表同情的。

慕容飛煙轉身向指揮營的方向望去，卻見數萬名民工潮水般湧向那邊，指揮營只有一千兵將，這其中參與今晚起義的還有不少人，只怕那些負隅頑抗的兵將最後只有死路一條了。

民工們的目標全都投向指揮營，他們憑藉著一切可以利用的工具，石頭、木棍、樹枝、磚塊、瓷片向皇陵護衛隊發起瘋狂地攻擊，百姓的怒火一旦燃燒起來就會變得無可收拾。

胡小天利用夜色的掩護，憑藉著馭翔術帶著慕容飛煙儘量選擇人員稀少的地方，看到下方宛如潮水般洶湧的憤怒人群，胡小天也是暗暗心驚，一個人無論武功如何高強，一旦陷入人民戰爭的汪洋大海之中，不被溺死也得累死，還好並沒有人注意到在夜空中滑翔逃匿的他們。胡小天東躲西藏，終於成功逃出了皇陵工地，來到他藏匿小灰的樹林之中。

此地距離皇陵已經有三里距離，可是陣陣喊殺聲仍然清晰入耳，胡小天將慕容飛煙放下，雖然他內力雄厚，可是他對馭翔術的運用仍未達到得心應手的地步，更何況他還要背負一個人，剛才的逃亡途中已經竭盡全力，此時身上也被汗水濕透，甚至分不出精力控制面部的肌肉進行改頭換面，來到林中的時候已經恢復了本來的容貌。

慕容飛煙看到他滿頭大汗的樣子，想起剛才他不畏艱險過來營救自己的情形，一顆芳心感動到了極點，叫了一聲：「小天！」便投身入懷緊緊抱住了胡小天的身軀。

胡小天擁住她的嬌軀，親吻著她精緻的耳垂，低聲道：「乖，真是想死我了，你有沒有想我？」

慕容飛煙點了點頭，將他抱得更緊了。

胡小天低聲道：「這裡並非久留之地，那幫民工不可能在皇陵長久待下去，用不了太久就會離開此地，咱們快走，等到了安全的地方再說。」

慕容飛煙這才放開了他，胡小天吹了一個呼哨，沒過多久，就看到小灰支愣著一雙長耳朵從遠方的樹林中奔出。

胡小天道：「咱們走！」他先將慕容飛煙扶到了馬背上，然後翻身上馬，將慕容飛煙擁在懷中，一抖韁繩：「駕！」

小灰撒開四蹄，向林外大道奔去，進入大道之後，速度瞬間提升到最大，宛如一道灰色閃電，穿梭於暗夜之中，慕容飛煙想不到這馬的速度如此之快，迎面風聲呼嘯，吹得她幾乎睜不開眼睛。一顆芳心完全沉浸在和愛郎久別重逢的喜悅之中，感覺有滿腹的話要和胡小天說，不知分別的這段時間，他究竟發生了什麼？不知有了怎樣的際遇，為何武功會提升得如此迅速。

黎明到來之際，兩人已經來到康都城外，胡小天並沒有急於進入康都，而是選擇在城外的一家客棧短暫休息，叫了一間房，和慕容飛煙進入房內，胡小天前往皇陵尋找慕容飛煙之前已經做足準備，他將一張人皮面具拿了出來交給慕容飛煙，又拿出一套衣服讓她換上。趁著慕容飛煙洗漱更衣的時間，他悄然來到外面的茶肆，打探消息，剛坐下，就看到從京城的方向，大隊人馬向皇陵的所在浩浩蕩蕩開去。

周圍一群喝茶的客人也是紛紛打聽，從隊伍的人數和規模看，至少要在兩萬人左右，京城出動這樣規模的軍隊必然有大事發生。周圍客人並不知道皇陵那邊發生的事情，一個個議論紛紛。

胡小天側耳傾聽，聽了一會兒並沒有聽到什麼有價值的消息。此時看到一位英俊的青年大步來到自己的身邊坐下，仔細一看原來是易容後的慕容飛煙，胡小天不禁笑了起來，這張面具倒是比自己搞頭換面來得容易，也來得順眼，自己修煉改頭換面也有一段時間了，可每次都是往醜了改換，若是能變得英俊一些也好。

慕容飛煙拿起茶壺倒了杯茶，望著那支從前方經過的隊伍，低聲道：「看來已經驚動了朝廷。」

胡小天點了點頭，向周圍看了看，壓低聲音道：「一場風波在所難免了。」說話的時候，遠方的天空有雷聲滾滾而過，胡小天下意識地抬起頭來，卻見天空中烏雲密佈，一場暴風驟雨又要到來。轉臉看了看慕容飛煙，卻見她端著茶盞呆呆出神，不知心中在想些什麼？胡小天道：「走，咱們回去說話。」兩萬多人的隊伍經過也需要一段時間，返回京城也不急於一時，等到軍隊離去之後，他們再走。

兩人回到房內，仍然可以聽到外面整齊的步伐聲，慕容飛煙咬了咬櫻唇道：

「小天，這次我恐怕麻煩了。」

胡小天笑道：「咱們一路走來什麼麻煩沒見過，你何時又怕過？」伸手握住慕容飛煙的柔荑，以此安慰她不要害怕。

慕容飛煙道：「你怎麼知道我在皇陵工地？」

胡小天道：「我現在已是御前侍衛副統領，想要調查你的消息，還不是小菜一碟？」

慕容飛煙道：「難道是他告訴你的？」旋即又搖了搖頭道：「不可能，讓我去守皇陵也是他的主意，他不想我見你，怎會又將我的消息告訴你。」她口中的這個他指的自然是父親慕容展。

胡小天微笑道：「這些都不重要，最重要的是我找到了你，以後我再也不讓你從我的身邊走開。」

慕容飛煙心中一暖，抓住他的大手貼在自己面龐上，小聲道：「我累了！」

胡小天道：「累了就在我懷裡睡，我守著你。」

慕容飛煙點了點頭，趴在胡小天的懷中，此時外面傳來密集的雨點聲，一場瓢潑大雨如期而至。

胡小天當然知道慕容飛煙在擔心什麼，她擔心的不僅僅是她自己，只怕還有慕容展，老皇帝對建造皇陵極其看重，甚至可以說已經超出了他對大康社稷的關心，相信自己死後還可以通過皇陵永垂不朽，或許在將來某一天還可復生。如今皇陵被那幫揭竿而起的百姓焚毀，等若斷絕了老皇帝心中的希望，他很可能因此而惱羞成怒，還不知要做出怎樣瘋狂的事情。

慕容飛煙作為皇陵護衛隊的幾個主要負責人之一，必然是死罪難逃，而慕容展或許也會因為這件事受到株連。

胡小天輕輕撫摸著她的秀髮，卻見一滴清淚從慕容飛煙的眼角緩緩流出，胡小天低下頭去，輕吻她的額頭，低聲道：「不用擔心，萬事都有我在！」

皇陵被焚，五萬民工揭竿而起，在他們斬殺皇陵護衛隊兵馬之後，五萬人浩浩蕩蕩向西北進發。皇陵民工叛亂之事震驚朝野，龍宣恩得知這一消息驚得險些沒從龍椅上掉下去，他怒吼道：「這幫刁民眼中還有沒有王法？反了！全都反了！」

聞訊趕來的周睿淵和文承煥都不敢說話，在皇上盛怒之時開口很有可能引火焚身，讓他遷怒到自己的身上。

龍宣恩向王千大吼道：「去，將洪北漠和慕容展給朕找來！」

王千慌慌張張去了。

龍宣恩氣得雙手顫抖，目光落在周睿淵和文承煥的臉上：「你們為何不說話？啊？為何不說話？」

文承煥道：「陛下，您千萬不要生氣，一定要保重龍體，現在皇陵那邊的消息並未落實，還不清楚具體的損失情況，也許事實情況並沒有想像的那麼糟糕。」

龍宣恩怒道：「朕千叮嚀萬囑咐，一定要確保皇陵的安全，可是現在卻偏偏出現了這種狀況！你們這些人究竟有沒有將朕的事情放在心上？」

周睿淵心中暗歎，皇上心中只記得他的皇陵，為何不多想想百姓，倘若能夠多為百姓想想，也不會發生揭竿而起的叛亂，大康首要面臨的問題乃是糧荒，絕不是什麼修建皇陵，人生來死去，最終還不是塵歸塵土歸土，生前任你馳騁天下，可死後無非是占丈許之地，皇上又何苦在身後事上執迷而不悔呢？這番話周睿淵只是在心中想想，斷然是不敢在龍宣恩的面前說出來的，更不敢在他震怒的時候開口。

慕容展匆匆趕來，他剛剛收到皇陵工地叛亂的消息，心中既是惶恐又是擔心，惶恐的是皇陵護衛隊的多人都是由他一手舉薦，現在那邊發生了這麼大的事情，皇上必然會追究自己的責任，擔心的是女兒被他送到那邊讓徒弟姜少離幫忙看管，現在生死未卜，他實在懊悔到了極點，早知會有今日，無論如何不會將女兒送到那裡去。若是女兒有個三長兩短，叫他以後該如何面對自己？

龍宣恩看到慕容展到來，滿腔憤怒全都傾瀉到了他的頭上，指著慕容展怒吼道：「慕容展，你幹的好事！」

慕容展撲通一聲跪倒在皇上面前，抱拳道：「陛下，臣知罪！甘願接受任何的懲罰！」

龍宣恩冷冷道：「朕就是殺了你能夠保證皇陵無恙嗎？皇陵護衛隊的統領姜少離是你一手舉薦，你不是說他武功超群，智慧出眾，由他率隊保護皇陵必然萬無一失嗎？現在你跟朕如何解釋？」

慕容展道：「陛下，臣願親自率隊前往皇陵查明真相，決不讓破壞皇陵的賊子有一人漏網。」

龍宣恩怒道：「朕不是要追究誰的責任，朕是要皇陵平安無事！你若是真有那個本事，昨晚的事情就不會發生！」

慕容展蒼白的面孔上流露出羞慚之色。

殿外傳來一個沉穩的聲音道：「陛下，皇陵被焚燒的只是地面上的部分，地宮應該不會遭到破壞。」說話的人正是天機局洪北漠，他跟隨王千一起前來，洪北漠的表情要比其他人鎮定許多，甚至和平時沒有任何的分別。

龍宣恩道：「你能確定？」

洪北漠道：「臣完全能夠確定，地宮已經完成的部分層層封閉，那些民工是不可能將之打開的，他們焚燒的最多只是地面建築，造成的損失應該不會太大。」

龍宣恩神情稍緩。

洪北漠向跪在地上的慕容展看了一眼道：「暴民共有五萬多人，皇陵護衛隊只有一千兵馬，雖然訓練有素全副武裝，可是畢竟以寡敵眾，不可能是暴民的對手，慕容統領對皇陵的事情也算是盡心盡力，陛下可能不知道，他的親生女兒也在皇陵護衛隊中履職，現在最擔心的應該就是慕容統領了。」

龍宣恩皺了皺眉頭，聽洪北漠說地宮損失應該不大，此時他的內心才稍稍安定了一些，低聲道：「你起來吧。」

慕容展這才站起身來。

文承煥道：「陛下，五萬多名暴民叛亂此事非同小可，陛下一定要提起足夠的重視。」

龍宣恩冷笑道：「朕已經派出兩萬羽林衛即刻前往，崇安郡的一萬駐軍也已經前往追擊，朕不信那五萬暴民能夠擋得住三萬名訓練有素的大康勇士！」

周睿淵道：「陛下，他們一路往西北而行，很可能前往興州，想要同那裡的反賊郭光弼會合，追得越是緊迫，他們的行軍速度就會越快，應當派人在中途攔截，切斷他們前往興州的路線。興州郭光弼造反一年以來集合賊眾三萬餘人，朝廷幾度圍剿都無法將之剿滅，反倒越見猖狂，若是這五萬亂民順利抵達興州，郭光弼定然是如虎添翼，只怕會成為朝廷的心腹大患。」

慕容展行禮道：「陛下，臣願親自領軍前往阻殺，必然粉碎這些亂民前往興州的妄想。」

龍宣恩淡然道：「你武功雖強，可這是領兵打仗，排兵佈陣方面並不是你的強項，朕已經派蘇宇馳前往指揮，相信他有能力將此次的民亂平定。」

他停頓了一下，臉上充滿陰森的殺氣：「傳朕的旨意，對付那幫亂民不必留情，格殺勿論！」

第十章

假糊塗

「天下人都以為朕老糊塗了，相信什麼長生不老，
人活一世，草木一秋，生老病死，新舊更替亙古不變的規律，
朕只是一個凡人，又豈可和天命抗衡，
別人認為已經掌控你的時候，你最好裝成一個傻子，
只有他在麻痹大意對你完全放鬆戒備的時候，
方能給予他致命一擊。」

龍宣恩的格殺令讓周睿淵心情沉重，走出宮室，外面的雨仍然在瀝瀝淅淅地下著，周睿淵的內心如同被灌滿了雨水，沉甸甸的透不過氣來。文承煥經過他身邊的時候停下腳步道：「這場雨來得突然呢。」

周睿淵看了文承煥一眼，聽出他的言外之意，點了點頭道：「夏天的雨都是這樣，來得快，去得也快。」

文承煥道：「這場雨似乎沒那麼快過去，不止是京城，今年大康各地雨水都很充足，這場雨應該會延緩亂民逃走的腳步。相信蘇宇馳很快就能追趕上他們。」

周睿淵道：「追趕上又怎樣？」

文承煥道：「陛下不是剛剛已經下了格殺令，要將這五萬亂民全都斬殺，一個不留。」

周睿淵歎了口氣道：「五萬亂民，他們有多少家人？殺了他們等於和五萬戶人家結仇，只怕以後會多出幾十萬，幾百萬的敵人。」

文承煥道：「周丞相剛才為何不向陛下言明？」

周睿淵道：「太師也應該明白這個道理。」他的意思是你怎麼不說？還不是害怕得罪了氣頭上的皇帝。

文承煥搖了搖頭：「其實陛下現在只能聽進去兩個人的話。」一個自然就是洪北漠，還有一個就是永陽公主七七，現在朝廷大大小小的事情都是她在處理，如果今天不是皇陵被燒，老皇帝是不會親自集結這幫臣子商討對策的。

兩人正在交談的時候，看到前方有三人走了過來，中間一人正是永陽公主七七，兩人慌忙停下說話，上前行禮道：「公主殿下！」

七七停下腳步，雙眸在他們的臉上掃視了一眼，輕聲道：「陛下生氣了？」

文承煥道：「龍顏震怒，臣等誠惶誠恐。」

七七道：「周丞相留步，回頭本宮找你還有事情商量。」

周睿淵垂首道：「是！」

文承煥心中暗歎，看來在這位永陽公主的心中對周睿淵顯然更為信任一些。

七七向權德安道：「權公公先請周丞相去玲瓏齋小坐，我去看看陛下，馬上就回來。」

眾人全都離去後，龍宣恩臉上怒氣卻一掃而光，聽聞七七到來，他摒退眾人。

七七進入宮中，來到龍宣恩面前，輕聲道：「七七參見陛下！」

龍宣恩低聲道：「看來你也聽到消息了。」

七七點了點頭，抬起雙眸望著龍宣恩道：「陛下曾經說過，水能載舟亦能覆舟，也說過民乃國之根本，可是現在卻為何為了皇陵而不惜得罪天下百姓？」

龍宣恩並沒有生氣，和顏悅色道：「你以為朕在這件事上做得不妥？」

七七道：「五萬勞工若非被逼得走投無路，怎會揭竿而起？陛下難道沒有想過真正導致這場亂局的原因嗎？」皇上在這件事的處置上並不妥當，下令格殺勿論恐怕會招來那些暴民更為強烈的反抗。

龍宣恩道：「七七，這些日子，朕一直都在反思過去，若非是朕當年糊塗，大康也不至於走到如今的地步，朕雖然重新登上了皇位，可是覆水難收，已經失去的民心和信任是無論如何都找不回來了，這才是朕要將權力交到你手中，讓你來承擔如此重任的原因。」

龍宣恩緩緩站起身來，顫巍巍走了一步：「這幫臣子雖然捧我出山，可是每個人都有自己的目的，並非因為他們忠於朕，而是因為朕才能代表他們的利益，只有朕坐在這張龍椅上，他們的利益才能夠得到保障，朕雖然老了，可是並不糊塗。」

七七咬了咬櫻唇，似乎明白了他的苦心。

龍宣恩道：「朕已經老了，精力一日不如一日，你卻還年輕，又是一個女孩子，大康自古以來並沒有女子輔政的先例，朕活著還能當你的後盾，可是朕若是死了又當如何？這幫臣子又豈肯服你！」

七七道：「七七並無掌控社稷的野心，只想保住祖宗基業，保住龍氏江山。」

龍宣恩道：「這些日子，你的辛苦，朕看得到，皇陵方面的事情一直都是洪北漠在負責，這其中他不知經營了什麼秘密，朕口口聲聲想要求長生，催促修建皇陵，目的只是為了迷惑他，避免他生出疑心。」

七七低聲道：「陛下，你已經察覺到了他的野心？」

龍宣恩歎了一口氣道：「有些東西明明知道有毒，可是為了苟延殘喘卻不得不將之吃下去，若是他察覺到朕已經懷疑他，不但是朕，就連你的安全也會受到危及，天下人都以為朕老糊塗了，相信什麼長生不老，相信什麼永垂不朽，人活一世，草木一秋，生老病死，新舊更替乃是亙古不變的規律，朕只是一個凡人，又豈可和天命抗衡，別人認為已經掌控你的時候，你最好裝成一個傻子，只有他在麻痹大意對你完全放鬆戒備的時候方能給予他致命一擊。」

七七點了點頭：「陛下用心良苦，為大康受委屈了。」

龍宣恩搖了搖頭道：「朕不覺得委屈，今天所有的一切都是朕造成的，皇陵勞工叛亂也超出朕的意料之外，朕不知道他們生存的環境竟會如此惡劣，也沒有想到有人會在這件事上盤剝壓榨他們。」

七七道：「陛下當真要對他們趕盡殺絕嗎？」

龍宣恩望著七七的俏臉低聲道：「既然所有人都認為朕是一個昏君，是一個暴君，那麼朕也唯有將這個角色扮演下去，朕走到這步田地，就算是想改也改不了了，臣子對朕的信任一旦失去，再想找回難於登天，百姓對朕的擁戴亦然。而你卻可以糾正朕的錯誤，並因此而獲取臣民的尊敬和信心，唯有如此才可將江山穩固，大康社稷雖然千瘡百孔，但是最緊缺的絕非是金錢和糧草，而是臣民對你的信心，只有恢復他們的信心，才能將大康百姓凝聚在一起，才能帶領大康走出泥潭。」

七七鼻子一酸，好不容易才抑制住流淚的衝動，她此前對龍宣恩還有重重的猜疑和不解，今日方才明白他的苦心，他是在利用另一種方式幫助自己，幫助大康。

龍宣恩道：「還好洪北漠對國事沒有太大的興趣，不像姬飛花那般熱衷於權力，七七，朕相信你一定能夠帶領大康走出困境。」

七七道：「陛下，聽說金陵徐家拒絕了您借糧的要求。」

聽到這件事，龍宣恩兩道花白的眉毛擰在了一起，深邃的雙目中迸射出兩道陰冷的殺機：「徐老太當真以為朕不敢動她，竟然對朕的要求置之不理，這次朕一定要給她點顏色看看。」

七七道：「可是七七卻聽到另外一件事情，金陵徐家之所以拒絕您的要求乃是因為他們不敢因此而得罪其他國家，若是徐家公然答應，只怕會招來報復，他們的商號遍佈於天下，很可能會遭到致命打擊。」

龍宣恩冷冷道：「國家興亡匹夫有責，徐家也是大康的子民，國難當頭還想著一己私利，這樣的氏族留著又有何用？」

七七道：「其實他們公然拒絕只是為了在天下人面前演戲，背地裡已經指明了一條道路。」

龍宣恩微微一怔：「你是說他們打算暗中相助？」

七七點了點頭：「陛下，此時必須秘密進行，決不可讓太多人知道，否則非但徐氏會遭到報復，而且這條通路很可能會被敵國提前切斷。」她低聲將胡小天跟她說的那些事講了一遍，雖然胡小天曾經特地囑咐她不要將此事告訴皇上，可是看眼前的形勢，必須要將這件事說出才能讓皇上息怒。

龍宣恩點了點頭：「他想親自前往羅宋？你不怕他趁機走了，一去不回？」龍宣恩想到的事情也是七七最為顧慮的，胡小天絕不是個安分守己的傢伙，如果放鬆警惕，這小子不知會搞出什麼花樣。

七七道：「我也是這麼考慮的，不過既然是徐家提供的這條商路，如果我們不讓胡家人前往，只怕徐家人會對此生疑，未必肯配合。」

龍宣恩道：「那就讓胡不為去，把他老婆兒子留在康都，諒他也不敢搞出什麼花樣。」

七七道：「此事不宜動靜過大，我已經想過，要從幾大水師中分別調動一些船隻，於指定地點彙集，對外只說是出海掃蕩海盜平亂，等到了目的地點再宣佈他們此行的目的。如果過早暴露，恐怕會遭到敵國破壞。」

龍宣恩道：「此事你儘管去辦，朕會盡一切可能為你掃除障礙。」

七七道：「那五萬勞工逃往興州，依我看還不如放任他們進入興州，興州一代天災不斷，李光弼自己也面臨著缺糧的危機，根本沒可能負擔這五萬人，如果他收

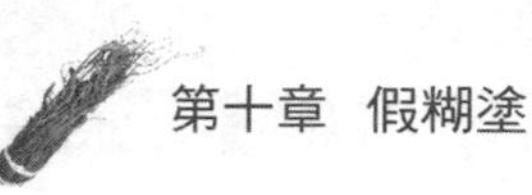

留了這五萬勞工，恐怕興州就會從內部亂起。只需派兵封鎖他們東進和南進的通道，他們為了生存，唯有向西向北，那兩邊一處屬於大雍，一處在西川實際控制範圍內，大康無糧可搶，他們就只能選擇向這兩處尋找生機。」

龍宣恩道：「你將自己的意思告訴蘇宇馳，讓他遵你的號令行事。」

周睿淵在玲瓏閣內足足等了一個時辰方才見到七七回來，慌忙起身相迎。

七七笑道：「讓周大人久等了。」

周睿淵微笑道：「臣剛好在這裡欣賞皇家收藏的寶物，平日裡還沒有這樣的機會呢。」

七七點了點頭，目光落在一旁的那株七寶翡翠樹上，輕聲道：「任何的寶物都比不上糧食來得珍貴，若是能夠換得大康今秋豐收，即便是拿這裡所有的藏品去換，我也心甘情願。」

周睿淵道：「公主殿下憂國憂民，實乃吾等臣民之幸。」

七七道：「剛才我去見過了陛下，勸了他幾句。」

周睿淵道：「如何？」

七七緩緩搖了搖頭：「他將皇陵看得太重，不知是受了誰人蠱惑，相信壽終正寢之後可以在皇陵內永垂不朽。」

周睿淵剛才已經親眼目睹了龍宣恩的執迷和暴虐，七七的這番話也是他意料之中的事情，他低聲道：「也許等過段時間陛下氣消了，會改變主意。」

七七明澈的雙眸盯住周睿淵道：「丞相為何不敢據理力爭？」

周睿淵道：「陛下正在氣頭上，臣無論說什麼，他也不會聽進去。」

七七道：「你們啊，還是害怕引火焚身，我一直都將丞相當成自己的伯父一樣看待。」

周睿淵慌忙躬身道：「臣誠惶誠恐！」

七七因他的態度而有些不悅，秀眉微顰道：「你惶恐什麼？因何而惶恐？」

周睿淵被七七問得一時語塞，不等他回答，七七又道：「為人臣子，蒙受君恩，理當為君解憂，理當為國效力，國難當頭，你身為大康首輔，看到皇上一意孤行，錯判形勢，本該指出他的錯誤，豈可為保全自己的性命，害怕招來罪責而不敢仗義執言？丞相！你真是讓我失望。」

周睿淵被七七這通話說得老臉發熱，慚愧道：「臣自知有錯，並非臣明哲保身，害怕惹火燒身，而是臣還有很多事情去做，若是臣現在倒下了，還有誰能夠接替臣手上的事情。」

七七明白周睿淵並非表功，他所說的也都是實情，大康目前權力機制的運轉全都依靠他在維繫，雖然內外交困，步履維艱，可是大康仍然沒有倒下，這和周睿淵的苦苦支撐有著必然的關係，論到對大康形勢的瞭解，論到在朝臣內部的影響力，放眼大康，周睿淵不做二人著想。

七七道：「陛下剛才對那五萬勞工下了格殺令，丞相怎麼看？」

周睿淵道：「臣認為那五萬勞工此次造反也是被逼無奈，根據臣所掌握的消息，皇陵工地民工的生存條件極其惡劣，非但食不果腹，而且還要不分晝夜地辛苦勞作，再加上那幫監工的盤剝和壓榨，終於讓他們忍無可忍，發生昨晚暴亂雖然有些突然，可是從根源來看卻是必然，他們反是死罪，不反也是等死，與其坐以待斃，還不如放手一搏。」

七七道：「聽周大人的口氣好像很同情他們呢。」

周睿淵慌忙道：「臣只是就事論事，絕非同情他們，更不是支持叛亂。」

七七道：「民亂發生已經成為事實，丞相有什麼辦法可以很好地解決嗎？」

周睿淵道：「臣認為決不可採用極端手段，若是將這五萬勞工格殺勿論，只怕會引起更大規模的民亂。您想想，那五萬民工也有家人，也有朋友，殺戮絕不會使人害怕，反而會激起百姓心底的仇恨，大康目前的狀況已經讓百姓積怨頗深，若是在此時再有一場殺戮，恐怕會引發無法控制的狀況。如果出現民亂就將之全部殺掉，那麼這樣下去，用不了多久大康就再無可用之民，百姓離散，人心背叛，距離社稷崩塌已經不遠。」

七七道：「你的意思是，最重要的還是收服人心？」

周睿淵點了點頭道：「百姓所求的並不多，有衣蔽體，有米果腹就已經足夠，並非每個人都對朝廷盡忠，可是每個人都對腳下的土地擁有著割捨不掉的感情，他們之所以不願離開，還不是因為捨不去故土之情，要讓百姓感到大康不僅僅是龍氏的大康，也是他們自己的大康，也唯有如此，才能激發他們保家衛國的熱情，才能讓他們與大康共存亡。」

七七道：「根據你掌握的情況，大康的糧荒何時會爆發？」

周睿淵抿了抿嘴唇，七七問到了關鍵之處，民以食為天，如果解決不好吃飯的問題，所有一切都是空談，大康各大糧倉都已告急，雖然開放了幾大糧倉，但是對整個大康而言仍然是杯水車薪，無法從根本上解決問題。周睿淵道：「除了必須要保證的軍糧之外，各大糧倉都已開始放糧賑災，從目前掌握的情況來看，最多支援到秋季了。」

七七道：「如果今年可以豐收……」

周睿淵歎了口氣道：「公主殿下，今年春季多地大旱，進入夏季又雨水不斷，只怕今年的收成還要減少三成，這還是最樂觀的估計，一旦糧荒爆發，只怕……」他並沒有說下去，可是臉上凝重的表情已經給出了結果，大康的國運或許已經真的走到了盡頭。

七七道：「鄰國之中還有沒有可能找到糧源？」

周睿淵搖了搖頭：「大雍表面和咱們交好，可是在背後已經威脅列國，誰敢向大康提供糧草，他們就會滅掉誰，放眼中原大地，沒有誰敢得罪大雍。」

七七道：「薛勝康的手段實在是卑鄙。」

周睿淵道：「爭奪天下原本就是不擇手段的事情。」

七七道：「周大人還是多多辛苦，務必要多支撐一些時候，至於糧荒的事情本宮會儘量想辦法解決。」

周睿淵道：「臣聽說金陵徐家已經拒絕了陛下的要求，不知此事是否當真？」

七七歎了口氣道：「的確有這件事，陛下震怒，交由我來處理這件事。」

周睿淵小心翼翼道：「公主打算怎樣處置這件事？」內心中隱然覺得此事有些不妙，或許胡家又要面臨一場大禍。

七七道：「將胡不為夫婦下獄，給徐家一個警告。」

周睿淵內心一驚，慌忙道：「其實我看徐家未必會在意他們的死活，不然何以會對他們的事情一直袖手旁觀？」

七七道：「周大人是在為胡不為說話嗎？」

周睿淵道：「臣並非是為胡不為說話，而是就事論事，胡不為在戶部任職期間，還算得上是盡職盡責，能力也是有目共睹。」

七七道：「這次是皇上真生了氣，恐怕他能夠保住性命已經夠幸運了。」

胡小天和慕容飛煙兩人於正午時分回到了康都，胡小天想了想還是暫時將慕容飛煙安置在府外，省得引起太多人關注，畢竟皇陵民亂的事影響頗大，需要搞清狀況才能決定下一步怎麼做，想來想去，決定帶慕容飛煙先去水井兒胡同父母那裡，不但可以讓她暫時藏身，還可以增進她和父母之間的瞭解，可謂是一舉兩得。

慕容飛煙聽說胡小天要送她去水井兒胡同，不由得忸怩起來，心中又是驚喜又是害羞，驚喜的是胡小天如此安排顯然是沒有將她當成外人，害羞的是自己和他的父母相處免不了會尷尬。

胡小天笑道：「醜媳婦總得見公婆，更何況你戴著面具，他們不知道你究竟是哪一個。」

慕容飛煙啐道：「再敢損我，信不信我揍你。」

胡小天笑眯眯在她腰間拍了拍：「只怕現在你未必是我的對手。」

慕容飛煙知道他說的全都是實話，小聲道：「老老實實交代，你從哪兒學會了那麼厲害的武功。」

胡小天正想解釋，卻見前方水井兒胡同中出來了一人，卻是梁大壯，這廝最近被胡小天派來照顧胡不為夫婦，看到梁大壯慌慌張張的樣子，胡小天頓時感到不妙，慌忙迎了上去，大聲道：「大壯！」

梁大壯這才看到胡小天，叫苦不迭道：「少爺，您總算回來了，出事了，出大事了！」

胡小天心中一驚：「什麼事情？」

梁大壯道：「老爺和夫人剛才被一群羽林軍給帶走了。」

胡小天怒道：「什麼人這麼大的膽子？」

梁大壯道：「聽說是永陽王下的命令，我正想回府去報信，想不到少爺這就來了。」

胡小天聽他這麼說，心中頓時有了數，十有八九是七七在做樣子給外界看，不過這妮子也夠可惡，居然一聲不吭就把我爹娘給帶走，恐怕還有通過這種方式給我下馬威的意思。

遠處一輛馬車緩緩而來，馬車行到胡小天的身邊，車簾掀開，權德安從裡面露出臉來，聲音沙啞道：「胡統領來了，公主殿下請你去見面。」

老爹老娘都已經落在了人家手裡，這可由不得胡小天不去。

胡小天讓梁大壯先帶著慕容飛煙回府，自己則上了馬車，平靜道：「權公公這是帶我去哪裡啊？」

權德安道：「永陽王府！」

永陽王府其實就是三皇子龍廷鎮昔日的府邸，老皇帝將這裡賜給了七七，七七讓人將府邸簡單清理粉刷了一下，並沒有做太大的變動。

暴雨初歇，七七坐在花園涼亭內，一個人靜靜望著胡小天給她的那張航海圖。

權德安的聲音在花園內響起：「公主殿下，胡統領到了。」

七七轉過身去，看到胡小天不緊不慢地走了過來，從這廝臉上的表情來看，他還算鎮定，七七本來還想自己的舉動或許會將他觸怒呢。她將那張航海圖收起，輕聲道：「你這一天一夜都跑到哪裡去了？我讓人幾度尋你，都說你出門未歸。」

胡小天道：「公主找我有事？」

七七道：「沒什麼事情，就是無聊了想找人陪我說說話。」

胡小天道：「找不到我，所以將我爹娘給抓了起來，以這種方式讓我自投羅網？」言語中還是不免流露出一些怒氣。

七七嫣然一笑：「依著皇上的意思，恐怕沒有將他們抓起來那麼簡單，你應該感謝我才對，我是幫你將他們保護起來了。」

胡小天在她對面坐下，歪嘴冷笑：「看來我還得對你說聲謝謝。」

七七道：「你總是懷疑我的動機，我若是想害他們，何必親自出手？」

胡小天的目光落在石桌上的航海圖上：「公主殿下考慮得怎麼樣了？」

七七道：「想來想去這件事變數實在太大。」

「公主所指的變數是？」

七七站起身來走了幾步，目光被亭角飛簷上不時滴落的水珠所吸引，看了好一會兒方才道：「你心中是不是盤算著前往羅宋一去不回？」

胡小天笑道：「公主殿下對我好像沒有信心呢，既然如此，我留在康都哪裡都不去。」

七七道：「金陵徐家下了一手妙棋，這樣做既在天下人面前表明他們不會插手大康的事情，背地裡又賣給我們一個人情，提供的這條商路也不是毫無條件，指定要你們胡家人前去。」

胡小天道：「公主太多疑了，卑職對你忠心耿耿，你這樣說讓我很是心寒。」

七七道：「不是我多疑，是你太狡詐，我思來想去，還是決定讓胡大人走這一趟。」

胡小天故意裝出震驚的樣子，其實七七最終的選擇全都在他的預料之中，小妮子畢竟年幼，任你心機再重，最終還不是要落入我的圈套。胡小天道：「你是說讓我爹去？」

七七點了點頭。

胡小天頭搖得跟撥浪鼓似的：「不行！絕對不行，我爹年紀都這麼大了，怎麼禁得起旅途勞頓，而且前往羅宋海途遙遠，中間若是發生什麼變故，我爹又不懂武功，如何應付得來？」

七七道：「又不是讓他去上沙場衝鋒陷陣，我比你更加看重此次的出航，一定會為胡大人安排最得力的助手在身邊，確保他的安全，你不用擔心，而且胡大人曾經做過大康的戶部尚書，貿易正是他之所長，換成你去我還真不放心。」

胡小天道：「我爹去和我去有分別嗎？你留我爹在這裡還不是一樣，我怎敢不回來？」

七七道：「我根本沒有想過要用你們父子中的任何一個作為人質，留下你是因為還有事情要安排。」

胡小天道：「我娘呢？我娘也要跟我爹一起去嗎？」

七七笑得有些意味深長：「就算我答應讓你娘陪你爹前去，皇上也不會答應，胡小天，做人千萬不要得寸進尺，如果不是我在皇上面前百般維護，只怕你們胡家又要面臨一場覆頂之災，胡大人前去最好，至於胡夫人，你放心，我會留她在王府內好生照顧。」

胡小天心中暗叫不妙，這小妮子分明要把自己老娘當成人質的節奏。想想也並不意外，七七又不是傻子，將他爹娘全都放走，那麼自己還有什麼忌憚。

七七道：「你不用擔心他們的安全，總之你踏踏實實為我做事，真正做到像你所標榜的那樣忠心耿耿，我自然不會虧待你。」

胡小天道：「你將我爹我娘安排到什麼地方了？」

七七道：「你不是害怕這件事牽扯到金陵徐家嗎？所以我做了件好事，把他們先送去了天牢。」

「你太……」如果七七不是什麼公主，胡小天早就一拳打了過去，反了你，居然這麼對待我老爹老娘。

七七柳眉倒豎鳳目圓睜，怒視胡小天道：「你敢怎樣？」

胡小天道：「不敢怎樣，可是你若是讓我爹我娘受了委屈，我什麼事情都做得出來。」

「威脅本宮嗎？」

胡小天道：「真不是威脅，我說的全都是實話。」

七七居然沒發火，點點頭道：「你放心吧，我絕不會讓任何人傷害到他們。」

胡小天知道七七目前仍然需要他們父子效力，應該不會做出傷害他們的事情，可是仍然難免有些擔心：「我可不可以見見他們？」

七七道：「暫時不可以，不過你放心，用不了太久，我就會安排你們見面。」

胡小天點了點頭道：「我且相信你一次。」

七七道：「你餓不餓？」

胡小天被她突如其來的一句問得一愣，岔開話題嗎？

七七道：「我請你吃飯。」

胡小天向周圍看了看：「怎麼？連御廚都請來了，真準備搬到這裡來住了？」

七七笑道：「暫時不會，倒是有了這種打算，這兒比起皇宮要寬敞得多。」

胡小天心想王府雖然規模不小，可是和皇宮還是無法相提並論，七七所謂的寬敞，應該是這裡沒有皇宮那裡的沉重感，皇宮的建築雖然雄偉氣派，可總是顯得有種說不出的壓抑。

七七道：「咱們出門去吃，王府東側的街上有一家小江南，味道挺不錯的。」

胡小天點了點頭，反正已經到了吃飯時間，陪她吃頓飯也無妨，畢竟這妮子喜怒無常，若是拒絕說不定又要將她激怒。

七七和胡小天兩人離開了王府，權德安和兩名侍衛遠遠跟著，因為七七有言在先，不許他們跟得太近。還好小江南距離王府本就不遠，這邊的治安一向良好。

因為上午剛剛下過雨的緣故，小江南今天的生意冷清，門前只停了一輛馬車。

胡小天和七七兩人是一路走過來的，也不過三百餘步，小江南的老闆雖然不認識他們，可是從兩人的服飾上已經看出他們非富即貴，熱情地將兩人請到二樓雅間就坐。

胡小天隨便點了幾個菜，七七看到他臉上仍然烏雲密佈，不由得有些生氣：「喂！你耷拉著一張臉給誰看呢？」

胡小天道：「下雨天心情不好。」老爹老娘都被她給抓起來了，換成誰都會心情不好。

七七道：「不是因為下雨吧，是不是我影響了你吃飯的心情？」

胡小天因為她的話而留意打量了她一眼，要說七七最近變化還是挺大的，臉已經成為瓜子臉，個子也長高了不少，胸脯似乎也有了點高度，至少從外表上看已經不是個小女孩了，絕不能以貌取人，誰能想到這個青澀的小丫頭居然擁有如此深沉的心機呢？或許她的軀殼裡住著一個修煉千年的老妖。

胡小天道：「你勉強也算得上小美女，以後或許就能算上秀色可餐了。」

七七聽他這麼說居然格格笑了起來，眉眼間多了一絲從未有過的嫵媚神情。

胡小天看得一愣，然後搖了搖頭道：「矜持，我不就誇了你一句，至於得意成這個樣子？」

七七道：「我好像從來沒聽你誇過我呢。」

「違心的，我這人很少說真話，你又不是不知道。」

七七道：「難怪做皇帝的都喜歡阿諛奉承的臣子，恭維話兒明知道是假的，可聽起來還是非常順耳。」

「千穿萬穿馬屁不穿，自古以來都是這個樣子。」

七七道：「敢在我面前這麼說話的，你還是頭一個。」

胡小天笑道：「那是因為你過去一直養在深宮人未識，沒見過多少外人。」

七七柳眉倒豎，一雙美眸瞪得滾圓：「胡小天，你不要以為我聽不出來，你在諷刺我沒見識。」

胡小天道：「你要是沒見識，天下間就沒有聰明女人了，你運籌帷幄，少女老成，高瞻遠矚，博古通今，心機深沉，殺伐果斷……」

七七道：「我最大的毛病就是喜怒無常，說翻臉就翻臉，你不怕得罪了我，我讓人砍了你的腦袋？」

胡小天道：「你剛不是說了，沒幾個人敢在你的面前說真話，你長這麼大也沒遇到幾個真正願意幫你的人，殺了我，你不怕成為孤家寡人？」

七七道：「你這麼一說殺了你還真是便宜你了，我就讓你活著，廢了你的武功，讓你重新入宮當個貨真價實的太監，然後讓你親眼看著自己周圍的親人朋友一個個遭遇不幸，到時候看你還笑不笑得出來。」

胡小天倒吸了一口冷氣：「你好毒！小小年紀心腸怎就那麼歹毒？」

七七笑瞇瞇道：「我還以為你天不怕地不怕，原來還是有害怕的時候。」

胡小天道：「不是因為害怕，是因為我心中有愛，我懂得人間自有真情在，不是一個六親不認的冷血動物。」

七七怒道：「放肆！你敢罵我！」

胡小天眨了眨眼睛道：「沒說你啊，別人不知道，我還不知道，當初你在蘭若寺落難的時候，對權德安還是蠻有感情的，如若不然，何必管他的死活？你對我也算不錯。」

七七聽他這樣說，臉上的表情稍稍緩和一些，輕聲道：「還算你有些良心。」

胡小天接下來的話又把她氣了個半死：「雖然我也明白，你對我只是處於利用的目的，認為我還有些價值，不然你才不會幫我。」

七七道：「你有什麼價值？除了油嘴滑舌，我還真沒發現你有什麼本事。」

胡小天道：「有本事就一定宣揚到滿世界全都知道？那叫獻寶，我這種有內涵有深度的人不屑為之。」

「你……」七七呵呵冷笑。

此時樓下傳來整齊的腳步聲，兩人停下說話向外望去，卻見一支數百人的隊伍從門前道路經過，自從昨晚皇陵民亂開始，康都城內的氣氛也變得驟然緊張起來，為了防止可能出現的民亂，康都全城都開始戒嚴，大街小巷隨處都可以看到巡視的羽林軍。

胡小天道：「好像今天氣氛有些不對啊！」

小二剛巧進來上菜，七七居然主動拿起酒壺給胡小天斟滿了，自己也倒了一杯，胡小天將她面前的酒杯拿了過來。

七七道：「幹什麼？」

「未成年人不能飲酒。」胡小天將兩杯酒先後喝了，砸了砸嘴巴：「酒不錯！」又向一臉錯愕的七七道：「你喝茶！」

七七有些無奈地搖了搖頭。

胡小天道：「到底發生了什麼事情？」

七七道：「你是真不知道還是假不知道？皇陵昨晚發生了民亂，五萬勞工造反，殲滅了護陵衛隊，現在正一路北上呢。」

胡小天故作驚奇道：「居然發生了這麼大的事情，你也不早說。」

七七道：「已經是滿城風雨了，你會不知道？」

胡小天道：「我這兩天都在府裡，大門不出二門不邁，哪知道外面發生了這麼大的事情。」

七七才不相信他的鬼話。

胡小天道：「皇上打算怎麼處置這件事？」

七七道：「他已經下了格殺令。」

胡小天道：「五萬勞工如果全都殺了，不知要有多少家庭遭遇不幸，大康因此要增加多少敵人。」

七七歎了口氣道：「我也不贊成他這麼做，已經派人去前方監軍，這件事務必要審慎處理。」

胡小天心中暗讚，七七雖然年齡不大，可是心智卻非常的成熟，懂得如何應對眼前的複雜局面，他低聲道：「皇上醉心於長生之道，大康狀況如此惡劣，他還將這麼多的金錢和人力投入到皇陵修建之中，似乎並不明智。」

七七道：「他性情倔強偏激，我勸他，他卻不肯聽。」

胡小天道：「請恕卑職直言，在大事上公主絕不可讓步，不然只怕外敵未來，大康已經從內部先亂起了。」

七七道：「我也是擔心這件事，大康這些年朝廷變動頻繁，群臣人心不穩，國庫空虛，天災不斷，老百姓怨聲載道，皇陵的民亂只是大康境內諸多民亂的一起，大康將士這兩年在國內疲於奔命，往往剛剛平息一場民亂，另一場又開始爆發，長此以往，國將不國了。」

她一雙清澈的眸子望著胡小天，充滿真誠道：「我能夠擁有今天的權力離不開皇上在背後的支持，縱然他有錯處，我也不可以用過激的方法據理力爭，這幫朝臣多半心思都不在政事之上，他們雖然不說，但是我從他們的眼神中可以看出，他們一個個早已看衰大康，我身邊並沒有多少可以讓我信任的人。」

說到這裡，七七的美眸中竟然蕩漾著一絲晶瑩淚光。別人都看到她人前的風光，又有誰知道她這些日子承受的巨大壓力和痛楚，她還不到十四歲啊，別家的女孩子在她這種年紀還是無憂無慮，而她卻要為了挽救這個垂危的帝國而殫精竭慮。

七七忽然明白了自己為何要善待胡小天的理由，不是因為他的能力，也不是因為他的家族背景，而是因為她在鬱悶彷徨的時候可以找到一個人傾聽自己說話。對其他人目的只是利用，而對胡小天利用只是一個藉口。

胡小天捕捉到七七眼中的那絲淚光，心中居然有所觸動，七七的心機和城府往往會讓他習慣於忽略她的年齡，此時胡小天卻突然意識到她只不過還是個孩子，心智雖然足夠成熟，但是並不代表她稚嫩的心房可以承受一切的壓力和打擊，胡小天道：「其實你用不著那麼累。」

七七道：「我也想什麼事都不管，隨心所欲的生活，可是我是龍氏子孫，總不能眼睜睜看著祖祖輩輩留下的基業毀於一旦。」

胡小天道：「沒有人會長生不死，沒有哪個王朝可以千秋萬代。」

七七點了點頭道：「我當然明白這個道理，可是大康若是亡了，臣民百姓又將過上怎樣的生活？被人征服，被人奴役，又談得上什麼尊嚴？如果人失去了尊嚴，即便是苟活在世上還有什麼意義？」

胡小天心中暗想，其實地球離開誰都照轉，在龍家人的心中，也只有他們龍家才能給大康百姓所謂的尊嚴，尊嚴？胡小天根本沒發現大康的臣民有什麼尊嚴，體制使然，不但是大康，包括大雍在內的周圍列國，除了君主之外誰能有真正的尊嚴，可這些話是不能向小妮子提起的。

七七道：「我不瞞你，因為金陵徐氏拒絕陛下的要求，陛下盛怒之下想要將你們全家問罪，我讓人將你父母帶走，一是為了保護他們，二是為了堵住天下悠悠之口，防止有人發現金陵徐家明修棧道暗渡陳倉的事實。」

胡小天道：「我爹為大康鞠躬盡瘁，盡職盡責，到最後竟落到這樣的下場，這讓人怎能不心寒。」

七七道：「胡大人深明大義，我已經將自己的用意坦然相告，他也對我的做法表示理解。」

胡小天道：「如果我爹將大康的這條海上商路落實，你可不可以放我爹娘自由？」胡小天沒有提起任何封賞的要求，而是代父母要個真正的自由。

七七猶豫了一下，然後咬了咬櫻唇道：「你不想幫我了？」

胡小天道：「只是想我爹娘早些頤養天年，其實我始終認為，想讓一個人死心塌地的輔佐自己，決不是握住他人的把柄，對人進行威逼利誘，而是要以德服人，以誠相待。」

七七靜默了一會兒，若有所思。

胡小天以為自己的這番話說到了她的心坎上，卻不曾想七七反問道：「若是無德之人呢？」

胡小天指了指自己的鼻子：「你說我？」

七七點了點頭道：「我信不過你的人品！」

兩人離開小江南的時候，正看到一名乞丐站在門前討飯，那乞丐身高過丈，體態魁梧，看來有些面善，胡小天一想，居然是在大年初一偷過他們坐騎，還圍攻過他們的朱大力。

七七也認出了這莽漢，上次如果不是胡小天說情，她絕不會放任這幫乞丐離去，看到朱大力，一雙鳳目頓時瞪了起來，冷冷道：「堂堂七尺男兒四體不勤，五穀不分，不知報效家國，卻遊手好閒，寧願乞討為生，難道不覺得羞恥嗎？」

朱大力應該是也認出了他們，正朝七七偷偷看著，卻聽七七這樣說，就算是傻子也能夠聽出她是在說自己，朱大力將手中的打狗棒在地上一頓，兇神惡煞般瞪圓了兩隻大眼，怒哼一聲。

七七當然不會怕他，身邊有胡小天這個擋箭牌，遠處還有權德安那幫人跟著，她不嫌事大：「你凶什麼凶？說的就是你！」

朱大力氣得哇呀呀大叫，咬牙切齒道：「好男不跟女鬥，俺忍了！」目光卻惡狠狠盯住了胡小天：「小子，你也敢笑話我，欠揍是不是？」

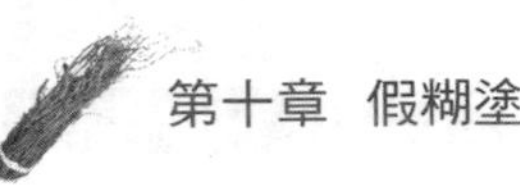

胡小天全程都沒說一句話，心中暗歎，干我屁事？你當是挑柿子呢？專揀軟的捏？問題是我也不軟啊，非但如此，老子硬氣得很，堅挺得很。

朱大力指著胡小天的鼻子道：「小子，說你呢！」

七七真是被這廝給蠢樂了，自己才是事端的挑起者，他不找自己居然找上了胡小天，看情形是想要狠揍胡小天一頓洩憤，七七才不怕事大，笑道：「胡小天，人家都欺負到了你的頭上，你真想當縮頭烏龜啊！」

朱大力聽她這樣說居然樂了起來，指著胡小天道：「看你人模狗樣，想不到居然是一隻縮頭烏龜，呵呵這個稱號真是很配你。」

胡小天當然明白七七是故意挑事，可朱大力這莽漢也實在欺人太甚，真當我好欺負啊。胡小天微笑道：「這位兄弟，說話還請積點口德，不然容易吃虧。」

朱大力似乎吃定了胡小天：「吃大虧？俺朱大力有生以來唯獨不知道吃虧兩個字怎麼寫，咋地？有種跟我堂堂正正地打一場。」

遠處權德安等人看到這邊有事，本想走近，卻被七七用目光制止，她笑盈盈望著胡小天道：「打就打，你怕他啊？」

胡小天笑著對朱大力道：「咱們是文鬥還是武鬥？」

朱大力一雙眼睛轉了轉，上次被胡小天坑過的事情仍然記憶猶新，想起那件事不禁恨得牙根癢癢：「文鬥！不過這次我先打你三拳。」

胡小天道：「好！」

朱大力沒想到胡小天答應得那麼痛快，不由得愣住了，心中暗忖，這小子究竟又搞什麼花樣？

胡小天笑道：「上次是我先打，這次當然該這位兄弟先來，不過，我得事先說明，回頭我要是打贏了你怎麼辦？」

朱大力呵呵笑道：「不可能！」他對自己頗為自信。

胡小天道：「萬一我贏了呢？」

「沒有這種萬一，如果你贏了我，我以後任何時候見你都叫你一聲爺！可如果你敗了，你也得叫我！」朱大力信心滿滿道。

胡小天點了點頭道：「得，我也不占你便宜，你先打我三拳。」他來到前方空曠的地方站了，笑瞇瞇望著朱大力，朱大力將打狗棒和討飯碗放在地上，緊了緊褲腰帶大踏步向胡小天走去，他揚起醋缽大小的拳頭，準備出拳之前道：「噯，我又想起一件事兒，你是朝廷的人，如果我把你打傷或打死了，該不會讓我償命吧？」

胡小天笑道：「你放一百個心，出了任何差錯我絕不找你的麻煩。不過，我也有個條件，不許打臉！」

七七雖然是這場爭鬥的挑起者，可看到眼前的局面不禁有些擔心了，她提醒胡小天道：「胡小天，你犯不著跟他一般見識。」

胡小天道：「男人大丈夫一諾千金，豈可臨陣退縮，來吧！」

朱大力點了點頭，揚起拳頭照著胡小天的小腹就是一拳，朱大力這次只用了五分力，他天生神力，認為自己五分力氣已經足夠擊倒胡小天，他雖然魯莽，可並不是傻子，真要是打死了朝廷命官，那必然是要償命的，下手還算有些分寸。

朱大力的這一拳蓬的一聲擊中胡小天的小腹，胡小天丹田氣海之中內息驟然搜索，腹部隨著拳頭下陷，朱大力的這一拳力量被卸去了大半，根本無法對胡小天造成任何傷害，再看胡小天笑容依舊，平靜如常。

朱大力暗叫邪門，看來這小子的確有些本事，不然也不敢如此托大，居然站著先受自己三拳，現在就只剩下兩拳了。朱大力向後撤了一步，然後暴吼一聲，這次他不再留力，這一拳飆起狂風駭浪向胡小天當胸打去。

站在遠處旁觀的七七都感受到從身邊掠過的剛猛拳風，一時間衣袂飄飄，俏臉因為擔心而變了顏色。

胡小天依舊淡定自如，深吸一口氣，內息充滿整個體腔，朱大力的這一拳重擊在胡小天的胸膛，發出更大的一聲巨響，胡小天的身軀微微一晃，但是並沒有後退半步，因為朱大力的猛擊，胡小天體內的內息瞬間暴漲，隨即在他的周身應激而出一層無形的氣罩，胡小天從未想過自己也能夠修煉出護體罡氣，這次的罡氣完全是被朱大力勢大力猛的一拳激發而起。雖然無形但是有質，胡小天可以清晰感覺到自己的全身都被籠罩在這層罡氣之內。

朱大力的拳力不可小覷，打得胡小天剛才也是呼吸一窒，究其原因還是胡小天無法自如掌控自身內力，如果可以隨心所欲地控制自身雄厚的內息，完全可以將朱大力的這一拳反震出去，而自己不受到一絲一毫的傷害。

朱大力啞然失色，他根本沒想到胡小天竟然這麼厲害，如果第一拳自己保留力量還情有可原，第二拳他已全力而為，依舊沒有將胡小天擊退半步，更不用說對胡小天造成損傷了。

七七這個外行也看出了一點眉目，胡小天好像練成了金剛不壞之身，這莽漢連續兩記重擊都沒對他造成傷害。一旁笑道：「我還以為你有多厲害，原來是花拳繡腿，是在給別人撓癢癢嗎？」

朱大力羞得滿臉通紅，他向後又退了五步，然後向前大步衝了上去，右足在地上一蹬，整個人騰空而起，揚起右拳照著胡小天的面門一拳擊落，他也是惱羞成怒，將剛才胡小天特地提出不能打臉的事情忘得一乾二淨。只想著一拳將胡小天擊倒在地，找回點顏面，省得被七七恥笑。

胡小天看到這廝一拳來勢洶洶，也不敢怠慢，看對方出拳的勢頭，只怕傻站著硬挨這一拳絕不明智，胡小天右手五指彎曲猶如虎爪，凌空向朱大力的手腕抓去，左手手臂一收一擺，宛如神龍擺尾橫掃在朱大力的胸腹之上，正是不悟和尚教給他的伏虎擒龍手。

手臂如同甩鞭一般砸在朱大力的胸膛之上，朱大力悶哼一聲，只覺得眼前一黑，魁梧的身軀如同騰雲駕霧一般倒飛了出去，足足飛出五丈，方才四仰八叉地摔倒在地上，砸在雨後積水的泥坑之中，泥漿四處飛濺。七七躲避不及身上也被濺到了不少的泥點子，慌忙用衣袖擋住面孔，方才躲過被泥水洗臉的厄運。

胡小天氣定神閑地站在原地，望著朱大力搖了搖頭道：「都說過不許打我臉！」

朱大力摔得四肢骨骸疼痛欲裂，他出了三拳，胡小天只是用一招就將他打得如此狼狽，當下心如死灰，自己在武功修為上和人家相差實在太多，剛才還狂妄自大，以為自己必勝無疑，想不到居然是這樣的結果，朱大力緩了一會兒，方才有力氣從地上爬起來，一言不發，抓起打狗棒，撿起要飯碗，一瘸一拐地向遠處走去。

七七不依不饒道：「喂！大個子，你好像忘了一件事情。」

胡小天搖了搖頭道：「算了！」他沒有落井下石的習慣，朱大力雖然魯莽，可是能夠看出是個憨直之人。

朱大力轉過身去，向胡小天道：「胡爺，在下技不如人……」話沒說完，噗！地噴出一口鮮血，魁梧的身軀搖搖晃晃地倒了下去。

七七吐了吐舌頭，向胡小天道：「你出手太重了，打死人了。」

胡小天走過去，摸了摸朱大力的脈門，知道朱大力只是因為羞憤交加暈了過去，可能和自己出手沒有掌握好分寸也有一定的關係。此時權德安那幾人也從遠處走了過來，胡小天讓他們叫了一輛馬車，將朱大力抬到了車上，看到他一時半會也無法醒來，於是直接讓人將他們送回了尚書府。

胡不為夫婦被抓的事情驚動了不少人，聽聞胡小天回來，周默、展鵬等人全都出來相迎，看到他並沒有帶回胡不為夫婦，帶來的卻是一個叫花子，都感到有些奇怪，胡小天簡單說了幾句，讓梁大壯把朱大力安置在府上養傷，又給了幾顆歸元丹讓他服用。

等到眾人散去之後，胡小天方才問起慕容飛煙的下落，梁大壯低聲道：「公子，你那位朋友來到尚書府前卻又說有事，非要回家去看看，我攔不住他，只能讓他走了。」

胡小天聽說慕容飛煙居然沒來，心中也是吃了一驚，慌忙取了馬匹，揚鞭策馬來到慕容飛煙昔日的故居前，來到門外看到院門緊閉，門鎖也在外面鎖著，胡小天凌空一躍越過圍牆而入。

看到房門虛掩，他悄然湊近，從門縫中向裡面望去，卻見慕容飛煙正在母親的靈位前上香。胡小天正想過去相見，卻聽到外面傳來動靜，慌忙藏身在屋後，過了沒多久就看到一道黑影越過院牆，宛如一片落葉般輕飄飄落在了地上，並沒有發出半點的聲息。那人滿頭銀髮，膚色蒼白如紙，一雙灰色瞳孔充滿警惕，他向周圍看了看，然後快步向門前走去，此人正是御前侍衛統領慕容展。

慕容展來到門前，伸手想去推房門，想不到房門從裡面開了，一道清冷的劍光從裡面射出，直奔慕容展的咽喉。

慕容展雙腳在地上一蹬，身軀向後方疾退。退後的過程中屈起右手的中指，狠狠彈在劍尖之上，慕容飛煙感覺手臂一麻，長劍頓時拿捏不足，劃出一道晶亮的弧線向後方飛去，胡小天抬頭望去，卻見那長劍飛到盡頭，然後向下墜落，正朝著自己的方向而來，劍鋒從他的雙腳之間深深插了進去，胡小天對長劍落點的判斷極為準確，所以始終保持一動不動，避免被他們父女察覺。

知女莫若父，雖然慕容飛煙戴了人皮面具，可是仍然沒能瞞過慕容展的眼睛，看到女兒平安無恙，慕容展心中也感安慰，低聲道：「飛煙……」

慕容飛煙冷冷望著父親：「你是來抓我向朝廷立功請賞的嗎？」

慕容展道：「虎毒不食子，我怎會害你？」

慕容飛煙道：「我和你早已恩斷義絕，當年你拋棄我們母女，害得我娘親含恨而死，現在又假惺惺做什麼好人，如果你是奉命而來，那麼就和我一戰，勝了，就帶著我的屍體回去，如果你敗了，我必割掉你的首級，祭奠我娘親在天之靈。」

慕容展灰白色的瞳孔中閃過一絲痛苦的光芒，他緩緩點了點頭道：「我知道你心中恨我，我也不求獲得你的原諒，我來這裡是想看看，因為只要你活著就不會放棄你娘親的靈位。」

慕容飛煙怒道：「你住口，不許你再提起我娘親。」

慕容展歎了口氣道：「皇陵民亂，聖上震怒，你雖然僥倖逃離，可是絕不能讓他人知道你仍然活在這個世上，不然朝廷絕不會放過你。」他的心中仍然還是關心著這個唯一的女兒。

慕容飛煙道：「我的事情無需你過問。」

慕容展道：「我知道你心中恨我，當初讓你去守皇陵的確是我的主意，我並非有意要分開你和胡小天，所有人都知道，那胡小天乃是永陽公主的寵臣，他和永陽公主早有曖昧，此人心機深沉，伶牙俐齒，永陽公主只是一個情竇初開的無知少女，早已被他哄得神魂顛倒，胡小天的意圖極其明顯，想要通過攀附永陽公主這根高枝而成為駙馬，你若是和他糾纏下去，最終傷心的必然是你。」

胡小天在屋後將慕容展的這番話聽得清清楚楚，心中暗自苦笑，慕容展啊慕容展，老子跟七七可是清清白白的，你也算是一號人物，居然在背後說我的壞話，詆毀我和七七之間的關係，簡直不是東西。

慕容飛煙居然耐心聽完了慕容展的這番話，平靜道：「胡小天為人怎樣，我比你清楚。」

「你怎會清楚？他過去在皇宮中當太監之時，是如何獲得姬飛花的信任？還不是全都依靠出賣色相！」

胡小天真是天雷滾滾，慕容展啊慕容展，我過去好像沒怎麼得罪過你，你說我對姬飛花出賣色相，這不是說我跟姬飛花有一腿嗎？姬飛花是個太監啊，剛才又說我對七七百般哄騙，在你慕容展的眼裡，老子是男女通吃，概不忌口了。

慕容飛煙怒道：「夠了！不許你在我面前詆毀他，無論怎樣他也比你要強得多，他不會在生死關頭拋下自己的親人不管。」

慕容展內心中如同被針狠刺了一下，他抿了抿嘴唇，無話可說。

慕容飛煙指著外面道：「你走，我再也不想見到你！」

慕容展緩緩點了點頭道：「珍重，記住我的話，儘快離開康都這個是非之地。」他說完足尖一點，身軀已經飛向院牆，站在院牆之上又看了女兒一眼，方才凌空掠向遠方。

請續看《醫統江山》第二輯卷二　絕世妖孽

醫統江山 II 卷1 刺殺詭局

作者：石章魚
發行人：陳曉林
出版所：風雲時代出版股份有限公司
地址：10576台北市民生東路五段178號7樓之3
電話：(02) 2756-0949
傳真：(02) 2765-3799
執行主編：劉宇青
美術設計：許惠芳
行銷企劃：林安莉
業務總監：張瑋鳳

初版日期：2020年9月
版權授權：閱文集團
ISBN ：978-986-352-866-1
風雲書網：http://www.eastbooks.com.tw
官方部落格：http://eastbooks.pixnet.net/blog
Facebook：http://www.facebook.com/h7560949
E-mail：h7560949@ms15.hinet.net
劃撥帳號：12043291
戶名：風雲時代出版股份有限公司

風雲發行所：33373桃園市龜山區公西村2鄰復興街304巷96號
電話：(03) 318-1378
傳真：(03) 318-1378
法律顧問：永然法律事務所 李永然律師
北辰著作權事務所 蕭雄淋律師

行政院新聞局局版台業字第3595號 營利事業統一編號22759935

定價：270元

國家圖書館出版品預行編目資料

醫統江山 第二輯／石章魚 著. -- 臺北市：風雲時代，2020.08- 冊；公分

ISBN 978-986-352-866-1（第1冊；平裝）

857.7 109009548